我吃西红柿 著

典藏版 2

盘龙

黄河出版传媒集团
阳光出版社

图书在版编目（CIP）数据

盘龙：典藏版. 2 / 我吃西红柿著. -- 银川：阳光出版社, 2021.9

ISBN 978-7-5525-6075-6

Ⅰ. ①盘… Ⅱ. ①我… Ⅲ. ①长篇小说 - 中国 - 当代 Ⅳ. ①I247.5

中国版本图书馆CIP数据核字(2021)第183147号

PAN LONG DIANCANG BAN 2
盘龙 典藏版 2

我吃西红柿 著

责任编辑	杨 皎
装帧设计	曹希予 佘彦潼 周艳芳
责任印制	岳建宁

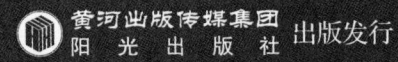
黄河出版传媒集团 阳光出版社 出版发行

出 版 人	薛文斌
地 址	宁夏银川市北京东路139号出版大厦（750001）
网 址	http://www.ygchbs.com
网上书店	http://shop129132959.taobao.com
电子信箱	yangguangchubanshe@163.com
邮购电话	0951-5014139
经 销	全国新华书店
印刷装订	北京盛通印刷股份有限公司
印刷委托书号	（宁）0021789

开 本	710 mm×1000 mm 1/16
印 张	18
字 数	262千字
版 次	2021年9月第1版
印 次	2021年9月第1次印刷
书 号	ISBN 978-7-5525-6075-6
定 价	36.80元

版权所有　　翻印必究

目录
CONTENTS

第64章 贝贝的实力（上）	001
第65章 贝贝的实力（下）	005
第66章 黑色短刃（上）	010
第67章 黑色短刃（下）	014
第68章 迷雾峡谷（上）	018
第69章 迷雾峡谷（下）	022
第70章 叫艾丽斯的女孩（上）	026
第71章 叫艾丽斯的女孩（下）	030
第72章 夜风中的紫色身影（上）	034
第73章 夜风中的紫色身影（下）	038
第74章 归乡（上）	042
第75章 归乡（下）	046
第76章 霍格	050
第77章 石雕价格	054
第78章 冬天里的玫瑰（上）	057
第79章 冬天里的玫瑰（下）	061
第80章 高手如云（上）	064
第81章 高手如云（下）	068
第82章 裂痕（上）	072
第83章 裂痕（下）	077
第84章 见面	080
第85章 凄凉雪	086
第86章 十天十夜	092
第87章 液化	098
第88章 再入迷雾峡谷	104
第89章 上天无门	111

第90章 幽深地穴 —— 117	◀○▶	第103章 绑架 —— 199
第91章 棘背铁甲龙 —— 123	◀○▶	第104章 地位 —— 205
第92章 够狠 —— 129	◀○▶	第105章 缺钱 —— 211
第93章 龙晶之变 —— 135	◀○▶	第106章 愤怒 —— 217
第94章 龙血战士 —— 140	◀○▶	第107章 老教官 —— 223
第95章 神秘魔法阵 —— 146	◀○▶	第108章 拍卖 —— 229
第96章 四大至高位面 —— 152	◀○▶	第109章 天价 —— 235
第97章 捅破天了 —— 158	◀○▶	第110章 得主 —— 242
第98章 石雕宗师 —— 165	◀○▶	第111章 意外 —— 249
第99章 练剑 —— 172	◀○▶	第112章 尘封往事 —— 257
第100章 申请毕业 —— 179	◀○▶	第113章 决定 —— 264
第101章 史上第二 —— 186	◀○▶	第114章 齐聚小镇 —— 271
第102章 玉兰大陆的上层人物们 —— 193	◀○▶	第115章 夜谈 —— 278

第 64 章
贝贝的实力（上）

林雷站在马特的尸体前面，看了片刻，然后低叹一口气，不禁摸了一下自己的腹部，那里也有一道伤口，一道差点要了他性命的伤口。

"你跟妮娜比还差得远呢。"林雷叹息一声。

实际上，这个马特和他没有多大的交情，也就是在来的路上有过短暂的相处而已，根本不足以令他信任。更何况，经历了被妮娜骗，他又岂会那么容易再相信别人？

"吱吱——"贝贝这个时候将马特背上的包裹给叼了过来，急切地对林雷灵魂传音，"老大，快打开看看，看看里面有多少魔晶核。近一个月来，想要杀你的杀手的包裹中的魔晶核都比不上第一个杀手的。"

此时，德林·柯沃特出现在林雷身旁。

"林雷，你养的这只小影鼠好像很喜欢数魔晶核。"德林·柯沃特笑着说道。

"好像有点。"林雷伸手将那个包裹打开，同时跟贝贝打趣道，"贝贝，这次你杀马特时，好像没有用你那锋利的牙齿，而是用的爪子。怎么不用你最厉害的牙齿了？"

贝贝直立起来，昂首吱吱直叫，同时灵魂传音："老大，我厉害着呢，利爪可不比牙齿弱。而且，这个马特太阴险了，咬他的话，会弄脏我的嘴巴。"

说完，贝贝假装嫌脏，吐了一口口水。

一只小影鼠竟然直立起来，还吐口水，那嫌弃的模样，实在很像人类。

林雷看到这一幕，笑了起来。

"咦，贝贝，你看，这个马特包中的魔晶核不少，有三十几颗，看来近一个月他都没有闲着。不过，这三十几颗魔晶核中，最好的也只是五级魔晶核。"

林雷仔细统计了一下。

近一个月以来，他杀魔兽，或者解决一些想要杀他的人，获得的魔晶核加起来足有三百多颗。据他估计，那三百多颗魔晶核价值四万金币。

"如果父亲知道此事，那……"想到自己将价值四万金币的魔晶核送到父亲面前时父亲的反应，林雷心中大喜。

"你能够收获这么多魔晶核也很正常。"德林·柯沃特在旁边说道，"这三百多颗魔晶核中，除了近五十颗是你自己杀魔兽得到的，其他都是从一些杀手那里得到的。"

林雷点点头。

当初，从第一个杀手那里得到的魔晶核价值一万五千金币，而从其他杀手那里得到的魔晶核加起来也就比第一个杀手的略多一点。

"魔兽山脉中非常危险，所以几乎都是好些人一同进入魔兽山脉，而杀手一般不会攻击一群人，因为杀手最擅长的是在瞬间杀敌，所以只会对独行的人下手。"德林·柯沃特忽然笑了，白胡子都翘了起来，"林雷，别看你长得人高马大，脸上却依旧有着稚气，看起来还只是个少年。在偌大的魔兽山脉中，那些杀手若发现一个少年独自进行试炼，他们怎么会放过呢？所以，短短一个月，你就遇到了好几个杀手，而那些和朋友同行的人可能一个月都碰不到一个杀手。当然，我们进入魔兽山脉后，碰到的那五个人算是例外，一是他们的实力不够强，二是杀手的实力太强，不过那个杀手最后死在了贝贝手里。"

林雷笑着点点头。其实他的父亲前一阵子来信告诉了他一件事，他现在已经十八岁了，但是父亲并没有在信中告诉他当初把他年纪改小的原因。

"一般而言，五六级魔法师在魔兽山脉中闯荡一个月，估计也只能获得几千金币，而且这几千金币还是拼命得来的，毕竟魔兽山脉实在太危险了。"德林·柯沃特感叹道。

林雷点点头，说道："的确很危险。我到现在一直在魔兽山脉外围试炼，遇到的最多的是六级魔兽，有几次还受伤了。如果不是我有盘龙戒指，加上我既是地、风双系魔法师，又是四级战士，还有贝贝辅助，恐怕早就完蛋了。"

说到这里，他看向贝贝，贝贝这个时候正拿着魔晶核在玩呢。

林雷平复了心情，将那些魔晶核收拾好，而后便带着贝贝再次出发了，继续在魔兽山脉中试炼。毕竟，按照他当初的计划，可是准备在魔兽山脉中度过两个月的。

每一天林雷都在和魔兽厮杀。他这个四级战士运用魔法越发熟练，地系、风系魔法的实际运用经验越加丰富，受伤的次数越来越少。

当然，随着林雷朝魔兽山脉核心区域靠近，六级魔兽越来越多，他每天也越加警惕。

林雷进入魔兽山脉后的某一天——

"哗——"

平静的湖面忽然出现了波纹。

林雷从湖中冒了出来，他用一块布随意地搓着身体。

贝贝在岸上看到林雷洗澡，羡慕得很，"吱吱"叫了一声，便直接腾空跃起，而后冲入湖中。

林雷看到这一幕只是笑了笑，继续洗澡。

"哈哈，别闹！贝贝，别闹！"林雷忍不住笑了起来。

"原来老大你也怕痒啊！"贝贝兴奋地跃出湖面，眼中掠过一丝得意。

林雷无奈地笑笑，便上了岸，从包裹中取出一套干净的衣服换上。

而后，他将原先的脏衣服在湖边洗了洗，便晾在了旁边的树枝上，纵身一跃，便跃到另外一棵大树的树杈上，躺下来，看着贝贝在湖中嬉闹。

只见贝贝一会儿跃出湖面，一会儿又冲入湖中，一会儿又徜徉在湖水中……

"砰！"地面忽然发出轻微的震动声。

林雷不由得心中一惊，直接朝发出声音的地方看去，只见一道高大且模糊的影子出现在南边的密林中，仅仅一会儿，他就看到了目标。

足有两层楼高的庞大身躯，如同盾牌一般大的火红色鳞甲，还有那覆盖着鳞甲的粗壮四肢，长长的尾巴如同鞭子一样灵活，那和灯笼一般大小的诡异双眼紧紧地盯着湖面，鼻孔中时而喷出一股带有硫黄气味的白色气流。

林雷一下子变得紧张起来。

"迅猛龙！七级魔兽迅猛龙！"

第 65 章
贝贝的实力（下）

从很小起，林雷就对魔兽产生了兴趣，就是因为他幼时见过迅猛龙，那一次迅猛龙展现出了极强的实力。

在乌山镇，迅猛龙简直是无敌的存在。一间间屋子接连被它摧毁，令林雷震撼不已。

当时林雷只有八岁，还是个孩子，而如今他已经是五级双系魔法师了。

"老大，老大，它是我的！"贝贝兴奋的声音在林雷的脑海中响起。

林雷朝湖面看去，只见贝贝全身的毛如同一根根钢针般竖起，全身的肌肉鼓胀起来，利爪和头都变大了。原本只有二十厘米长的贝贝竟然变得近半米长，这是林雷看到过的贝贝变化的极限了。即使如此，在庞大的迅猛龙面前，贝贝只能算是小不点。

迅猛龙目光锁定贝贝，愤怒地低吼一声，吼声在山林间回荡。

贝贝则昂起脑袋，发出刺耳的尖啸声。

低吼声、尖啸声接连响起。

湖岸大树树杈上的林雷看到这一幕，忽然觉得迅猛龙和贝贝好像两个势均力敌的对手在对峙。

"嗷！"一声怒吼响起。

滔天的火焰从迅猛龙口中喷出，一下子便布满了前方数十米的空间。

湖面发出"哧哧"声，湖水不断被蒸发，然而被火焰覆盖的贝贝却一动不动，任凭火焰灼烧，竟然还丝毫无损。

"贝贝的个头虽然不大，但是身体防御力很强，这接近五六级魔法威力的火焰伤不了贝贝。"林雷静静地看着这一幕。

进入魔兽山脉这么久了，贝贝一直没有遇到可以尽情攻击的敌手。

此时，贝贝动了。

"呦——"

恐怖的尖啸声响起。

贝贝化为一道黑色的残影，直接冲向迅猛龙。

喷着火焰的迅猛龙双眼陡然红光闪烁，同时那条如同鞭子一样的尾巴倏地划过长空。

迅猛龙的尾巴速度极快，竟然接近贝贝的速度。

贝贝前冲的轨迹非常诡异，竟然绕过了迅猛龙的尾巴，直接咬向其颈部。

迅猛龙疾速转头，张开血盆大口，欲朝贝贝咬去。

然而，贝贝的速度明显快得多。

只听得"咔嚓"一声，迅猛龙颈部那厚厚的鳞甲就被咬掉了，甚至被贝贝吞入了肚中。

贝贝可是将石头、骨头等坚硬的东西当饭吃的，鳞甲再坚硬，它照吃不误。

这时，迅猛龙的尾巴抽了过来。

"啪！"那脆响声令林雷头皮发麻。

而这时，贝贝早就蹿了出去。

"这迅猛龙颈部的皮肉好厚，贝贝狠狠咬了一口，竟然只是给它造成轻伤。"林雷屏息看着两只个头悬殊的魔兽厮杀，"这迅猛龙的尾巴变化得太诡异了，连行进时也可以疾速转弯。"

"呦！"贝贝破水而出，再一次躲过了龙尾的攻击。

可是，它刚刚躲开，那龙尾突然改变方向，诡异地朝反方向抽去，狠狠地抽在了它的身上。

黑色残影被抽飞，落在远处的树林深处。

"贝贝！"林雷心中一紧。

迅猛龙却如临大敌，看着树林深处。

只见贝贝忽然从一棵大树的高端疾速俯冲而下。

迅猛龙的尾巴立即抽了过去。

贝贝吃了一次亏，这次靠着自己的尾巴甩动也可以改变方向。

贝贝的残影和龙尾的残影互相追逐，贝贝时而被龙尾抽飞，时而在迅猛龙身上狠狠咬一口。

它们从湖边厮杀到密林中，大树接连被龙尾抽断，轰然倒塌，而二者的厮杀没有停止。

"看情形，贝贝似乎占优势。"林雷紧张地看着眼前的场景。

此时，迅猛龙庞大的身躯有七八处被贝贝咬出了窟窿，鲜血流出，怒吼声不断响起。

它的尾巴猛然抽动，直接将那些大树抽断，一棵棵大树倒塌，一下子，二者战斗的数百米范围内的树林全部被毁了。

"可是，贝贝被龙尾抽中了，它能受得了吗？"林雷担心起来。

龙尾的攻击力太强了，能将石头抽得碎裂，抽断大树，连林雷看了都心惊。他毫不怀疑若是自己被抽一下，小命肯定就没了。

"呼！"

贝贝再一次被抽飞，然而转瞬间它就化为黑影，愤怒地冲了回来。

迅猛龙这个时候全身有着多处伤口，惨得很。

"嗷！"

迅猛龙一声怒吼，竟然掉头就走，快速朝山林深处跑去。

不一会儿，迅猛龙就消失在林雷的视线范围内，而贝贝追杀了一段距离后就跑回来了。

林雷从树杈上跃下，贝贝从远处跑了过来，恢复了原样。

"贝贝，你没事吧？"林雷立即灵魂传音。

贝贝跃到林雷的肩膀上，靠着后肢直立，乌溜溜的小眼睛看着林雷："老大，我是什么魔兽啊，还能怕迅猛龙？"

而后，它动了动，又道："不过，那迅猛龙的尾巴还真是够厉害的，抽在我身上还蛮疼的。"

林雷听了，无奈地笑了。

迅猛龙的尾巴何止是厉害，简直是杀伤力十足，贝贝能够承受其尾巴这么多次攻击而没有受重伤，已经算是万幸了。

"这迅猛龙的鳞甲和皮肉真厚，我的身体变大到了极限，竟然都咬不破它的皮肉。"贝贝感叹道，"不过，只要再坚持一会儿，我就能够让它流血而死，但它很狡猾，全身的肌肉不停地蠕动，竟然不让我咬同一处。"

林雷点点头。

七级是一个分水岭，达到七级后，无论是攻击力，还是其他方面都要强得多。

那迅猛龙的智慧恐怕比人类差不了多少，又怎么会让贝贝咬同一处呢？它的皮肉的确厚，可同一处也禁不住贝贝多咬几口啊，它意识到继续战斗下去恐怕讨不了好，所以迅速逃走了。

"贝贝，想不想跟八级魔兽比比？"林雷灵魂传音问道。

贝贝的小眼睛一下子瞪得老大："你别开玩笑，刚才那七级魔兽差点把我累死了，听说八级魔兽的实力是七级魔兽的十倍，它们的移动速度可能不及我，可其攻击速度恐怕要超过我。"

移动速度和攻击速度是两个概念。

比如迅猛龙，它移动起来速度要慢得多，可是它的尾巴挥动起来快得惊人。再比如一些大型魔兽，别看它移动缓慢，可是攻击时快如闪电，毕竟八级魔兽的实力不是七级魔兽能比的。

"你还知道谦虚啊！"林雷笑着摸了摸贝贝的脑袋，"嗯，我的衣服快晾干了，我们先到树上休息一会儿，然后吃点东西，一会儿继续出发。"

说完，林雷脚一蹬，整个人就跃到了七八米高的树杈上，接着脚又轻松地连续点了几下，就到了二三十米高的树杈上继续休息。

第 66 章
黑色短刃（上）

魔兽山脉中。

"这些杀手都以为我好欺负。"林雷看着眼前的一具黑衣女人的尸体，冷冷地说道。

这个黑衣女人的实力也就相当于五级战士。

林雷一人靠着魔法辅助就将这个黑衣女人给解决了。

德林·柯沃特笑道："只要多看你几眼，别人会觉得你只是一个不知天高地厚，独自行走在魔兽山脉中的少年，谁不想伏击你啊？"

林雷心中无奈。

他已经是个成年人了，但脸上还是稚气未脱。

"这个女人真狠，临死前还给我来那么一下，让我身上多一点伤疤就算了，还毁了我的衣服，现在我的包裹中只剩下最后一套衣服了。"林雷看着身上被撕裂的衣服，哭笑不得。

一路上，他从一些杀手那里得到了几套衣服，可是在魔兽山脉中被损坏最多的就是衣服。

"老大，这个杀手包裹中的魔晶核价值好几千金币呢，一件衣服能值几千金币吗？"贝贝说道。

林雷听到这里，笑了。

进入魔兽山脉后的这段时间，他身上的伤痕越来越多，同样，包裹中的魔晶核也越来越多了。

"算了，我就不穿衣服了，唯一一套衣服留到回去前再穿，反正在魔兽山脉中没什么人看到。"林雷干脆将破烂的衣服一扔，赤裸着上半身，手持黑色短刃继续前进。这些日子里，这柄黑色短刃帮了他不少忙。

走了一段距离，林雷默念魔法咒语，不一会儿，一道微风以他为中心朝四面八方弥散开去，正是"探知之风"。

周围两三百米范围内的魔兽或者人根本逃不出林雷的探察。

林雷每前进一长段距离就会谨慎地使用一次探知之风，当他走了好一会儿，又一次施展出探知之风。

"咦，那一群人藏在树上干什么？"他的心中很疑惑。

这时，南边一百余米外有一棵极为粗壮的树，估计需要七八个人手拉手才能环抱得住，那棵不知道存在了多少年的古树上藏着十几个人。

出于好奇，林雷悄悄地靠近。他非常缓慢，也很小心，而后躲进一处荆棘丛生的乱草丛中，才看清古树上藏着的十几人。

那十几人皆身穿黑色衣服，腰间别着一柄黑色短刃。

"黑色短刃？"林雷的目光凝聚在其中一柄黑色短刃上。

无论是样式还是颜色，那柄黑色短刃都跟林雷手上的黑色短刃一模一样。此外，那十几人给林雷的感觉阴森森的，跟他遇到的第一个杀手非常像。

"他们都身穿黑色衣服，而且都有黑色短刃，还有……"林雷发现那十几人的背部微微隆起。

他想起来了，当初那个杀手就是将包裹紧紧地贴在背上，是处于衣服内部的。那时，还是贝贝撕裂了那个杀手背部的衣服才发现那个包裹的。

"他们是同一个组织的。"林雷想到这里，心跳不由得加快了。

这个时候，古树上的十几个黑衣人还在小声聊天。

"18号和7号怎么还没到?"其中一个黑衣人不满地说道。

"他们死了也说不定。"另外一个黑衣人冷漠地说道。

"约定时间快到了,等到天黑,如果他们还没到,不管是死是活,都算是没有过关。"又一个黑衣人冷冷地说道。

其他黑衣人闻言都沉默了。

藏在乱草丛中的林雷猜测,最后说话的那个黑衣人应该是这支小队的首领。

他心中暗惊:"当初要杀我的都是修炼黑暗属性斗气的六级战士,那这支小队首领的实力恐怕更强吧!"

当即,林雷便要离去,可是他刚刚退了几步,发现说话的黑衣人眉头一皱,猛然朝他看了过来。

"嗖!"同时,一道黑色流光疾速射向林雷所在的位置。

林雷吓了一跳,道:"暴露了!"

风系辅助魔法"极速"立即施展出来,林雷用最快的速度朝魔兽森林深处冲去。在他看来,魔兽森林越往里的地方就越危险,对方可能会因为自己跑向魔兽森林深处而有所顾忌,从而放弃追杀他。他早就打算好了,朝魔兽森林深处跑几里路后,再朝另外的方向逃。

黑衣人首领看到林雷背上的包裹,还有其手中的黑色短刃,脸色一变。

"2号,去解决他。"黑衣人首领命令道。

编号越靠前的,实力就越强。

通过刚刚林雷躲避攻击的反应,黑衣人首领判断出了林雷的实力,故而派出了较强的2号去追杀林雷。

"是,大人。"其中一个黑衣人立即从大树上俯冲而下,以极为惊人的速度朝林雷追去。

不过,林雷本来和他们就隔着一段距离,加上疾速跑路,两人一开始的距离就有七八十米。

可这黑衣人的速度很快,比第一个追杀林雷的杀手的速度还要快一点。

"好快的速度！"林雷灵活地穿梭在山林间，时而攀爬，时而跳跃。

而后面的黑衣人追逐着，两者之间的距离快速缩短，六十米、五十米、四十米、三十米……

林雷看似慌不择路，只是朝魔兽森林深处冲去，实际上是有计划的。

"风系辅助魔法？"黑衣人看出林雷施展的是风系辅助魔法，"这小子施展了风系辅助魔法，速度还这么慢，看来只是四级战士，最多达到四级顶峰。"

黑衣人对击杀林雷有着十足的信心，两人之间的距离不断缩小。

林雷表面上很惊慌，内心却沉稳得很。

"我差不多跑了几里路，远处的那十几个杀手根本注意不到这么远。"

一直惊慌逃窜的林雷眼中闪过一丝杀意，同时，他肩上的贝贝陡然行动了。

"呼！"

贝贝的身影在黑衣人的瞳孔中放大，几乎瞬间就到了黑衣人眼前。

黑衣人甚至看到了贝贝那锋利的牙齿。

第 67 章
黑色短刃（下）

距离林雷仅仅四五米的黑衣人根本没将贝贝放在眼里，可是下一刻他惊恐起来："这是什么速度？"

黑衣人疾速挥出黑色短刃。很明显，他的实力比追杀林雷的第一个杀手要强一些，至少面对贝贝时还来得及挥舞黑色短刃。

贝贝锋利的爪子猛然一挥，和黑色短刃猛烈撞击，黑色短刃爆裂开来，而它的爪子紧接着狠狠地对着黑衣人的脑袋一抓，黑衣人当场殒命。

"六级和七级的差距太大了。"林雷看到这一幕，心中感叹起来。

不过，贝贝可是能把七级魔兽迅猛龙打得落荒而逃，以其锋利的牙齿、爪子，解决一名六级战士轻而易举。

林雷快速跑过去，撕裂了黑衣人背部的衣服，直接抢过黑色包裹，然后转头朝北方逃去。

他脚下宛若生风，整个人飘逸、灵活，山林间几乎没有留下逃跑的痕迹。

过了一会儿，那群黑衣人赶到了这里。看到2号黑衣人脑袋上的伤痕，黑衣人首领眉头紧锁。

"魔兽干的？"黑衣人首领的脑海中一下子浮现出了不少魔兽的信息，"到底是六级青色影鼠，还是七级紫色影鼠，抑或是七级金色噬石鼠？"

能够留下这种小爪痕，也只有鼠类的魔兽了。

在魔兽山脉中，有人说最恐怖的事情是遇到八九级魔兽，有人说是遇到魔兽狼群，可是在黑衣人首领心中，遇到噬石鼠群，或者是影鼠群，才是恐怖至极的事情。

噬石鼠的防御力强，牙齿、爪子都很锋利。影鼠的速度快，牙齿、爪子也都很锋利。成千上万的噬石鼠或者影鼠冲出来，别说他们这十几个杀手了，就是一支军队都可能被吞噬。

"我们回去！"黑衣人首领当即下达了命令。

崇山峻岭，怪石嶙峋。

林雷这个时候已经逃到了一座山峰上，他一口气跑了百里路，对方即使速度再快也不可能一下追上来。

"老大，快看看包裹里面有什么！"贝贝催促道。

林雷心中有些期待，越是厉害的杀手，其包裹中的魔晶核就越多。从第一个杀手的包裹中他就得到了价值近一万五千金币的魔晶核和魔晶石，不知道这个2号杀手的包裹里又会有多少魔晶核。

他打开了包裹——

"又多了两套干净衣服。"林雷看了一眼包裹中的衣服，而后从夹层中将一个鼓鼓的袋子拿了出来。

这2号杀手比第一个杀手在魔兽山脉中多待了一个多月，实力也要强一些，其包裹中的魔晶核肯定更多。

林雷看了看袋子中的魔晶核，不由得倒吸一口凉气。

"这么多，而且大多是五级魔晶核，还有不少六级魔晶核！"

此前得到了不少魔晶核，林雷已经可以单从魔晶核的色泽大概判断出其级别了，而后，他仔细计算起来。

"六级魔晶核九颗，五级魔晶核五十六颗，四级魔晶核十二颗，还有七颗魔晶石，粗略算起来，价值两万金币，加上之前的五万金币，足有七万金币了。"

七万金币啊！

如果将这些金币放在父亲面前，估计父亲会震惊吧！

自进入魔兽山脉后，林雷单单从同一个组织的两个杀手那里就得到了三万五千金币，还有近一个月以来从其他杀手那里得到了三万金币，猎杀魔兽赚了五千金币。

这时，德林·柯沃特从盘龙戒指中出来了，笑着看向林雷。

"我总算知道为什么在魔兽山脉中的不少人喜欢伏击别人了，自己辛苦一个月才得几千金币，解决了别人就可以将别人一两个月收获的魔晶核全部霸占。"

林雷将两个存放魔晶核的袋子放在黑色包裹中，至于2号杀手的包裹，则被他随意地扔到了杂草丛中。

"价值七万金币的东西中，只有价值五千金币的东西是我猎杀魔兽所得，其他都是从杀手那里得到的。"林雷感叹一声。

德林·柯沃特摸着白胡子，笑道："看来，你的年纪小，反而帮了你大忙，如果你再成熟一点，估计不会有这么多杀手对你下手了。"

"呵呵。"林雷无奈地笑了。

"德林爷爷，刚才听那杀手小队的人说，进入魔兽山脉是他们的测试？"林雷有些疑惑。

德林·柯沃特淡然地一笑，道："林雷，玉兰大陆上任何一个能够长期存在的势力都有武力，而武力就是训练出来的。将人马送到魔兽山脉中试炼，这是一些大组织经常做的事。"

林雷点了点头。

"林雷，玉兰大陆上还有很多势力是你不知道的，其实我也不清楚。五千多年了，普昂帝国时代的势力恐怕早就衰落了。"德林·柯沃特苦笑道。

林雷没有再多问，他感觉到了压力，玉兰大陆上的势力可比自己想象中的还要复杂。他整理了一下包裹，背上包裹，继续前进。

他灵活地在山林间前进，时而跃过山石，时而爬上大树。

当他翻越一座大山的时候——

这座大山连绵数百里，山上的树极多。

他站在山崖边，如果要到对面的山崖上去，需要飞跃数百米的距离。

"好诡异的峡谷！"

他发现峡谷两边的崖壁越往两边，彼此之间的距离越近，他当即朝山崖边缘跑去。当他跑了四五里之后，两边的崖壁竟然只隔着一米的距离，只需一步就可以跨过去。

"这边是这样，难道那边也是这样？"林雷一只脚踏在这边的崖壁上，另一只脚踏在另外一边的崖壁上。

朝峡谷的另一端看去，两面崖壁在远处离得很近，似乎连起来了。

"诡异！"林雷在魔兽山脉中待了一段日子，可是这么诡异的两面崖壁还真是第一次见。

他朝下方看去，只见峡谷中满是迷雾，根本看不清里面有什么。

"深不可测。"林雷心中好奇得很，同时对满是迷雾的峡谷存着一丝警惕。

一边沿着崖壁边缘走，一边朝下方看，他发现这迷雾峡谷除了两面崖壁在两端连接外，还有一个诡异的地方，那就是越往下，两边的崖壁之间的距离就越远。可能两面崖壁上面部分之间只隔着数百米，下面部分却相距数千米。

"啊？那是……"林雷仿佛被雷电劈中一样，呆呆地看着对面崖壁上，在迷雾中若隐若现的一株小草。这株长在崖壁上的小草通体碧绿，本身隐隐有蓝色光芒流转。

"蓝……蓝心草，是蓝心草！"想起在恩斯特魔法学院图书馆中看过的植物图像和描述，他眼睛一亮。

正是能够化解活龙血对身体伤害的珍贵药材——蓝心草！

第 68 章
迷雾峡谷（上）

修炼龙血秘典，必须引动体内的龙血战士血脉，而要引动龙血战士血脉，只有两个方法，一是体内的龙血战士血脉浓度达到最基本的标准，二是痛饮活龙血，而痛饮活龙血非常危险。

用活龙血浇灌身体都会痛得要命，更别说喝进肚中了。然而，世间万物一物降一物，蓝心草正是配合活龙血服用的最佳药材，只是蓝心草极为珍贵。

林雷打听过蓝心草的价格，一株蓝心草价值数万金币，还供不应求。

当初，德林·柯沃特说过："活龙血霸道无比，一般来说一株蓝心草是不够的，喝的活龙血越多，需要的蓝心草就越多。"

一株蓝心草就那么贵，林雷哪里买得起？恐怕近一个多月赚取的七万金币也只能购买一株蓝心草。

"蓝心草！蓝心草！老天真是眷顾我！"林雷心中大喜。

他的脚一用力，猛然跃起，直接跃出十几米远，落到对面的山崖上，而后默念魔法咒语。仅仅一会儿，他的身体便被风系元素包裹住了，同时周围还有气流环绕。

风系五级魔法——飘浮术。

林雷只能做到让身体飘浮却无法飞行，飘浮也只是能够直上直下。他往前跨了一步，整个人悬浮在峡谷上方，而后缓缓下降，逐渐深入迷雾峡谷。

贝贝站在林雷的肩头，跟随他一同深入峡谷。贝贝虽然实力比较强，可是也无法飞行。它不是飞行类魔兽，除非突破成为圣域魔兽，才有可能飞行。

迷雾峡谷中，白雾翻滚。

随着渐渐深入，林雷发现两边崖壁之间的距离越来越远了。

此刻，他已经飞到了蓝心草的旁边。

"蓝心草，草叶碧绿，隐约有蓝色光芒流转，入手冰凉，草叶被撕开时会有碧绿色液体渗出，入口清爽。"林雷还记得在恩斯特魔法学院图书馆中看过的关于蓝心草的基本介绍。

他深吸一口气，而后小心地将蓝心草给拔了出来。

"果然入手冰凉。"林雷感觉蓝心草和冰块一样，立即将其放入背上的包裹中，而后小心地朝四面八方看去，"不知道附近还有没有蓝心草。"

这里能够长出一株蓝心草，就能够长出第二株蓝心草。

在飘浮术的作用下，他缓慢地下降，同时朝下方看去，只见白雾翻滚，一切显得模模糊糊，隐约能够看到崖壁上布满藤蔓。

"这迷雾峡谷好大啊！"

越往下，他发现峡谷下方越是宽广。现在他敢肯定两边崖壁之间的距离有数千米，因为他一直沿着一边的崖壁行进，单单根据崖壁斜的角度和自己飞行的距离就能够推测出来。

"嗷——"

"嘎——"

各种叫声在下方不时响起，而且发出声音的地方不同，单听声音就能推测出有上百只魔兽。

林雷心中一惊："下方有很多魔兽！"

他贴近崖壁，同时抓着那些藤蔓，小心缓慢地下降。

"老大，我感觉到下面有危险。"贝贝忽然对林雷灵魂传音。

林雷也感觉到了，心提到了嗓子眼，越是往下，下面的魔兽发出的声音越加清晰。

那些吼声低沉有力，肯定是大型魔兽发出来的，而一般大型魔兽没有弱的，实力强的魔兽不一定体形大，可体形大的魔兽一定实力强。

"蓝心草！"

忽然，林雷看见远处下方的石壁上长着一株蓝心草，蓝心草周围都是绿色的藤蔓类植物。

他本来就不是胆小的人，这时候又看到了珍贵的蓝心草，当即双手紧紧拉住藤蔓荡了过去。然而，他根本没有注意到蓝心草周围的植物中，有一条二十余米长，两人才能环抱住的绿色巨蟒。那绿色巨蟒的体表有翠绿的藤蔓环绕，又隐藏在迷雾中，所以不易被人发现。

随着下降，林雷越来越靠近蓝心草了。

"老大，小心，是魔兽蟒蛇！"贝贝急切地灵魂传音。

"蟒蛇？"林雷脸色一变。

蛇类魔兽大多实力极强，即使是最弱的三角毒蛇，也是六级魔兽。

林雷立即仔细观察下方，此刻他离那绿色巨蟒不足百米。

"呼！"他倒吸一口凉气，"那是绿纹巨蟒！七级魔兽绿纹巨蟒?！"

他的脑海中一下子浮现了关于绿纹巨蟒的信息。

这个时候，他终于知道为什么这个峡谷中有如此多白雾了。

"水雾术只是一级水系魔法，水系七级魔兽绿纹巨蟒吞吐间就可以在周围形成无尽的白色水雾，而这个峡谷中有如此浓密的白雾，看来其中绝对不止一条绿纹巨蟒。"

峡谷底部足有数十里宽，数十里深，如此大的峡谷，完全被白雾笼罩了，由此可以想象其中的绿纹巨蟒绝对不少。

那条绿纹巨蟒忽然动了，硕大的头朝向林雷，蟒首上那让人心寒的眼睛死死地盯着林雷。

"嘶——"

一道恐怖的叫声从绿纹巨蟒的口中发出，同时它疾速朝林雷飞去。

"嗷——"

"嘎——"

……………

谷底响起各种魔兽的叫声，同时还有沉重的脚步声。

林雷看到十几只庞大的爬行动物过来了，而这只是极少一部分，被白色迷雾掩盖的魔兽更多。

"走！"林雷控制风系元素，疾速朝上方冲去，当悬浮力远远超过体重后，他整个人朝上方飞行的速度快得惊人。

在飞行的过程中，他看到另外一个方向有一条绿纹巨蟒沿着崖壁疾速而来，那森冷的眼睛也死死地盯着他，不停地发出怪异的叫声。

"嘎嘎——"尖锐的鸣叫声响起，只见峡谷底部飞出了数十只庞大的飞鸟。

"翼鸟龙?！是翼鸟龙！"林雷的脸色陡然变得惨白。

第 69 章
迷雾峡谷（下）

十几只个头比狮鹫大好几倍的翼鸟龙快速追了上来。

林雷立即通过盘龙戒指让自己的飞行速度达到最快，同时默念大地守护圣铠的魔法咒语。

"呼！"

随着劲风声响起，林雷将绿纹巨蟒远远甩开，可是翼鸟龙的速度非常快，和他的距离越来越近。当他飞到峡谷之上的时候，那十几只翼鸟龙直接冲了上去，继续追着他。

他在山林间疾速跳跃、奔逃，可是两条腿再快，又怎么比得上翼鸟龙飞行的速度？

"嘎——"

一阵刺耳的鸣叫声响起。

翼鸟龙的双翼展开超过二十米，这十几只翼鸟龙都展开双翼，简直覆盖了林雷上方的天空。

林雷感觉天都暗了下来，而十几只翼鸟龙立即俯冲而下，喷出了炽热的火焰，周围的树一下子燃烧了起来。

林雷体表的大地守护圣铠闪烁着土黄色的光芒，保护着他的全身。

龙族中，翼鸟龙和地行龙属于最低级别，不过即使是最弱的龙族魔兽，也达到了六级，尤其翼鸟龙、地行龙都是群居的。

十几只六级魔兽从空中发起攻击，即便是七级战士，也得逃命。

"哧！"翼鸟龙的利爪在林雷的大地守护圣铠上狠狠地一抓，大地守护圣铠震颤起来，其表面的土黄色光芒不稳定地闪烁起来。

"不能硬扛！"

林雷被这一爪的攻击力给吓住了，拼命地穿行在山林间，专门往路难走的地方冲去，飞扑、跳跃、攀爬……

那十几只翼鸟龙则盘旋在林雷头顶，争先恐后地用爪子袭击他。

"呦！"一道愤怒的尖啸声响起。

而后，贝贝的身体膨胀起来，从二十厘米长变成了近半米长。可是，近半米长的贝贝和双翼展开就超过二十米的翼鸟龙比起来，依旧只是小不点。

贝贝化为一道黑色残影，一下子冲到一只俯冲而下的翼鸟龙的背上。

只听得凄厉的鸣叫声响起，那只翼鸟龙便从空中坠落下去，而贝贝从那翼鸟龙的背上一跃，就到了另外一只翼鸟龙的背上，对着其颈部狠狠咬了两口，直接将对方咬死了。

翼鸟龙只是六级魔兽，而贝贝可以将七级魔兽迅猛龙打得落荒而逃。而且，七级是一个分水岭，七级以下与七级的实力差距很大。

贝贝只是不会飞，一旦到了翼鸟龙的背上，翼鸟龙必死无疑。仅仅一会儿，就有三只翼鸟龙丧命了。

另外的翼鸟龙惊恐地立即往高处飞，贝贝只能眼睁睁地看着那些翼鸟龙飞走，没有任何办法，它可无法飞行。

那些翼鸟龙在高空中盘旋了一会儿，最后悲鸣几声，朝迷雾峡谷飞了回去。

"好惊险！"林雷这个时候才长舒一口气。

他一边将三只翼鸟龙的魔晶核取出来，一边思考着迷雾峡谷的事情。

"德林爷爷。"林雷呼唤道。

德林·柯沃特当即从盘龙戒指中飞了出来，笑着问道："林雷，有什么事情吗？"

这个时候，林雷的心情还没有平静下来。

"德林爷爷，刚才我进入了一个迷雾峡谷，没想到其中有大量的魔兽，除了绿纹巨蟒，还有庞大的爬行动物，个头不比迅猛龙小，此外还有翼鸟龙……而且，我看到的只是迷雾峡谷的一小部分，整个迷雾峡谷的真面目我都没有看到。"

林雷怎么都没想到这个迷雾峡谷中竟然聚集了这么多魔兽。

"哦？"德林·柯沃特有些惊讶，"这个迷雾峡谷中竟然有那么多魔兽，有意思！一般而言，魔兽都是同一类聚集在一起，你刚才说的魔兽不是同一类，竟然也会聚集在迷雾峡谷中，真有意思。如果我还活着，一定要到那个里面去探察一番。"

林雷无奈地笑道："迷雾峡谷中还有蓝心草，刚才有一株我根本来不及采摘，只采到一株。"

"蓝心草？"德林·柯沃特眼睛一亮，"长有蓝心草的地方绝对不简单，迷雾峡谷中肯定还有其他宝物，或者是超强大的魔兽，比如九级魔兽，乃至于圣域魔兽。"

"不过……"说着，德林·柯沃特的眉头皱了起来，"强大的魔兽都有领地意识。如果有强大的魔兽在其中，应该不会允许翼鸟龙、绿纹巨蟒等魔兽也待在其中，真奇怪。"

德林·柯沃特也想不明白，迷雾峡谷中的情形似乎很复杂。

林雷笑了："德林爷爷，不要再想了，等我成为七级魔法师，可以施展飞行术时，再来迷雾峡谷中探察一番吧。"

成为七级魔法师，他的大地守护圣铠会达到玉石级别，"极速"等辅助魔法的威力会大增，到时候他有绝对的信心对付那些翼鸟龙，而拥有飞行术，他自然有信心去迷雾峡谷中探察。

"七级魔法师？你现在只是五级魔法师，还早着呢。"德林·柯沃特泼冷水。

林雷心中也明白，成为六级魔法师不难，可是从六级魔法师突破成为七级魔法师是非常难的。

"路是一步步走出来的。"林雷微微一笑，"我进入魔兽山脉这么久了，现在启程回去，近千里的路程需要耗费好几天，正好可以好好试炼。"

当即，林雷带着贝贝开始返回。

第70章
叫艾丽斯的女孩（上）

归途中，林雷遇到的魔兽越来越弱，当他踏入外围区域后，遇到的魔兽几乎都是三四级的，对他根本没有任何威胁，即使如此，他也不敢完全放松警惕。

德林·柯沃特和林雷并肩而走，心中充满了忧虑。如今的林雷气度沉稳，但是动手的时候是绝不留情的，眼眸中有着拒人于千里之外的冷漠。

德林·柯沃特还记得在踏入魔兽山脉之前，林雷单纯善良，心中有着纯粹的快乐。

他斟酌了许久，灵魂传音道："林雷。"

正矫捷地穿梭于山林间的林雷转头，疑惑地看向德林·柯沃特："德林爷爷，有什么事情吗？"

德林·柯沃特郑重地道："林雷，在进入魔兽山脉之前，我就提醒过你，人心隔肚皮，不能轻易相信别人，让你对别人保持警惕之心。"

林雷点点头，道："德林爷爷，你说得很对，的确不能轻易相信别人，如果我早点听德林爷爷的话，估计腹部就不会中那一刀了。"

德林·柯沃特摇摇头，道："虽说不能轻易相信别人，可是也不能警惕过头了。你现在惊疑不定，草木皆兵，以后怎么和别人相处？记住，对人不能太冷漠，也不能太信任，信任是在长期的交流中逐渐建立起来的，不要轻易被别人的话所左右。"

林雷很聪慧，而且不论是在家还是在恩斯特魔法学院，他都看过不少书，听德林·柯沃特这么一说，他心中有点明白了。

可是，两个月的残酷生活让他见识了人性的丑陋，再去相信别人真的很难。

"德林爷爷，我明白。"林雷点点头。

德林·柯沃特心中暗叹："幸好林雷有贝贝陪着，还有恩斯特魔法学院的一些好朋友，应该不会变得冷血无情。"

他依旧记得数千年前，普昂帝国还存在的时候，和他同为普昂帝国圣域级强者的那名白衣男子。那白衣男子是一名强大的剑圣，也是一个极为孤僻的人。

"德林爷爷，你说父亲如果看到这么多魔晶核，会是什么反应？"林雷笑着问道。

这个时候，林雷期待得到父亲的夸赞。

"你准备将这些魔晶核都给你的父亲？"德林·柯沃特反问道。

林雷点点头："那是当然。这些魔晶核价值七万金币，我用不着，我只要不饿着就行，一年有几十金币便足够了，而父亲管理整个家族，又要负担小沃顿的学费，这些魔晶核当然要给父亲。"

他并不想卖掉魔晶核，毕竟自己对于买卖魔晶核一点经验都没有，被骗了恐怕都不知道。

"哈哈，我相信你父亲会高兴得跳起来。"德林·柯沃特笑道。

林雷也笑了，当即加快速度前进。

他在魔兽山脉中灵活地穿行，当跃过一条小溪的时候，听到远处有魔兽的叫声和人类的打斗声。

"咦？敢来魔兽山脉的起码是五级战士，而外围区域的一般是三四级魔兽，怎么会打斗得这么激烈呢？"林雷有些疑惑。

魔兽山脉里面的大多是五六级魔兽，而七级魔兽偶尔会出现的地方才可能发生激烈的打斗，外围区域一般很少发生这种事情，战斗都进行得非常快速。

他双腿一蹬便跃了七八米远，仅仅一会儿就来到了战场的旁边。

他站在树杈上，悄然看去。

只见两男两女正在和一头嗜血战猪激烈地打斗，其中一名身穿白色战甲的青年大声地指挥战斗："老二，别乱跑，保护艾丽斯，我来引开这头笨猪。尼雅，不要慌，射箭时对准其要害。"

这四人明显战斗经验少，遇到危险都慌乱起来了，唯有领头的青年显得稳重一些。

"这四人胆子真大，那个身穿白色战甲的青年应该是五级战士，另外三人最多有四级战士的实力。"林雷摇摇头。

另外三人连五级都没达到就敢来魔兽山脉，的确够胆大的。

另外一名红发青年惊慌地大喊："卡蓝老大，你不是说魔兽山脉外围只有三四级魔兽吗？这可是五级魔兽啊！"

名为卡蓝的青年心中很是无奈。

他身为五级战士，带着三个好朋友在魔兽山脉外围区域试炼，本来以为不会有什么危险，没想到竟然遇到一只五级魔兽。

"噗！"十数根地突枪陡然从嗜血战猪的周围冒出，其中三根刺在嗜血战猪的身上，却被嗜血战猪的厚皮给顶断了。

"嗷！"嗜血战猪愤怒地看向四人中唯一的魔法师，而后火速冲了过去。

嗜血战猪冲刺起来气势骇人，鼻孔中不时喷出火焰。

"躲开！艾丽斯，你快躲开！"卡蓝大声喊道。

艾丽斯有着一头金色长发，还有一双美丽的大眼睛，她得到提醒后，惊慌地想要逃离，可是嗜血战猪毕竟是五级魔兽，虽然智慧不高，却比野兽强得多。

它朝着艾丽斯冲了过去。

艾丽斯惊恐地快速逃跑，却被脚下的藤蔓一绊，跌了一个跟头，回头一看，只见嗜血战猪疯了似的冲了过来。以她柔弱的身躯，根本抵挡不住，恐怕会被嗜血战猪一脚踩死。

两名青年和另外一名女孩吓得不知所措，根本来不及救人。

"艾丽斯！"卡蓝焦急地大喊。

"哧——"七八根闪烁着土黄色光芒的地突枪陡然冒了出来。

嗜血战猪虽然皮厚，却被其中两根地突枪刺中腹部，鲜血流了出来。可惜，地突枪只是刺入其腹部的肌肉中，并没有伤到其内脏。

"嗷——"嗜血战猪痛得仰头嘶吼起来。

"哧！"一柄黑色短刃从上方闪电般刺入它的眼睛，刺中了它的脑袋。它的身体如筛糠一样抖动起来，仅仅一会儿就不动了。

卡蓝等四人看到这一幕，都惊呆了。

他们看着穿着蓝色战士劲装的强壮青年熟练地取出了嗜血战猪体内的魔晶核后掉头就要离开。

卡蓝最先反应过来，立即高声喊道："这位朋友，请等一下！"

第 71 章
叫艾丽斯的女孩（下）

"嗯？"林雷转过头去，眉头一皱。

卡蓝走了过来，感激地说道："我叫卡蓝，谢谢你相救，如果不是你，恐怕艾丽斯已经死了。"

艾丽斯也跑了过来，她显然还心有余悸，急促地喘息着，好奇地看着林雷，说道："谢谢你救了我的性命，我叫艾丽斯，全名艾丽斯·达夫，我也是地系魔法师。"

林雷的目光在艾丽斯身上停留了一会儿。不得不说，艾丽斯非常有气质，又惹人怜爱。

"林雷，在魔兽山脉中看到有人遇到危险，你一般不会出手相救，今天怎么破例了？"德林·柯沃特揶揄的声音在林雷的脑海中响起，"啊，我知道了，你喜欢上这个叫艾丽斯的女孩了。"

林雷眉头一皱。

"德林爷爷，过去不是我不想救，而是在魔兽山脉中，那些人遇到的要么是好几只六级魔兽，要么是七级魔兽，我根本没能力救。这次杀一只五级魔兽并不难，我也就顺手而已。"

德林·柯沃特笑了笑，不再说话。

"我叫托尼，不知道这位朋友叫什么名字？"另外一名青年道。

林雷淡漠地看着这四人，问道："你们进入魔兽山脉多久了？"

"这是第一天。"卡蓝无奈地说道，"我们也没想到进入魔兽山脉的第一天就遇到了五级魔兽，真是太倒霉了！按照书中的记载，魔兽山脉的外围区域基本都是三四级魔兽，我们来这里试炼应该没太大危险。"

"愚蠢！"林雷冷冷地说道。

那个叫尼雅的女弓箭手怒了："你这小子嚣张什么！你不就是救了艾丽斯吗，凭什么骂我们？"

"尼雅，不得无礼！"卡蓝呵斥一声。

林雷直接说道："我很佩服你们的胆量，竟然敢贸然进入魔兽山脉，但我不得不说你们的运气很好，一路上竟然没遇到劫匪。"

"劫匪？"卡蓝等四人相视一眼，他们的确没遇到劫匪。

魔兽山脉连绵上万里，从各处都可以进入魔兽山脉，没遇到劫匪是正常的。

"我告诉你们，如果不想死，现在就立即离开魔兽山脉。"林雷说道。

"为什么？难道魔兽山脉外围的五级魔兽很多？"托尼疑惑地问道。

林雷淡淡地道："在魔兽山脉，特别是外围区域，最危险的并不是魔兽，而是贪婪的人。你们不但实力弱，还没有任何战斗经验，我相信任何贪婪的人都不会放过你们。你们只是第一天进入魔兽山脉，所以还没有被别人发现，否则早就没命了。"

"最危险的是贪婪的人？"卡蓝脸色大变，而后恭敬地说道，"魔法师大人，我们今天才进入魔兽山脉，对魔兽山脉了解甚少，这一次也是私下决定来这里的。我希望魔法师大人能够帮助我们离开魔兽山脉。"

林雷不由得眉头一皱。他不喜欢麻烦，可是这四人回去的路上如果遇到劫匪，真的非常危险。

"魔法师大人，拜托你帮帮我们。"艾丽斯哀求道。

林雷看了艾丽斯一眼，想到她可能会被劫匪杀害，心一软，点点头："好吧，反正我也要离开魔兽山脉，就带你们一程。不过，回去的路上如果遇到劫匪，我只能保证尽量帮忙，如果你们中有人被杀了，我也没办法。"

卡蓝大喜，立即说道："魔法师大人能够帮我们，我们已经非常感激了。"

林雷点了点头，继续前进："跟着我走。"

卡蓝等四人立即跟着林雷，在林雷的保护下走出了魔兽山脉，朝城市走去。

回去的途中，卡蓝等四人知道了林雷的名字。艾丽斯很崇拜林雷，她是威林魔法学院的第一天才，然而今年才成为四级魔法师，这种成绩在恩斯特魔法学院只能算是中等。

中途休息，一行人开始进餐，林雷和艾丽斯坐在一起。

"林雷大哥，你实在是太厉害了，十四岁半就成了五级魔法师！我估计我还要过几年才能成为五级魔法师。"艾丽斯崇拜地看着林雷。

"这不算什么，我们学院的第一天才迪克西九岁就成了四级魔法师，十二岁就成了五级魔法师。"林雷不以为意地说道。

他并没有透露自己十三岁时还是四级魔法师，十四岁半时就成为五级魔法师了。仅仅一年半的时间，他就赶上了迪克西。

"九岁就成了四级魔法师？我现在都只是四级魔法师，我还是威林魔法学院的第一天才，威林魔法学院和恩斯特魔法学院差得太远了。"艾丽斯感叹道。

"林雷大哥，你的地突枪阵的威力好像大得很，你比我们学院五年级的一些学员还要厉害，这是为什么呢？"艾丽斯也是地系魔法师，自然发现了林雷的与众不同。

林雷淡然地一笑，何止是威力，实际上地突枪阵的速度也是极快的。

"地系魔法源自大地……"林雷当即为艾丽斯讲解起来。

实际上，林雷对地系魔法的认知比恩斯特魔法学院的老师还要精深，因为他有圣域级别的老师教导。

艾丽斯仰头看着林雷，聚精会神地听着，两人离得越来越近。

林雷完全沉浸在讲解中，当他讲完一部分停下来的时候，才发现两人竟然只隔着一个拳头的距离。

林雷一怔。这可是他第一次和女孩靠得如此近，近距离看艾丽斯，明亮的眼睛、小巧的鼻子，甚至可以感受到她的呼吸，闻到她身上的香味。

"林雷大哥，你怎么不讲了？"艾丽斯疑惑地问道。

没一会儿，她就反应过来，立即和林雷拉开距离，脸红得跟红苹果似的。

林雷努力平复心情，然后站了起来，装作若无其事地说道："好了，大家都吃饱了，现在继续赶路吧，争取早点抵达城市。"

第72章
夜风中的紫色身影（上）

芬莱王国都城芬莱城，绿叶路。

这里有众多豪华的府邸，其中一座府邸前聚集了十几人。

"我代表德布斯家族感谢你相救，这次如果不是你，卡蓝这孩子恐怕会吃大亏。"一名银发老者笑着对林雷说道。

银发老者旁边站着卡蓝、艾丽斯、托尼、尼雅，这四人身后便是德布斯家族的一群仆人。

而后，银发老者转身对后面的一个仆人点了点头，那个仆人便从怀中取出了一个黄色小袋。

银发老者接过黄色小袋，递给林雷，说道："这里面有一百金币，虽然不算多，但是代表了我们德布斯家族的心意，希望你能够收下。"

"不用了，只是举手之劳。"林雷礼貌地说道，"我先走了。"

银发老者不再坚持，笑吟吟地目送林雷离开。

"托尼、尼雅、艾丽斯，你们三个快回家吧，你们的父母肯定也非常担心。"银发老者说道。艾丽斯、尼雅、托尼三人和卡蓝告别后，一个个都朝自己家走去。

待得卡蓝跟着银发老者步入客厅，银发老者脸一沉，说道："跪下！"

卡蓝当即跪下，说道："二爷爷，我错了，这次我没有弄清楚魔兽山脉的情况，就带着三个好朋友贸然进入了魔兽山脉，请二爷爷责罚。"

"哼！"银发老者扫了一眼卡蓝，"你已经成年了，还是我们德布斯家族的继承人，怎么能犯这种低级错误？魔兽山脉中的危险岂是你能想象到的？你不向家族禀报，就擅自去魔兽山脉冒险，做事这么没头脑，如果将家族交给你，你恐怕会毁了家族！至于如何惩罚你，这由你父亲决定。"

卡蓝低头听训，不敢说话。

德布斯家族在芬莱王国中排前三，之所以强大，并不是因为地位很高，而是因为其是玉兰大陆三大商会之一的道森商会在芬莱王国的合作者。

道森商会富可敌国，生意遍布整个玉兰大陆。事实上，玉兰大陆上的三大商会的财力、武力都很强。不少家族都想要和道森商会合作，德布斯家族能够和道森商会扯上关系，那是很了不得的。毕竟对三大商会，就连两大同盟和四大帝国也是以拉拢为主。

离开芬莱城，林雷踏上了前往恩斯特魔法学院的征程。贝贝站在林雷的肩膀上四处观望，德林·柯沃特则和林雷并肩而走。

"德林爷爷，你有没有觉得这个世界有点可怕？"林雷和他灵魂交流。

德林·柯沃特点了点头，却没有说话，只是静静地聆听。

"过去，我并不觉得芬莱城有什么不对劲，可是这次从魔兽山脉中回来，我发现芬莱城也有魔兽山脉中的那种残酷，没有任何掩饰。

"可是，芬莱城中的贵族子弟、魔法师、厉害的战士一个个衣着光鲜，待人彬彬有礼，整个芬莱城显得很是繁荣，等级制度却又那么森严。

"即使在法律中，贵族的权利也是大大超过平民。虽然芬莱城很繁荣，欢声笑语不断，可是里面潜藏的规则比魔兽山脉的繁琐得多。在魔兽山脉中，没有贵贱之分，只有实力强弱之分。"

林雷这个时候逐渐认识了这个世界。在这个世界上，大贵族处于上层，平民们被剥削。无论贵族们表现得多么绅士，多么和善，都无法掩藏等级森严的事实。想要有地位，只有成为伟大的战士或者魔法师，不努力的话，就会被淘汰。

"人类社会比魔兽山脉更复杂，他们只是将魔兽山脉中那种残酷的竞争披上华丽的外衣，有时候这件华丽的外衣非常有用。"林雷打心底对那些伪善的贵族很是不屑。

从魔兽山脉的残酷到芬莱城的繁华，这种强烈的对比令林雷的心境发生了变化。

"你惧怕竞争？"德林·柯沃特忽然问道。

林雷咧嘴一笑："惧怕？不，如果世界上没有竞争，所有的日子都平平庸庸的，那还有什么意思？我喜欢竞争，那种仿佛在刀尖上跳舞的日子才有激情。"

"吱吱——"旁边的贝贝欢快地叫了起来。

恩斯特魔法学院。

进入过魔兽山脉，认识到了人性的险恶，林雷越加珍惜在恩斯特魔法学院中建立的兄弟感情。走至宿舍门前，他听到了从里面传来的声音——

"耶鲁老大，林雷现在还没回来，他进入魔兽山脉中不会有危险吧？"

"老四，闭上你的臭嘴，老三肯定会安全回来的。走，我们去吃——"

耶鲁一抬头就看到了庭院门前的人，顿时愣住了。

旁边的乔治、雷诺也都愣住了，而后他们都兴奋地冲了过去。

"哈哈，老三，你终于回来了！"耶鲁第一个冲过去给了林雷一个熊抱。

雷诺大声说道："耶鲁老大和乔治每天都念叨你呢，还担心你的安全，就我相信你一定会安全回来！"

"老四。"乔治瞪大了眼睛，"你刚才还担心老三会有危险呢。"

"我？"雷诺一副疑惑的模样，"我说过吗？"

林雷看着这三位好兄弟，心中暖暖的。

耶鲁立即一挥手，豪气地说道："好了，你们两个也别废话了，老三从魔兽山脉中安全回来了，这可是大喜事，走，我们去好好庆贺一番！"

"老二，老四。"林雷笑着说道，"走，今天我们好好吃一顿，我请客。"

"啊？"雷诺睁大眼睛，"你请客？"

耶鲁大笑起来："对，老三请客。你们可别忘了，前些日子普鲁克斯会馆可是将邀请信送过来了，老三的那三件石雕卖了四千多金币呢，可以好好宰他一顿了。"

"普鲁克斯会馆的邀请信？"林雷一怔。

耶鲁连忙说道："老三，你的石雕卖出了高价，普鲁克斯会馆很认可你的雕刻水平，所以邀请你在普鲁克斯会馆的高手展厅设置独立展间。啊，我这就去拿邀请信给你。"

耶鲁说完就朝宿舍内跑去。

雷诺则神秘兮兮地对林雷说道："你是不知道啊，自从普鲁克斯会馆的人来过学院，你被邀请在普鲁克斯会馆设置独立展间的事情已经传遍了整个学院，你可是名声大振啊！"

"传遍了学院？"林雷有些发蒙，他刚刚知道此事。

"对，恐怕整个学院中，你是最后一个知道此事的。"乔治笑呵呵地说道。

"林雷，这就是普鲁克斯会馆的邀请信。"耶鲁拿着一个烫金的白色信封从宿舍内跑了出来。

第73章
夜风中的紫色身影（下）

傍晚时分，林雷等四人走在恩斯特魔法学院幽静的小路上，聊着最近发生的事情。

"这么狠？"雷诺掀开林雷的短衫，看到其腹部上可怖的伤口，不由得屏住了呼吸。

旁边的乔治沉默了。

唯有耶鲁咧嘴大笑，道："哈哈，你们见识太少了吧，我小时候就见过比这更狠的。"

"耶鲁老大，真的假的？"雷诺惊诧地说道。

耶鲁得意地一笑，说道："当然是真的，而且见到很多，比如虐杀囚犯，还有真人空手和魔兽厮杀，周围有一群富豪在观看，那场面血腥得很。"

林雷完全可以想象得出那种场面。

"还是待在恩斯特魔法学院好啊！"乔治感叹一声。

林雷点点头，表示赞同。

在恩斯特魔法学院中幽静的小路上，时常可以看到一名名学员或在散步，或坐在魔兽的背上，悠闲得很。

"对了，耶鲁老大，你晚上不是有约吗？怎么不去了？"雷诺忽然说道。

耶鲁满不在乎地说道:"今天我兄弟林雷安全从魔兽山脉中回来了,经历九死一生,我当然要在这里陪他,还去赴什么约啊!"

雷诺笑着点点头。

"林雷!"忽然,一道惊喜的声音从远处传来。

林雷等四人转头看去,只见一个有着飘逸的金色长发,身材高挑的美女欢快地跑了过来。

美女惊喜地说道:"林雷,你从魔兽山脉中回来了,实在是太好了!你这次去了那么久,我都担心死了,你有哪里伤着了吗?"

"迪莉娅,我没事。"林雷笑着回答道。

林雷刚进入恩斯特魔法学院时就认识了迪莉娅,两人的关系非常好。和迪莉娅在一起的时候,他感觉自己可以完全放松,没有一点负担,就仿佛和那三个好兄弟在一起一样。

"迪莉娅,叔叔的马车还在外面,别浪费时间。"一道冰冷的声音响起。

林雷抬头看去,只见一个青年站在远处,正是迪莉娅的哥哥,也就是恩斯特魔法学院的两大天才之一迪克西。

迪克西身上的学院长袍十分整洁,上面没有一点污渍,眼神也清澈得很。

"哦。"迪莉娅失望地应了一声,然后看向林雷,"林雷,父亲让我和哥哥回去,外面的马车还在等着,我就先走了。"

"好的,迪莉娅,回头我们再聊吧。"林雷笑着说道。

"嗯,再见。"迪莉娅笑着应道。

远处的迪克西走了过来,只是看了迪莉娅一眼,迪莉娅就乖乖地走向他。

而后,他看向林雷:"林雷,听说你进入魔兽山脉试炼了,恭喜你试炼成功。"

林雷一怔,迪克西竟然主动跟我说话了?!

在恩斯特魔法学院,迪克西出了名的冷漠,一般人跟迪克西在一起都会感到压力巨大。

"哦，谢谢。"林雷回道。

迪克西微微颔首，而后便带着妹妹迪莉娅朝学院门口走去。

第二天上午，圣都芬莱城，普鲁克斯会馆。

"林雷来了啊，快请坐。"奥斯托尼热情地说道，"耶鲁，你们几个也坐下歇息吧。"

奥斯托尼打量了林雷一番，惊叹道："你真是一个天才，年纪轻轻，就成了玉兰大陆第一魔法学院的天才学员，不单单如此，你在石雕方面的技艺水准还达到了极高的境界。别说是魔法天才，就是在石雕高手的圈子中，如今这个时代，能够被我们邀请在普鲁克斯会馆设立独立展间的，一般年龄都在四十岁以上，你是其中最小的。古往今来，只有两个绝世天才可以和你相比，而你和他们不同的是，你不仅是石雕天才，还是魔法天才。"

听了奥斯托尼这一番话，林雷都有些不好意思了。

"奥斯托尼，你就别浪费时间了，赶快将事情办完，我们还要出去玩呢。"耶鲁催促道。

奥斯托尼点头，连忙从旁边的文件夹中取出一张银色魔晶卡，笑着递给林雷："这银色魔晶卡是四国金行给我们普鲁克斯会馆定做的，能代表你石雕高手的身份，以后你的石雕销售所得的所有金币都会直接转入这张魔晶卡中。

"现在这张银色魔晶卡是无主的，你先用指纹认证一下，以后就可以使用了。"奥斯托尼将魔晶卡递给林雷后，又悄声问道，"林雷，不知道你这次是否带了其他石雕过来？"

林雷微微点头，道："我又带了三件石雕。"

奥斯托尼脸上的笑容顿时更加灿烂了。

夜。

碧水天堂的雅间中，林雷和乔治在谈笑着，雷诺、耶鲁则早就回房休息了。

林雷对旁边的乔治说道："老二，我的头有点晕，出去吹吹风。"

　　"好的。"乔治应了一声。

　　林雷当即下楼，离开了碧水天堂。走出喧闹的碧水天堂，被深夜的凉风一吹，他的脑子陡然清醒了许多。

　　和碧水天堂相比，外面明显要宁静得多，林雷便在芬莱城的道路上随意地漫步着。

　　夜风吹拂，凉爽怡人。

　　干陌路的街道旁边也有一些贵族的府邸，不过跟绿叶路的相比，这些府邸明显要低一个档次。一座两层小楼的阳台上，艾丽斯正享受着凉爽的夜风的吹拂。

　　看着天空中的那一轮明月，她不禁想起了救了自己一命的林雷。

　　在生死之际，在她绝望的时候，是林雷从天而降直接杀了嗜血战猪，救了她的性命。那一刻，林雷在她心中留下了难以抹除的印记。

　　"林雷大哥就是比较沉默，不过他谈论起魔法的时候话挺多的，挺帅气的。"艾丽斯想着，脸上不由得有了一丝笑容。

　　忽然，她发现楼下的街道上出现了一个熟悉的身影，她仔细辨认了一下，脸上露出了惊喜之色，连忙挥手，大声喊道："林雷大哥，林雷大哥！"

　　正漫步在街道上的林雷听到有人喊自己，疑惑地抬头看去。

　　远处小楼的阳台上，那个身影是那么显眼，她的后上方就是一轮明月，她如同月光下的精灵，紫衣在夜风吹拂下缓缓飘荡，同样飘荡的还有那飘逸的长发。

　　恍惚间，林雷似乎又闻到了艾丽斯秀发的香味。

　　"艾丽斯。"林雷不由得朝那座小楼走了过去。

第74章
归乡(上)

艾丽斯家府邸的院墙只有两米高,林雷走到院墙旁,脚一蹬地面,而后往院墙的墙壁上一点,整个人就如同展开双翼的飞鹰飞了起来,而后落到了艾丽斯所在的阳台上。

"快蹲下来。"艾丽斯急忙拉住林雷。

林雷疑惑地蹲下。

"嘘!"艾丽斯谨慎地朝下面看了一眼,然后才对林雷说道,"幸亏看门的人睡着了,如果被他看到了,那我就麻烦了。"

林雷恍然。

"我们坐下说吧!阳台的护墙挡住了,别人看不到。"

艾丽斯得意地一笑,而后用阳台上的抹布擦拭了一下地面,就和林雷席地而坐了。

再次见到艾丽斯,林雷挺开心的。

"林雷大哥,现在都深夜了,你怎么还在外面的街道上乱晃呢?对了,你不是说你是恩斯特魔法学院的吗,怎么出现在芬莱城?"艾丽斯一口气问了林雷两个问题。

"嗯!我和三个兄弟到芬莱城来游玩,晚上我嫌闷得慌,就出来逛逛。"林雷回道。

艾丽斯点了点头。

"艾丽斯，这都深夜了，你怎么还没有睡觉呢？"林雷疑惑地问道。

艾丽斯撇了撇嘴，道："我很早就睡了，可睡得正香时，被我那喝得烂醉的父亲吵醒了。你不知道我父亲有多过分，天天赌钱、喝酒，喝醉了还在家里闹腾，烦死了。有这样的父亲，我真倒霉。林雷大哥，你呢？你的父亲怎么样？"

"我父亲……"林雷想了想，缓缓地说道，"我父亲不赌钱，即使喝酒也不会喝醉，不过他对我的教育非常严格，从小就是这样。"

艾丽斯很是羡慕，感叹道："林雷大哥，你太幸福了，哪像我……"

月光下，两人就坐在阳台上闲聊着，从父亲聊到教育，从教育聊到学院，从学院聊到好朋友，而后又聊起了和好朋友之间的一些趣事……

林雷聊得很开心，他对于艾丽斯的生活也越来越熟悉。

渐渐地，长夜过去，东方的天际泛起了鱼肚白，周围弥漫着清新的空气。

林雷和艾丽斯却丝毫没有感觉到时间的流逝，天亮了，两人才反应过来。

"啊，天亮了。"林雷这个时候才注意到时间。

艾丽斯也才反应过来："不好意思啊，让林雷大哥你陪我聊了半夜。"

忽然，两人都不说话了，显得有些尴尬。

"嗯，我该走了。"林雷感觉气氛有些怪，心中有些发慌，直接站了起来。

"林雷大哥，你以后还会来芬莱城吗？"艾丽斯追问道。

"会的，有时间会来的。"林雷说完，双手一撑阳台，整个人在空中一个空翻，而后落在院墙上，脚往院墙的墙壁上猛然一点，整个人一下子跃了出去，落到十几米外的街道上。

他没有回头，洒脱地对着身后的艾丽斯挥手告别。

艾丽斯目送林雷的身影消失在街道尽头，这才怅然若失地进入自己的房间。

八月下旬的太阳好像大火球，天气热得要命，林雷和贝贝吃过午餐后就前往家乡乌山镇了。一路上，他都背着装有价值七万金币的魔晶核的包裹。

"吱吱——"贝贝在林雷的肩膀上兴奋地叫着。

林雷看了贝贝一眼，笑了起来，灵魂传音："贝贝，这次回乌山镇，你也很高兴吗？对了，我一直没有问你，你当初怎么会出现在我家那废弃的祖屋中？"

"不知道。"贝贝摇了摇头，"从我记事起，我就在你家那废弃的祖屋中生活了，也不知道父母是谁。不过我的记忆中一直有个声音在说'待在这里，不要乱跑'。"

林雷心中一动，那个声音会不会是贝贝的父母留下的呢？

"一开始我就吃石头，不敢离开你家那废弃的祖屋，后来你给我送来了野鸡和野兔，这个世上只有你对我最好，我可不想离开你。"贝贝皱了皱小鼻子，可怜兮兮地道。

林雷回忆起了那一幕。

当初贝贝在乌山镇村口迟疑了一会儿，最后见林雷真的要走才咬了他一口，和他缔结灵魂契约。

"好，贝贝，我们会永远在一起的。"林雷宠爱地摸了摸贝贝的脑袋。

贝贝舒服地眯起了眼睛。

林雷走路的速度不算快，以一个小时二十里的速度前进，当走到乌山镇边缘时，已经到了傍晚时分。

离乌山镇越来越近，他听到了熟悉的声音——

"一个个给我把腰杆挺直了，谁的屁股碰到下面的树枝，染上了涂料，就算违规，训练加倍！"希尔曼叔叔的声音传出老远。

林雷朝远处看去，只见乌山镇东边一排白杨树旁边的空地上，一群六七岁到十五六岁的孩子分成三队，在希尔曼等三名教官的教导下努力训练，汗水打湿了他们的衣服。

"当年我也是这么训练的。"看到这一幕，林雷很是感慨。

"林雷？！"希尔曼隔得老远就看到了林雷，和旁边的罗瑞、罗杰交代了一下，他就朝林雷跑了过来，给了林雷一个熊抱。

"希尔曼叔叔，好久没见到你了。"林雷也高兴得很。

"哈哈，走，先回家，霍格大人看到你一定很高兴！"希尔曼笑呵呵地说道。

而后，两人并肩朝乌山镇内走去。

"林雷少爷。"罗瑞和罗杰热情地打招呼。

"罗瑞叔叔，罗杰叔叔。"林雷挥手示意，而后和希尔曼一同朝自家府邸走去。

"林雷，你还带了包裹回来啊。包裹这么鼓，里面装的是什么？"希尔曼注意到了林雷背上的包裹，笑着问道。

林雷神秘地一笑，道："礼物！给我父亲的礼物！"

第 75 章
归乡（下）

巴鲁克家族府邸的院子中，霍格正躺在椅子上，翻阅着一本极厚的书。

"霍格大人，晚餐已经准备好了。"一个女仆走过来，恭敬地说道。

自从希里管家带着小沃顿去了奥布莱恩帝国，巴鲁克家族中就没有仆人了。霍格好歹是龙血战士家族的族长，总不能去干下人的活吧，所以请了一个女仆。

"哦。"霍格合起手中的书，看了旁边的女仆一眼，心中感叹，"幸亏那些贵族知道我儿子如今是恩斯特魔法学院的天才魔法师，愿意借金币给我，否则日子就更艰难了。按照乌山镇现在的税率，我也就勉强能够支付王国的税收和护卫队的薪水。"

霍格想想都觉得憋屈，到了他这一代，家族中能卖的大多都卖了。幸好，他有两个好儿子。

"林雷早就是五级魔法师了，就快毕业了，到时候把家族交给他，我可以做自己想做的事了。"

霍格起身朝客厅走去。

忽然——

"霍格大人，霍格大人！"希尔曼的声音响起。

霍格疑惑地朝门口看去，不一会儿就见希尔曼走进来了，其身旁有一名身材壮硕的青年。

看到青年，霍格大笑着迎上去："林雷，你回来了！哈哈，实在是太好了，这真是一个大惊喜！"

"阿加莎，请准备一顿丰盛的晚餐。"霍格对女仆人说道，而后亲热地拍了拍林雷的肩膀，"好小子，都快有我高了。对了，你不是年末才回来吗？这次怎么这么早就回来了？"

林雷神秘地一笑，道："父亲，等吃完晚饭，我会告诉您的。"

"这么神秘？"霍格皱起了眉头。

旁边的希尔曼笑道："霍格大人，林雷跟我说了，他为你准备了一件神秘的礼物。我问他到底是什么，他就是不告诉我呢。"

"希尔曼叔叔。"林雷看向希尔曼，眉头一皱。

"好，我不说，我不说。"希尔曼笑了起来。

夜幕降临。

餐桌上点着好几根蜡烛，烛光照亮了整个客厅。吃完晚餐，阿加莎将餐桌收拾干净，客厅中就只剩下林雷和霍格二人了，林雷这才将自己的包裹放到霍格的面前。

"这是什么？"霍格疑惑地看向林雷。

"等一下打开。"林雷起身关上了客厅的大门。

霍格不由得笑了起来："这么神秘？还要关门。"

林雷坐了下来："父亲，您快打开这个包裹。"

"我倒要看看你这包裹里面到底有什么。"霍格好奇地打开了包裹，没想到包裹中还有一个大袋子，袋口勒得紧紧的，里面好像装满了东西，显得鼓鼓的。

霍格摸着大袋子，疑惑地说道："这么大的袋子，里面装的不像是金币，难道都是碎石子？"说完，霍格打开了大袋子，只见五颜六色的魔晶核散发着绚烂的光芒，看得他眼睛都快花了。这可是满满一大袋魔晶核啊，霍格活了大半辈子，这是第一次见。

"好多魔晶核啊！"霍格震惊地看向林雷。

霍格见到过魔晶核，不过从来没有见过这么多魔晶核。如此多的魔晶核，太具有视觉震撼效果了。

林雷点点头，说道："是的，这大袋子里面装的几乎都是魔晶核，其中只有十几颗魔晶石。按照书上记载的，这些魔晶核应该价值七万金币。"

"七万金币?!"霍格惊叫了一声。

这些年，他一直受到缺少钱财的困扰，如今就是拿出五百金币都很难，都要出去借，其困窘程度可想而知。

七万金币是什么概念？这么说吧，可以供整个巴鲁克家族过一百年了。

"当然，七万金币只是按照书中记载的魔晶核价格计算出来的，如今魔晶核的价格应该高一点，估计能够卖到八万金币。"林雷又说道。

霍格看着眼前花花绿绿的一堆魔晶核，仿佛在做梦一样，整个人有种飘飘然的感觉。

"呼——"他深呼吸数次才勉强平复了心情。

"林雷，这些魔晶核是哪里来的？"霍格死死地盯着林雷，"难道你去了魔兽山脉？"

林雷点了点头："是的，父亲，这些魔晶核都是在魔兽山脉中获得的。"

"你……你……"霍格有些恼怒，"魔兽山脉可是整个玉兰大陆的第一凶地，去魔兽山脉是多么大的事情啊，你怎么不跟我商量一下就擅自去了？你可知道那里面有多危险？"

话刚出口，霍格就自嘲地一笑。

林雷都去过了，当然知道里面有多危险。

霍格看着眼前认真听训的林雷，不由得叹了一口气，道："林雷，我也不想骂你，可是你要知道，你如今是恩斯特魔法学院的天才魔法师，前途不可限量。

我们巴鲁克家族的重担最终会落到你的肩上，毕竟你的弟弟还小，等他成为真正的龙血战士，还不知道要多久。你肩负着我们巴鲁克家族的希望，所以千万不能把自己的性命当儿戏。"

林雷不敢出声。

"把上衣脱了，让我看看你身上有没有受伤。"霍格沉声说道。

脱掉上衣？林雷眉头一皱，他可是很清楚自己身上那密密麻麻的伤痕有多么恐怖。

"脱下来。"霍格眉头一皱。

林雷迟疑了片刻，最终还是脱掉了短衫，露出了精壮的上身，上面密布着一道道伤痕，甚至有几道伤痕属于致命伤。

看到林雷身上一道道恐怖的伤痕，霍格心一沉。

他颤抖的手缓缓地摸向林雷胸膛和腹部上的伤痕，心中一酸，儿子受了那么多的磨难，是怎么从生死边缘活下来的，他想都不敢想。

"林雷，你……"霍格哽咽了。

"父亲，我现在不是没事嘛。"林雷立即安慰道。

霍格看看旁边那一堆魔晶核，再看看林雷身上的恐怖伤痕，忍不住颤抖起来，他恨自己无能！

而后，他深吸一口气，沉声说道："林雷，你赶了一天路应该累了，早点回房休息吧。"

"是，父亲。"

林雷悄然离去，只剩下霍格在烛光摇曳的客厅中静静地坐着。

第 76 章
霍格

第二日早晨,巴鲁克家族客厅。

林雷惊讶地发现坐在餐桌旁的父亲容光焕发,连精神面貌都完全不同了。

霍格放下手中的刀叉,笑着看向林雷:"这次在家多待一段时间,咱们父子俩好好聚聚。"

林雷有些惊讶,这么多年来,父亲从来没有对自己说过这种话。原本他计划去芬莱城逛逛,顺便看看艾丽斯,听到父亲这话,他很是高兴,当即决定将去看艾丽斯的计划往后延。

"好的,父亲。"林雷连连点头。

霍格也点了点头,眼神中似乎多了些什么。

林雷在乌山镇一待就是十几天,甚至快到恩斯特魔法学院的开学时间也没有急着回去,而霍格也没有催促他回恩斯特魔法学院。

乌山镇东边的乌山上,潺潺溪水旁,林雷盘膝而坐,静静地冥想,正在炼化魔法力。

地系元素和风系元素渗透进林雷的体内,其全身的筋骨、肌肉、经脉自然而然地吸收着元素,改善着体质。

少部分地系、风系元素被吸收了，绝大部分被炼化，最终流入了其胸口的丹田位置。海纳百川，全身经脉中流窜的元素最终皆聚集于此。

林雷这么一坐就是整整半日，当他睁开眼睛时，已经日落西山。

"该回学院了。"他站起来，长舒一口气，"自从我将那些魔晶核交给父亲，父亲对我的态度就变得好多了，也亲切了许多。"

这十几天应该是林雷和霍格相处最融洽的一段时间。

"到底是什么促使父亲发生了这么大的转变呢？难道是魔晶核？不对，应该不是因为魔晶核，难道是因为看到了我身上的伤痕？"林雷怎么都想不通父亲为什么会对自己这么好。

嘘寒问暖，这个词完全可以形容如今霍格对林雷的态度。

步入巴鲁克家族府邸，林雷一眼就看到了正在阅览书籍的父亲，他关切地道："父亲，天色已晚，明天再看吧。"

"哦，你回来啦。"霍格笑着合上书，"你说得有道理，我明天再看。"

"林雷，你在外面修炼了这么久，应该渴了吧。"霍格拿起旁边茶几上的水壶，倒了一杯白开水，"来，润润喉咙，这水的温度刚刚好，不烫不冷。"

"多谢父亲。"林雷心中一暖。

这十几天，霍格对林雷好得不得了，而过去霍格总是很严肃，很少露出如此温情的一面。

林雷喝了一口，而后说道："父亲，我已经在家待了一段日子，准备明天回学院。"

"明天？"霍格微微一怔，而后点点头，"好吧！年底你可要早些回来。"

"嗯！"林雷应道。

霍格轻声嘱咐道："林雷，父亲没有多大的本事，我们巴鲁克家族以后就靠你了。你给了我那么多魔晶核，足够支付你弟弟在奥布莱恩帝国学习的费用。你做到这个地步，我已经很满意了，只是心中依旧记着我们家族的耻辱。我希望你别忘记，我们家族的传承之宝还流落在外。"

林雷深吸一口气，微微点头。

"我现在没有其他要求，只希望在死前能够看到战刀屠戮。"霍格的声音很是低沉。

林雷感觉到气氛不对，当即说道："父亲，您别这么消极，您才四十岁，以后的日子还长着呢。我有信心，不到十年，一定能将战刀屠戮带回来，放回家族的宗堂中。"

"好，好！"霍格欣慰地点点头。

第二天中午，林雷就离开了乌山镇。

前一天晚上，客厅中坐着两人，分别是霍格和希尔曼，而客厅大门紧闭着，餐桌上放着那一袋魔晶核。

希尔曼看到那袋魔晶核后，震惊不已。

霍格道："希尔曼，近段时间，我会卖掉这些魔晶核，而所得的金币由你代为保管。"

希尔曼一下子回过神来，连忙道："霍格大人，不，这么大一笔财富，你怎么能交给我？你自己不是可以保管吗？"

"希尔曼，别叫我霍格大人，叫我霍格大哥就行。"霍格的笑容很和善。

忽然，他站了起来，面朝东方："希尔曼，你对我们巴鲁克家族，还有我的事情最为清楚。"

希尔曼闻言一怔，他不知道霍格为什么提起这个。

"那件事情藏在我心底十几年了，这十几年来，我的心仿佛遭受蚂蚁噬咬一般，极为痛苦。我一直在忍，忍了一天又一天，一年又一年，终于已经过去十几年了。"

霍格身体微微颤抖。

希尔曼脸色一变，猛地站起来，惊骇道："霍格大哥，你想要……"

"没错，当年的事情我一定要去查，一定要查清楚琳娜到底是死是活。"霍格坚定地说道。

"霍格大哥，"希尔曼连忙说道，"当初我们不是查过了吗？敌方的势力庞大，仅仅查到部分信息就已经很恐怖了，你若再去查，很可能会丢掉性命。"

霍格一声低吼："我岂会怕死?! 希尔曼，你根本不懂这十几年来我有多么痛苦，心灵时刻受到折磨，我已经受够了。林雷给我的魔晶核应该价值八万金币，完全足够支付沃顿的学费，有了这笔财富，我已经没有任何负担了。这么多年来，我一直隐忍，为的是什么？还不是为了两个儿子！现在林雷已经长大了，沃顿在奥布莱恩帝国进修，我已经没有什么需要操心的了。"

霍格双手紧紧地抓着希尔曼的双肩，凝视着希尔曼："虽然你一直称呼我霍格大人，可是这么多年来，我们像兄弟一般相处，到了这个份上，我希望你能够成全我。"

"霍格大哥，你……"希尔曼很是焦急。他心里很清楚，一旦霍格真的去查当年的事情，很可能会丧命。

"我意已决。希尔曼，你要知道，我一直都生不如死啊！"霍格的眼睛微微泛红了。

希尔曼看到霍格这样，心中满是无奈。这么多年来，霍格总是那么严厉、冷漠，别人不知道原因，希尔曼却很清楚。在林雷和沃顿的母亲琳娜被掳走之前，霍格是一个非常开朗的人，然而琳娜被掳走后，霍格的性情就变了。

霍格对外说琳娜是难产死的，可是希尔曼和希里知道事实并非如此。

"希尔曼，你不用再劝我了。我问你，你帮不帮我？"霍格紧紧地盯着希尔曼，说道。

希尔曼凝视了霍格片刻，长叹一口气："好吧，我帮你。"

霍格闻言，不由得露出了一丝笑容，那是解脱的笑容。

第 77 章
石雕价格

芬莱城,干陌路。

艾丽斯正站在自家两层小楼的阳台上,双手撑着下巴,看着下方街道上的行人。林雷上一次离开后,她几乎每天都会在阳台上观看行人,期盼林雷能够再一次来这里。

然而……

"明天就要上课了,今天就要回学院了。"艾丽斯在心中暗叹,最后朝街道看了一眼。

她期待林雷能够再次来看她,可惜这十几天林雷没有来过一次。

这时,门口响起了她的好朋友尼雅的声音:"艾丽斯,快点下来。"

尼雅、托尼、卡蓝三人正在下面的大门口等着艾丽斯。他们都是战士学院的,离艾丽斯所在的威林魔法学院比较近,加上四人的家都在芬莱城,所以关系比较好。

"好的,我这就下去。"

艾丽斯瞥了府邸前的街道一眼,而后背上了准备好的包裹,便下楼了。

艾丽斯离开芬莱城后的第三日傍晚,林雷来到了院子前,仰头看着两层小楼的阳台，阳台上却空无一人。

"喂，你是做什么的？"艾丽斯家看门的中年人对着林雷大喊道。

林雷转头看去，笑着问道："您好，我是恩斯特魔法学院的，和艾丽斯是好朋友，她在家吗？"

"哦！"中年人听到这番话，笑呵呵地说道，"艾丽斯小姐离开家三天了，回威林魔法学院了。"

"我知道了，多谢。"林雷礼貌地说道。

他转身离开了，走到干陌路的尽头，回头看了一眼两层小楼的阳台，心情有些复杂。

在恩斯特魔法学院，林雷和过去一样认真修炼，每天都花时间用平刀进行雕刻，无论是精神力还是魔法力，都稳定并快速地提升着。

转眼，一个月过去了。

按照老规矩，林雷等四人带着三件石雕前往芬莱城。

普鲁克斯会馆，奥斯托尼的房间中。

"近一万五千金币？这么多？"林雷对于上一次三件石雕的价格感到很是惊讶。

奥斯托尼笑道："林雷，这很正常。一般石雕高手的作品就价值一千金币，而我们普鲁克斯会馆着重宣传了你的身份，一个年纪轻轻的魔法天才，足以令石雕的价格翻倍。最重要的是，你的石雕非常奇特。别人的石雕美则美矣，可是流畅度有一定的缺陷，而你的石雕线条非常流畅，使用平刀和玉碗刀雕刻的两处极为完美，竟然让人无法察觉出断痕。"

林雷听到这里，不由得笑了。他从头到尾都只使用了平刀，根本不需要换用各种雕刻刀，石雕的线条自然非常流畅，怎会有断痕？

"因为这一个特点，加上你的身份和石雕本身独特的风格，石雕价值近五千金币。只是，在一些细致纹路的处理上略有欠缺，否则价格会更高。"奥斯托尼说道。

"细致纹路处理？"林雷暗自叹息。

他使用的是平刀，虽然勉强可以将一些特殊纹路雕刻出来，可是论效果，肯定要比斜刀、圆刀等专业雕刻刀雕刻的效果差一些。

不过，林雷很满足了。三件石雕就可以卖到近一万五千金币，如果全身心雕刻的话，一个月绝对可以雕刻出十件石雕，那就价值近五万金币了。

"我在魔兽山脉中的时候，数次经历生死危机，加上解决了一些杀手，才得到七八万金币。而石雕高手的十件石雕就价值近五万金币，赚钱未免太容易了。"林雷感叹不已。

在石雕高手中，他的石雕的价格属于上等了。

"石雕高手赚钱这么容易，那石雕大师……"

越是深入了解，林雷就越感叹石雕这个圈子的收入差距太明显了。整个神圣同盟的石雕高手也就百位左右，优质的石雕有多稀少，可想而知。

"林雷，好好努力，我相信你以后一定会成为伟大的石雕大师。"奥斯托尼鼓励道。

石雕大师不但拥有惊人的财富，地位还极高，即便是大贵族面对他们，也得恭恭敬敬的。

大师可是一个非常了不得的称呼，不是用金钱和权力就能够换来的。某个人在某一个行业达到顶峰，得到了所有人的认可，才会被尊称为大师。

第 78 章
冬天里的玫瑰（上）

当日，傍晚时分。

林雷等四人从一家酒店中走了出来，按照老规矩，下一站就是碧水天堂。

"耶鲁老大，你们三个先去吧，我想自己先随便逛逛。"刚走出酒店，林雷便说道。

耶鲁、雷诺、乔治三人都惊讶地看向林雷。

"你们先去，过两三个小时我再和你们会合。"林雷说道。

这时，站在林雷肩上的贝贝叫了两声，同时灵魂传音："老大，你是要去艾丽斯家吧。"

贝贝一直跟着林雷，对林雷的事情自然清楚。别看它一直长不大，心智却堪比人类。

"你这家伙。"林雷没好气地瞪了贝贝一眼。

"好，那你就先去逛逛，不过别逛太久，我们在老地方等你。"耶鲁笑道。

随后，林雷和三位好兄弟分开了，独自朝干陌路的方向走去。

干陌路的人流量不大，显得很是安静。街道两旁有一些茶馆、餐厅，里面大多是周围的居民。

走到艾丽斯家的不远处，林雷看着那两层小楼的阳台，阳台上依旧空无一人。

　　林雷自嘲地一笑，他其实只是抱着非常小的希望来到这里。

　　而后，他转身步入旁边的一间茶馆，选了靠窗的位置。透过窗户，他可以看到艾丽斯家的阳台。

　　"给我来一壶好茶，再拿两个杯子。"林雷随意地道。

　　"是，先生。"侍者虽然不懂林雷为什么要两个杯子，可是并没有多问。

　　"贝贝，慢点喝。"林雷为贝贝倒了一杯，放在了一边。

　　贝贝立即跳到桌上，竟然学林雷一口一口地慢慢饮了起来。

　　林雷手持杯子，望着阳台的方向，慢慢地喝着。

　　一人一魔兽就这样慢慢品着茶，近两个小时后，林雷才付账，带着贝贝离开了茶馆。

　　"老大，你是不是很失望？"贝贝灵魂传音问道。

　　林雷伸手，摸了摸贝贝的小脑袋，笑道："你这个小家伙。"

　　而后，他便漫步在芬莱城的街道上，一边朝碧水天堂走去，一边欣赏着芬莱城的夜景。

　　翌日，也就是9月30日，林雷等四人就离开芬莱城，回恩斯特魔法学院了。

　　傍晚，艾丽斯、卡蓝几人就回到了芬莱城。之所以这么巧，是因为恩斯特魔法学院和威林魔法学院的假日是不同的。

　　恩斯特魔法学院每月的29号和30号是假日，威林魔法学院和威林战士学院却是每月的1号和2号是假日，艾丽斯在30号傍晚就赶回来了。

　　她站在阳台上，双手撑着下巴，看着街道上来往的行人，偶尔看到远处出现和林雷相似的身影，当即会兴奋一下，可是当人影走近，发现不是林雷，她又会很失望。

　　10月2日下午，她只能无奈地回威林魔法学院。

　　10月29日，林雷将三件石雕送到了普鲁克斯会馆，傍晚，他又来到了干陌路上的那座茶馆,依旧选了靠窗的位置,点了一壶好茶,和贝贝一起慢慢喝着。

"老大,看来你这次又要失望了。"贝贝乌溜溜的小眼睛看向林雷,同时灵魂传音。

"失望就失望吧,只能算是没缘分吧。"林雷仰头将手中的小半杯茶一饮而尽。

他和贝贝已经喝完两壶好茶了,而阳台上依旧没出现他期待看到的人影。

一旁的侍者走了过来。

"再来一……"林雷话说到一半就打住了,眼睛一下子亮了起来,死死地盯着那两层小楼的阳台。

此时,阳台上出现了一个身穿白色衣衫的女孩。

"结账!"林雷陡然站了起来。

原本准备去拿好茶的侍者愕然,片刻后就反应了过来。

付账后,林雷直接朝外面走去,贝贝则从桌上一下子跳到了他的肩上。

这个时候已经是晚上近八点了,干陌路两旁的灯光有些昏暗。

干陌路因为不是主干道,晚上路上的行人很少。

"是艾丽斯!"林雷心中很确定。

"哇,老大,你终于再次见到那位美女啦!哈哈,你是不是很高兴、很兴奋、很激动?"贝贝调侃道。

林雷没有理睬贝贝,整个人灵活地跑到艾丽斯家的院墙边,双手一撑,就落到了阳台之上。

艾丽斯正好看见林雷从院墙的方向蹿过来。

"林雷大哥。"她一下子就认了出来,心跳加快,脸有些红。

她心中有些庆幸,上一次没有等到林雷,她回到威林魔法学院后就查了一下,才知道恩斯特魔法学院的假日是29号和30号,所以她这次请了假,提前两天回来了。

"林雷大哥,好巧啊。"艾丽斯笑着说道。

林雷怔了怔："艾丽斯,真的好巧。"

艾丽斯不由得笑了起来,然后拉过林雷："快坐下,别被看门的人发现了。"

林雷当即坐了下来。

两人躲在阳台的护墙下,低声聊了起来,聊得很是投机,完全没有察觉到时间飞快地流逝了。

"林雷大哥,你这么厉害,在恩斯特魔法学院,喜欢你的女孩子肯定很多吧?"艾丽斯故作随意地问道,心跳却不禁加快。

"还好,还好。"林雷羞怯地说道。

"笨蛋,真不会聊天!"德林·柯沃特没好气的声音在林雷的脑海中响起。

第 79 章
冬天里的玫瑰（下）

和艾丽斯待在一起，林雷心中很是欢喜，不知不觉，一夜就过去了。然而，无论是林雷还是艾丽斯，一夜没睡，都不觉得疲累。

天边泛起鱼肚白，天地间有了一丝光亮。

"天亮了，艾丽斯，我先走了。"林雷站了起来。

"嗯！"艾丽斯应了一声。

她也站了起来，依依不舍地看着林雷。

林雷笑了笑，双手一撑阳台栏杆，全身气流环绕，他仿佛落叶一样飘到了街道上。

回到恩斯特魔法学院后，他和过去一样认真修炼，可是在休息的时候，总是会想起艾丽斯。

玉兰历9997年11月29日傍晚。

艾丽斯老早就在自家门前等着，不一会儿，她就看到了干陌路街道尽头出现了林雷的身影，立即跑了过去。

"林雷大哥！"艾丽斯激动地喊道。

一个月没见面，一见面，她就有些压抑不住内心的激动。

林雷也激动得很，心中暗道："虽然没有跟艾丽斯约定再次见面的时间，可是她今天在这里等我，我们还挺有默契的。"

上次跟艾丽斯聊天，林雷知道了威林魔法学院的假日是每月的1号和2号，艾丽斯提前回来跟他见面，似乎对他也很有好感。

"艾丽斯，今天怎么在外面，没有在阳台上？"林雷和艾丽斯并肩走在街道上。

艾丽斯笑道："我们总不能一直躲在阳台上聊天吧？"

林雷想到两人躲在阳台上小声聊天的情景，不由得笑了。

"对了，你晚上不回去睡觉，你父亲不管吗？"林雷问道。

"他？"艾丽斯撇了撇嘴，"我的父亲是个酒鬼，而且喜欢赌，他连自己什么时候回的家，第二天都不知道，哪里还有心思管我？"

"林雷大哥，我是在芬莱城长大的，芬莱城大得很，你肯定有不少地方没去过，走，我带你去逛逛。"艾丽斯笑着说道。

此时正值冬季，在玉兰大陆，12月和1月是最寒冷的，晚上更冷，街道上的行人并不多。林雷和艾丽斯边走边聊，惬意得很。

"咦，下雪了！"艾丽斯抬头看向夜空，只见雪花缓缓飘落，"我最喜欢雪了，这是今年冬天的第一场雪。"

"我也喜欢雪。"林雷仰头看向夜空，雪花飘落在脸上，然后融化了。

雪花纷飞，一男一女漫步在芬莱城夜晚的街道上，画面很是唯美。

碧水天堂。

雅间中一共有三人，分别是耶鲁、雷诺、乔治。

"老三不知道怎么回事，上一次一夜没来这里，这一次到现在还没过来。"耶鲁无奈地道。

"咦，那人好像是老三！"靠在窗户边的雷诺忽然大声喊道，"他的旁边还有一个漂亮女孩。"

耶鲁和乔治当即跑到窗户边，朝下面看去。

这个时候，正沉浸在微妙感觉中的林雷根本没有注意到旁边就是碧水天堂。他和艾丽斯就这么走过碧水天堂，继续朝香榭大道走去。

"老三什么时候有这么漂亮的异性朋友了？"耶鲁眼睛一亮。

乔治、雷诺都很是兴奋。

雷诺提议道："哈哈，等老三来这里的时候，我们可要好好审问他一番。"

第二天清晨，心情愉悦的林雷来到了碧水天堂的雅间，按照惯例，耶鲁、雷诺、乔治应该在睡觉才对，可是——

推开雅间的门，林雷大吃一惊，说道："你们三个怎么都没睡觉？"

"我们有事要问你。"雷诺笑了起来。

乔治、耶鲁二人则露出不怀好意的笑，靠近了过来。

"说！"雷诺瞪大眼睛，"昨天晚上，跟你在一起散步的美女是谁？"

"快说。"耶鲁、乔治二人都虎视眈眈。

"呃，你们——"林雷愣住了。

被他们这么一逼迫，林雷老实地交待了自己和艾丽斯相识的事情。

"你们不要误会，我们只是很好的朋友。"

"哦！"雷诺等三人都意味不明地笑了。

第 80 章
高手如云（上）

林雷和艾丽斯越来越熟后，两人几乎无话不谈，虽然身处两所学院，但是定下了每个月的中旬和月底见面。

转眼，近一个月过去了。

12月28日，因为明天会再次前往芬莱城和艾丽斯见面，所以林雷的心情好得很。

"嗨，林雷。"

"哦，戴维。"

林雷走在恩斯特魔法学院的小路上，热情地和一些认识的同学打着招呼。

"老大，你要去和那个艾丽斯见面，就这么兴奋？"林雷肩膀上的贝贝鼻子一皱，不屑地说道，"看你那傻样！近一个月来，整天都笑呵呵的。"

过去的林雷待人虽然算不上冷漠，可也不算多热情。而近一个月来，林雷的心情明显很好，对人都笑脸相迎。

"你这小家伙知道什么！"林雷没好气地说道。

而后，他意气风发地进入了图书馆，选了两本关于风系魔法的书，就去阅览室了。

阅览室中非常安静，宽阔的室内也就二三十人而已。

林雷选了一个靠窗的位置，便阅读起来。

恩斯特魔法学院的图书馆中有关于历史、魔兽、玉兰大陆地理状况、各系魔法的书，林雷几乎都涉猎过，不过花费最多时间阅读的是风系魔法书。毕竟他主修地系、风系魔法，而地系魔法有德林·柯沃特这个圣域魔导师教导，而风系魔法大都只能靠自己去研究。

随着阅读，他心有所悟，不由得在心中赞叹。

很快，两个小时过去了。

他合上手中的书，道："德林爷爷，理解风系魔法的奥义很难，更别说创造风系魔法了。"

施展魔法时，大多是默念魔法咒语，按部就班地施展出来，也就是知其然不知其所以然，而领悟一些魔法原理后，可以做到精简魔法咒语，或者是精神力控制的时候，可以令魔法力的利用效率尽量达到更高。

"那是当然，你以为魔法这么容易创造？"德林·柯沃特的声音在林雷的脑海中响起。

"创造就算了，能够让我了解一些七级以上的魔法就好了。可惜恩斯特魔法学院有规定，禁忌魔法乃至七级、八级、九级魔法都是不公开的。"林雷对这一点很不满。

不过，他也很清楚，恩斯特魔法学院的背后就是光明圣廷，光明圣廷是不会将威力大的魔法传给其他国家的人的。同时他也感到庆幸，幸亏自己有德林爷爷指导，至少学习地系魔法不用烦恼了。

当即，他开始翻阅另外一本风系魔法书。

"综合起来看，不单单是风系魔法，其实其他系的一些高级魔法也一样，大多是基础魔法延伸而成的。比如我们风系魔法'风刃'，更高等级的'风刃之链'，再高级一些的'风刃翔乱舞'，乃至九级风系魔法'真空束缚术'，都属于一个支系。当然，风刃按照另外一个支系发展，最终可以衍变成最强的禁忌魔法'次元之刃'……"读到关于风刃的详细描述，林雷非常兴奋。

这本书的作者是站在魔法世界的制高点对魔法进行分析，对于一些基础很牢的人是非常有好处的，可以令他们脑海中的魔法概念形成完整的体系。

"飘浮术其实是比较简单的一种魔法，不过施展起来并不简单，因为这种魔法最重视风系元素的亲和力。亲和力越高，就可以越加精准地操控风系魔法力和风系元素，就可以在施展飘浮术后速度更快。而飞行术比飘浮术高一级，飘浮术只是可以让魔法师直上直下，飞行术可以让魔法师朝各个方向飞行。看似是各个方向，实质上只比飘浮术多了前后左右这四个方向而已。

"比如你朝左下方飞行，只需要控制自己同时朝下方和左方飞行即可。其实，从这个原理来看，加上飘浮术的魔法咒语，就比较容易能够推断出飞行术的魔法咒语了……"读到这一条，林雷脑海中灵光一闪。

"没错，其实只是多了前后左右方向的四股风而已。如果是这样的话，推断出飞行术的魔法咒语就不难了。"林雷一下子就设想出了几种魔法咒语。

当然，这几种魔法咒语是否正确，还需要经过试验来认定。

过去，林雷只是认为施展飞行术后需要朝各个方向飞行，要设定魔法咒语很难，可现在看来，飞行术比飘浮术多了四个方向，只需要多四股风系气流，这对林雷而言难度并不大。

林雷继续阅读下去。

"当然，可以简单推测出来的高级魔法极少，比如飞行术的更高一级是风之翔翼，风之翔翼是要让风变成两只翅膀的模样，难度非常大，其魔法咒语和飞行术的魔法咒语差太多，根本无法推理出来。"

林雷微微点头。

越往下读，林雷就越肯定这本书的作者是一位创造魔法的高手。因为这本书的大部分内容是通过魔法原理来讲述的，讲述如何研究魔法咒语，讲述如何控制元素进行排列，等等。而对于如何增加魔法威力之类的方法，却并没有提及。

如果是一般人，看到一些魔法元素的排列那么复杂，根本不会看这本书。可林雷明白，如果弄明白了原理，自然知道如何控制魔法，从而实现使用同样的魔法威力却能更大。

"林雷。"

正当林雷沉浸在书中的时候,旁边响起一道清脆的声音。

林雷转头朝旁边看去,只见一个身材高挑、美丽动人的女孩子走过来了。正是他的好朋友迪莉娅,不过迪莉娅的脸色并不好看。

"迪莉娅,怎么了?"林雷笑着问道。

迪莉娅抿着嘴唇,沉默了好一会儿才道:"林雷,我听说你最近和一个女孩子走得很近?"

第 81 章
高手如云（下）

林雷微微一怔，而后点点头："对，她叫艾丽斯。"

迪莉娅的眼睛当即红了，连忙转身，控制不住地流下了眼泪，而后快速冲出了阅览室。

林雷却没有察觉到迪莉娅流泪了。

"她这是怎么了？"

林雷一脸疑惑。

此时，他没心情继续看书了，当即记下手中魔法书的名字，便将这本书放了回去。

回宿舍的路上，他的心情有些烦闷。

"老大，我觉得这个迪莉娅对你有好感。"贝贝幸灾乐祸地说道，"我倒是觉得迪莉娅不错，比艾丽斯要好。"

"闭嘴！"林雷灵魂传音。

"哼！被我说中了。"贝贝得意地道。

林雷深吸一口气，然后缓缓呼出，脸上露出了一丝笑容："不管了，明天就要跟艾丽斯见面了，准备一件礼物吧。"

一想到艾丽斯，他的心情便轻松了不少。

12月29日傍晚，林雷和耶鲁等三人分别，独自前往干陌路和艾丽斯会合，这一次两人待在一起的时间比较长。

每年的1月1日被称为玉兰节，玉兰节是玉兰大陆最大的节日，而光明圣廷在这一天会举行最为盛大的典礼。

芬莱城是光明圣廷的圣都，光明圣廷的总部在西城，芬莱城的盛典自然是玉兰大陆规模最大的，到时候光明圣廷的廷皇会亲自主持，这可是了不得的盛典，去观礼的人会非常多。

1月1日，芬莱城西城。

光明圣廷总部光明神殿是一座百米高的巨型建筑，在芬莱城的其他地方都可以看到这座巨型建筑。

光明神殿前面有长宽足有数千米的大型广场，广场的地面由平整的白色岩石铺成。此刻广场上人山人海，林雷和艾丽斯混在其中。

光明圣廷的骑士负责维持广场的秩序，在这里聚集的人也非常守规矩。

"林雷大哥，等到八点钟，光明圣廷的一群上层人物都会出来，光明廷皇也会出现呢。"艾丽斯对林雷轻声说道。

林雷点了点头，看了看那些维持秩序的光明圣廷骑士："艾丽斯，这里维持秩序的骑士有数千名吧，看样子，这些骑士的实力都不弱。"

"那是当然。今天是玉兰节，维持秩序的是光明神殿的王牌骑士团，最起码都是五级骑士。"艾丽斯从小生活在芬莱城，知道的自然比林雷要多。

林雷心中一惊。实力最弱的都是五级骑士，实力如此强的骑士组成的骑士团，整体实力之强，可想而知。自己区区一个五级魔法师，在人家面前，什么都不是。

艾丽斯指着远处一些衣着华丽的人，说道："你看，今天来的贵族非常多，过会儿，我们神圣同盟六大王国的王族都会来呢。"

转眼便已经八点了。

忽然，那百米高的光明神殿的塔尖亮了起来，白色光芒朝下面辐射开去，广场中央的巨型天使雕像隐隐有光芒闪烁，同时，广场上响起了仿佛来自神界的美妙神曲。

这时候，从光明神殿旁边的偏殿中走出了一群人，最前面的是身穿白色战甲，头盔上插着红色翎毛的神殿骑士。这些神殿骑士都有着高手特有的气势，踏着整齐的步伐前进，那种强烈的压迫感令整个广场上的人一下子就安静下来了。

"没想到，光明圣廷的实力这么强了，那上百名神殿骑士中恐怕最弱的都是七级战士吧。"德林·柯沃特出现在林雷的身边，"今天竟然有圣域级强者出现，算了，我还是进入盘龙戒指中吧。"

说完，德林·柯沃特就消失了。

"圣域级强者？"林雷仔细地打量着那一群人。

在上百名身穿白色战甲的神殿骑士之后，是十几名穿着白色长袍的圣司，白衣圣司后面是被几位红衣大主廷簇拥着的身穿银色长袍的光头老者。

"廷皇！"

光头老者明显是这一群人的中心人物。

林雷不由得将注意力放在了光明廷皇的身上，此人身材颀长，身高近两米，左手上有一根和自己差不多高的权杖。

在光明廷皇、红衣大主廷的身后，有四名黑袍老者，还有上百名身穿紫袍的战士。

这一群人有序地走在道路中央，聚集了数十万人的广场上没有人敢喧哗。

"德林爷爷，你刚刚提到了圣域级强者，谁是圣域级强者？"林雷心念传音问道。

"我一眼就看出来了，那光明廷皇和其身后的一名黑袍老者都是圣域级强者，他们倒很自信，竟然不收敛气息。五千多年来，当初那个龟缩在普昂帝国的小圣廷竟然发展到了如此规模。"德林·柯沃特感叹不已。

"不收敛气息？"林雷怔怔地看着那一群人。

说实话，他只觉得那光明廷皇、红衣大主廷，以及其身后的四名黑袍老者极具威严，却感觉不到丝毫强者的气息。可是，德林·柯沃特却说两位圣域级强者并没有收敛气息。

"林雷，你只是区区五级魔法师，在玉兰大陆上什么都算不上，只有达到七级，才有资格被称为强者。而七级强者在光明圣廷这种雄霸玉兰大陆一方的势力面前，只是小人物而已。"

"光明圣廷、黑暗圣廷、四大帝国，以及诸多神秘组织中都有很多高手，整个玉兰大陆的高手数量远超你的想象。你现在实力很弱，还没有接触到那一个层面，到时你就明白了。"德林·柯沃特笑呵呵地说道，"你最大的优势就是年轻，而那些强者的实力都是经过长年累月的苦修得来的，你以后也会成为强者的。"

林雷微微点头。

在恩斯特魔法学院被称为天才，林雷就认为自己了不得了，此刻他终于清醒了，在玉兰大陆上，他根本不算什么。

当廷皇一行人走过之后，广场上的人这才低声谈论起来。

"林雷大哥，你快看，六大王族的人来了。最前面的就是我们芬莱王国王族的人，那个金发大汉是芬莱王国的国王，也是我们芬莱王国最强大的战士，九级强者。"艾丽斯低声说道。

第82章
裂痕（上）

"芬莱王国的国王？"林雷当即看了过去。

那穿着金色铠甲，身体壮硕，有着一头金发的中年人，竟然就是芬莱王国的国王，而且还是一位强大的九级强者，简直不可思议。

作为芬莱王国的子民，林雷很早以前就听说过芬莱王国"黄金狮子"克莱德的传说。克莱德不仅是国王，竟然还是一位超级强者，这无疑会令子民极为自豪、骄傲。

光明神殿前方的广场上，数十万人有序地站立着。

在天使雕像前，光明廷皇、红衣大主廷、白衣圣司、神殿骑士等人静静地站着，被众人簇拥着的光明廷皇无疑是最耀眼的。

神圣同盟的六大王族的人，还有诸多公国的大公们都静静地肃立着。

陡然，以光明廷皇为中心，一道清晰可见的乳白色波纹散发开去，顿时，聚集着数十万人的广场上一片静寂，几乎所有人的脸上都露出了恬静的笑容，心灵前所未有的平静。

"如此轻松便能发出覆盖数十万人的圣光，实在是太恐怖了。"林雷作为魔法师，自然可以看出光明廷皇很厉害。

整个广场安静得只听得到微风吹过的声音。

在场的人都感觉到光明廷皇身上散发出了一股威压。

林雷也毫无抵抗之力，恭敬躬身，这股威压比当初他在乌山镇遇到的两位圣域级强者和魔兽黑龙散发的威压还要恐怖。

这种威压并不需要压迫人，就能让人发自内心地崇拜。

正是神之威压！

整个广场上除了光明廷皇，上至红衣大主廷、六大王国的国王，下至平民，一个个都恭敬躬身，聆听训示。

"愿慈爱与你们同在。"光明廷皇的声音不大，却响彻天地，震撼灵魂。

一道道闪烁着圣洁光芒的波纹从光明神殿的塔尖散发开来，覆盖每一个人。

场上的人都感到心灵平静，身体达到了前所未有的好状态。

而且，每一个人都异常恭敬。

光明廷皇的身上散发出祥和的光芒："子民们，你们要虔诚地悔悟自己思想、行为、言语上的过失，从而成为更好的自己。"

顿时，天地间响起吟唱声。

光明神殿的所有追随者都虔诚地吟唱起来，在场的人都很恭敬。

…………

盛典的过程非常复杂，从忏悔到自省，到颂扬，再到祈祷，然后感恩，最后还要进行咏唱。

广场上的绝大多数人都是光明圣廷的追随者，沐浴在光明神殿的光辉下，很多人都被现场的气氛带动了。

当咏唱结束后，所有人完全清醒了，已然是中午时分。

盛典结束，场上的人有序地离开了。

林雷跟艾丽斯并肩走着："林雷大哥，感觉怎么样？"

林雷却摇摇头："我感觉自己被这里的气氛影响了，整个人无法保持清醒，不能绝对自主了。可能心灵没有依靠的人会非常喜欢这种感觉，可是我不喜欢，我不喜欢被其他东西影响。"

不得不承认,在盛典举行的过程中,林雷的确是受到了影响,那种安逸的感觉甚至令他沉迷,可他毕竟是从魔兽山脉的生死战斗中熬过来的,盛典一结束,他就清醒过来了。

不过,仅仅是想想,他就感到一阵后怕,这光明圣廷对追随者的影响力实在是太大了。

"不,林雷大哥,你怎么会那么想?"艾丽斯有些不高兴。

艾丽斯从小就生活在芬莱城,而芬莱城作为圣都,每年玉兰节都会举行大型庆典,芬莱城中的绝大部分居民都是光明圣廷的追随者,她从小就崇拜光明圣廷,精神上的追随可不是那么容易就能改变的。

"艾丽斯,你不能这样想,你如今的实力很强,难道不是你自己苦修得来的吗?"林雷很清楚艾丽斯的情况。

艾丽斯不由得沉默了,只是紧紧地盯着林雷。

"林雷大哥,我先回去了,你不要送我了。"艾丽斯转身就朝自己家的方向走去。

林雷看着艾丽斯离去的背影,心头有些烦闷,回头看了看那高耸入云的光明神殿:"光明圣廷害人不浅啊!"

年轻男女发生争吵是很正常的,下一次林雷跟艾丽斯见面时,感情又好得一塌糊涂了。

第二年,也就是9998年,上半年是林雷和艾丽斯感情最好的半年,不过,他们在一起待久了,自然会出现一些小问题。

玉兰历9998年9月29日。

"唉,艾丽斯现在有心事都不跟我说了。"林雷等四人走在前往芬莱城的路上,林雷想起上一次两人不欢而散,心中满是无奈。

艾丽斯和林雷的生活环境不一样,许多想法也不一样,最重要的是,艾丽斯是一个非常要强、独立的女孩，绝对不会轻易妥协。

最令林雷感到无奈的是，艾丽斯是一个闷葫芦。

"老三，你和艾丽斯闹矛盾了？"耶鲁问道。

雷诺和乔治都笑了起来。

雷诺拍了拍林雷的肩膀，道："林雷，我觉得你太重视艾丽斯了，小心受到伤害。"

林雷看了雷诺一眼，根本懒得理他。

"老四，你别瞎说，老三和艾丽斯之间只是有些小矛盾。"说完，耶鲁也拍了拍林雷的肩膀，说道，"不过，老三，我要说说你，女孩都是要哄的，你尽量多哄哄她。"

林雷笑了笑，没有说什么。

芬莱城。

林雷和其他三人分开，直接朝艾丽斯家走去。

"哈德叔叔。"林雷热情地跟艾丽斯家看门的人打招呼。

这段日子以来，林雷和艾丽斯的关系非常亲近，和看门的人哈德都熟识了。

哈德看着林雷，笑道："哦，你来了啊，是来见艾丽斯小姐吗？啊，艾丽斯小姐还没有回来呢，按道理，此时她应该回来了才对，这次不知道是怎么回事。"

"她还没回来？"林雷闻言一怔。

旋即，林雷对哈德一笑，说道："那我去旁边的茶馆等她，估计过会儿她就回来了。"

而后，他走到了离艾丽斯家很近的茶馆，点了一壶好茶，一边喝茶一边静静地等着。

天黑了，林雷依旧慢慢地喝着茶，而艾丽斯始终没有出现。茶馆中的人越来越少，旁边的贝贝倒是兴奋不已，平常林雷可不允许它出来闲晃，这一次它玩了个痛快。

"先生，我们这里要关门了。"茶馆的侍者走到林雷身旁，恭敬地说道。

"关门？"林雷一怔。

"哦，多少钱？"他站了起来，感到肚子有些胀，他可是喝了六壶茶。

付了钱，他就走出了茶馆。这个时候已经是深夜了，干陌路上都看不到几个人。

"这是艾丽斯第一次失约。"林雷长叹了一口气。

他回头看了一眼夜色中的两层小楼，掉头朝香榭大道的碧水天堂走去。

第 83 章
裂痕（下）

碧水天堂。

"老三估计又去找艾丽斯了。"耶鲁、雷诺、乔治三人笑道。

"吱呀！"房门陡然被推开了。

耶鲁、雷诺抬头看去。

耶鲁惊讶地说道："老三，你怎么回来了？"

"没什么。耶鲁老大、老二、老四，你们来陪我聊聊吧！"林雷的声音有些低沉。

耶鲁、雷诺、乔治三人彼此相视了一眼。

耶鲁笑了起来："好，难得老三这么爽快，今天咱们兄弟三个就陪你畅聊一夜。"

耶鲁、雷诺、乔治三人都坐了下来，陪林雷聊了起来。

第二天，林雷又去了艾丽斯家，可是艾丽斯依旧没有回来。

恩斯特魔法学院。

"艾丽斯真的生气了？"林雷走在学院中的小道上，心情不怎么好。

他随意地一瞥，便看到了学院内部的一间商店。只见商店门上贴着各种宣传、介绍魔法道具的纸张。

忽然，他的目光凝聚在一个水晶球上，脑海中浮现出艾丽斯曾经跟他说的话："林雷大哥，我们分隔两地，很难得才见一面。唉，如果我们时时刻刻都能够待在一起，那该多好。"

林雷心中一动。

他步入商店，向售货员问道："您店里的记忆水晶球要多少钱？"

"八百金币。"售货员笑着回道。

记忆水晶球可是奢侈的消费品。

"我们店里的记忆水晶球效果非常好，这是我专门请学院的水系八级魔法大师炼制的。"

林雷非常清楚记忆水晶球的原理——以炼金术将水系魔法"浮影术"附在水晶球内，而后只需要输入一点魔法力，就可以启动记忆水晶球，自动录下一段影像。当记忆水晶球录下的影像饱和后，之后再次启动记忆水晶球时，记忆水晶球会将这段影像反复地播放。

经过还价，林雷花费了一千两百金币购买了两个记忆水晶球。

"一个记忆水晶球用来记录我在恩斯特魔法学院的一些事情，另外一个记忆水晶球就送给艾丽斯，让她用来记录自己的日常，以后见不到艾丽斯，我就可以看看记忆水晶球。"林雷看着手中的两个记忆水晶球，脸上露出了一丝笑容。

之后的日子里，无论是在宿舍雕刻石雕，在后山修炼，还是在教室听课，林雷都用记忆水晶球录了下来，直至影像很多，记忆水晶球完全饱和，无法再录。

然而，当他带着两个记忆水晶球，在10月中旬兴冲冲地前往芬莱城时，却发现艾丽斯依旧没有回来。

10月29日。

林雷等四人再一次前往芬莱城。到了芬莱城，林雷和其他三人再次分开了。

耶鲁、雷诺、乔治目送林雷离开，表情都有些凝重。

"和老三认识这么多年了，无论是在魔法上还是石雕技艺上，老三都堪称天才，可他不太懂得处理感情问题。他很重视那个艾丽斯，如果艾丽斯再不理他，对他的打击恐怕会很大。"耶鲁皱着眉说道。

雷诺点点头，道："我也有这种预感，他已经找了那个艾丽斯两三次，都没有找到人，恐怕会出问题。"

"其实，她就算以后都不理老三都不是坏事。"耶鲁笑道，"我现在觉得老三太在乎那个艾丽斯了，要是我，她几次不理我，我干吗还去找她？"

乔治摇了摇头，道："耶鲁老大，我还是比较欣赏老三重情重义的性子，你这话实在是……"

"我倒是赞同耶鲁老大的话。"雷诺道。

"别废话了，走，我们去碧水天堂。"

耶鲁、雷诺、乔治三人直接朝碧水天堂走去，当他们走到半途的时候，雷诺悄悄地拉了拉耶鲁和乔治的手："你们看那边，那是谁？"

耶鲁和乔治朝雷诺指的方向看去，两人的脸色顿时变了。

第84章
见面

  香榭大道上人来人往，然而耶鲁、乔治、雷诺还是发现了不远处的女孩。林雷和艾丽斯见过很多次面，耶鲁、乔治、雷诺也和艾丽斯见过，自然认识她。

  "那是艾丽斯！"乔治低声说道。

  此时，艾丽斯和一个男生走在一起，满脸笑容。如果林雷在的话，就知道那个男生是卡蓝。

  "混蛋！"耶鲁大怒道。

  雷诺气急："林雷这两个月一次次去她家苦苦等待，还和傻子一样，买了记忆水晶球，记录一些场景，没想到艾丽斯竟然和别的男生在一起玩乐！"

  "老三哪点配不上她?!"乔治也愤愤不平。

  耶鲁冷哼一声，道："此事我们不好插手，我们先去碧水天堂，等老三回来再说。现在最重要的是让老三有心理准备，我怕老三没办法一下子接受此事。"

  乔治和雷诺都点了点头。

  包间内，耶鲁、乔治、雷诺三人都眉头紧锁。

  "老三这人我很清楚……"乔治担忧地道，"平常话不多，修炼非常刻苦，在我们恩斯特魔法学院喜欢他的女孩子非常多，他从来没有和哪个女孩走得那么近过，而他很喜欢和艾丽斯谈天说地，显然对艾丽斯有好感。如果他知道今天的事情，可能会崩溃。"

耶鲁、雷诺都点了点头。

"真烦！"耶鲁猛地将杯中的果汁一口气喝光了。

雷诺哼了一声，道："耶鲁老大，别烦了，也许老三并没有我们想象得那么脆弱。"

耶鲁点了点头。

时间一分一秒地过去了，耶鲁等三人一直静静地等着。

夜里一点钟左右，"吱呀"一声，门被打开了。

林雷直接走了进来："咦，你们怎么还没睡？"

耶鲁回道："我们都在这里等你啊！"

"老三，你今天是不是又没有等到艾丽斯？"乔治故作随意地问道。

林雷点了点头，然后一屁股坐了下来："今天你们怎么有点反常啊？"

"老三，我跟你说个事。"耶鲁说道。

"说！"林雷的心情很不好。

耶鲁轻声说道："今天我们在路上看到了一个女孩，长得非常像艾丽斯，不过距离我们比较远，我们也没看清到底是不是，那个女孩和一个男生在一起。"

"撒谎！"林雷斩钉截铁地说道。

耶鲁不由得一怔。

雷诺拍了拍林雷的肩膀，郑重地说道："老三，我们可是男子汉，不管发生了什么事，都能扛过去。那个艾丽斯已经失约几次了，你就不要再理她了。"

"老四，你这个小屁孩知道什么?！"林雷撇了撇嘴，"别废话了，我心情不好，陪我聊聊。"

耶鲁、雷诺、乔治三人相视一眼，只能坐下，陪着林雷闲聊。

第二天清晨，耶鲁、雷诺、乔治三人都趴在桌上睡着了，而林雷是第一个醒来的。

看着旁边的三个好兄弟，林雷脸上露出苦笑，心中暗道："耶鲁老大、老

二、老四，你们陪我聊了一整晚，你们的意思我都明白。艾丽斯两三次都不出现，我心中就有了不好的预感，只是我不相信她会这么对我，我不甘心啊。"

林雷走到窗户边，朝下面看去。

清晨五六点，芬莱城中只有少数人行走在街道上，为生活奔波，绝大多数人还没有出来。

"林雷。"德林·柯沃特从盘龙戒指中飞了出来。

德林·柯沃特总是身穿月白色长袍，白胡子依旧那么长。

"德林爷爷。"林雷看到德林·柯沃特，忽然有种孤船回到了港湾的感觉。

德林·柯沃特看了一眼沉睡中的耶鲁等三人，笑道："林雷啊，你这三个好兄弟真不错。至于艾丽斯，女孩和男生不一样，你要花更多心思去了解她。"

"德林爷爷，我明白。"林雷微微点头，"我相信她。"

德林·柯沃特点了点头，并没有多说。

11月中旬，林雷背着装有两个记忆水晶球的包裹，再次来到了芬莱城的那座两层小楼前。

"哈德叔叔，艾丽斯回来了吗？"林雷礼貌地问道。

哈德摇摇头，说道："没有，艾丽斯小姐近一个多月一次都没有回来过。"

"一次都没有回来过？"林雷眉头深锁，"哈德叔叔，那我先走了。"

他独自一人走在干陌路上，走到那家茶馆前，却没有进去。

贝贝灵魂传音："老大，没必要那么担心，艾丽斯不现身，估计是有什么重要的事情要去办，比如出去试炼，各种情况都有可能发生，你别胡思乱想。"

"对，她可能被什么事情缠住了。"林雷点点头。

贝贝看到林雷这副模样，不由得小鼻子一皱："老大，你这人挺简单啊，随便哄一下就高兴得不得了。"

"你这个小家伙！"林雷哭笑不得。

不过，他不得不承认，经过贝贝这么一闹，自己的心情好多了。

11月29日。

天降大雪，四周都是白茫茫的一片。

林雷、雷诺、耶鲁、乔治都坐在马车中，驾车的是耶鲁家族商会的人，后面还有好几个骑士负责押运石雕。

"老三，过些日子就要进行年末测试了，不知道曾经的恩斯特魔法学院第一天才迪克西有没有成为六级魔法师。"耶鲁笑道。

乔治、雷诺都自豪得很，因为就在前一个星期，林雷达到了六级魔法师的境界。事实上，林雷十三岁就是四级魔法师了，十四岁半时，成了五级魔法师，而如今他终于从五级魔法师升为了六级魔法师。

而曾经的恩斯特魔法学院第一天才迪克西呢？

迪克西十二岁时成为五级魔法师，如今已经好几年过去了。其实，他的进步速度还是很快的，只是和修炼平刀流雕刻的林雷相比要慢得多。

如果年末测试时，林雷成了六级魔法师，而迪克西达不到六级魔法师的境界，那林雷就将取代其成为恩斯特魔法学院当之无愧的第一天才。

"老三，你笑一下嘛，成了六级魔法师，你不高兴吗？"雷诺撇了撇嘴。

林雷咧了咧嘴。

"这叫笑？"雷诺调侃。

林雷终于笑了，说道："好了，老四，让我安静一下。"

他已经决定了，这一次一定要见到艾丽斯，如果在芬莱城见不到，就直接去威林魔法学院找她，无论如何都要和她面对面说清楚。

掀开马车的窗帘，一股寒气立即冲了进来。林雷不由得眯起眼睛，窗外的世界白茫茫的，鹅毛般的雪花洋洋洒洒飘落。

欣赏着外面的雪景，他们很快就到了芬莱城。

他将三件石雕送到普鲁克斯会馆，而后四兄弟聚了餐，便暂时分开了。

如今林雷的收入很高，几乎每个月都有近两万金币的收入，对于钱财，他现在看得不算很重。

他背着装有两个记忆水晶球的包裹，直接朝艾丽斯家走去。

"老大，如果我记得没错，这是你第四次背着装有这两个记忆水晶球的包裹来芬莱城了吧！"贝贝揶揄道，"要不，将记忆水晶球送给那个迪莉娅吧，我挺喜欢迪莉娅的。"

"贝贝，别闹。"林雷眉头一皱。

脚踩在积雪上，"嘎吱嘎吱"的声音响起，不一会儿，他就来到了熟悉的两层小楼前。

和哈德聊了两句，他只能再次转身离开。

"又没有回来。"他的眉头皱了起来，"去威林魔法学院！"

他当即决定前往威林魔法学院。

芬莱城的香榭大道上。

艾丽斯和卡蓝并肩走在街道上，卡蓝轻声问道："艾丽斯，你不准备和林雷说清楚吗？"

"再过一段时间吧。"艾丽斯摇了摇头。

卡蓝微微点头，没有多说。

看着身旁的艾丽斯，卡蓝露出了一丝笑容。

他和艾丽斯是青梅竹马，从小一起长大的，他心里一直喜欢艾丽斯，然而他没有想到艾丽斯竟然那么快就对林雷有了好感。

得知艾丽斯总是和林雷见面的时候，卡蓝非常愤怒。虽然林雷对艾丽斯有救命之恩，但是涉及感情，他是不会退却的，所以他使了一点小手段。

"英雄救美？"卡蓝心中很是不屑，"在现实面前，这一切都脆弱得如一张白纸。"

此刻，卡蓝志得意满。

"艾丽斯，你准备什么时候和林雷说清楚？"卡蓝又问道。

他真的不想让艾丽斯再和林雷见面。

艾丽斯摇了摇头："我也不知道，不过我想只要我和林雷长期不见面，时间一长，感情自然就会淡吧，到时候我再和他说清楚，他的反应就不会很大。"

"你说得对，毕竟林雷救过我们。"卡蓝点点头。

当他们走到香榭大道和干陌路的交叉路口时，卡蓝发现艾丽斯忽然停了下来。他疑惑地看向艾丽斯，而艾丽斯怔怔地看向干陌路的方向，脸色煞白。

卡蓝转头看去，只见一个身穿月白色长袍的男生站在前方，怔怔地看着他们，男生的脸上没有一丝血色。

"林雷！"卡蓝眉头一皱。

第85章
凄凉雪

艾丽斯曾经认为自己对林雷没有多深的感情了,可是再次看到林雷,她的心猛地一疼。

"林雷大哥!"艾丽斯大声喊道。

林雷站在那里,怔了好一会儿。

"吱吱!"贝贝发出愤怒的声音,同时化作一道黑色残影,直接朝艾丽斯冲了过去。

贝贝虽然智慧非常高,但毕竟是魔兽,拥有魔兽的凶残本性。它能够感觉到林雷心中满是失落,所以它要报复。

只见贝贝的身体诡异地胀大了一号,眨眼的工夫,就冲到了艾丽斯和卡蓝二人的面前。

看到贝贝露出锋利的獠牙,两人的心一沉,他们甚至来不及说话或者躲避。

"回来!"林雷的声音突然响起。

贝贝的身体一颤,然后擦着卡蓝的脸庞落到了雪地上。

它掉过头来,仰头看着林雷,"吱吱"地叫着,似乎在和林雷急切地说着什么。

林雷坚定地摇了摇头。

贝贝瞥了艾丽斯和卡蓝一眼，然后它的身体诡异地缩小了一号，化作一道残影直接落到了林雷的肩膀上。单看贝贝那可爱的模样，绝对无法想象它的实力有多恐怖。

"呼！呼！"卡蓝此时才长舒一口气，额头上满是冷汗，恐惧地看着林雷肩膀上的贝贝。

艾丽斯凝视着林雷，深吸一口气，然后说道："林雷大哥，我知道你现在心中很不好受，在这里我们一时半会儿说不清楚，我们到旁边的酒店好好地谈一谈，好吗？"

林雷点了点头，并没有说什么。

干陌路旁一座奢华的酒店内，林雷和艾丽斯分别坐在餐桌的两旁，至于卡蓝，则识趣地走到了角落，根本不敢过来打搅。刚刚从贝贝的手下逃生，他对林雷是很畏惧的。

餐桌上有两杯温热的饮料。

林雷和艾丽斯面对面坐着，沉默了许久。

艾丽斯叹了一口气，说道："林雷大哥，这件事情是我对不起你。这段时间，我一直不跟你见面，就是想要让你有心理准备，我不想我们以后变成仇人。"

"仇人？"林雷在心中苦笑，却没有出声，只是看着艾丽斯，静静聆听。

艾丽斯继续说道："林雷大哥，我承认一开始我对你有好感，也想过以后我们可以在一起。可是，随着我们经常见面，我发现我们有很多方面不合适。"

林雷终于开口了："艾丽斯，我不单单欣赏你的优点，也包容你的缺点，我认为两人以后若要在一起，就要学会相互体谅。没有两个人在一起是完美的，是没有一点矛盾的。"

艾丽斯抿了抿嘴，双手端起饮料，喝了一口。

艾丽斯斟酌片刻，才说道："在我心中，你是从天而降的英雄，我曾经很佩服你、欣赏你，可是，我现在发现自己不单单需要这些，我觉得对方的家世也非常重要。"

林雷闻言一怔。

"林雷大哥，你总是充满激情，平常修炼也很刻苦，对我非常好。我承认你很好，可这是不够的。比如这一次，我父亲和人豪赌，欠债数十万金币，卡蓝大哥请其家族帮忙，轻易就摆平了这件事情。"艾丽斯看着林雷，"这是你做不到的。虽然我的父亲是个赌鬼，但他毕竟是我的父亲，我不能不管他。"

"就因为这个吗？"林雷轻声问道。

"不！不单单因为这个，其实卡蓝大哥对我也很好，他和我从小一起长大，我对他很熟悉，而我觉得你总是若即若离的，似乎被一层迷雾笼罩着，我看不清楚你。

"你是玉兰大陆第一魔法学院的天才魔法师，年纪轻轻，就能够让普鲁克斯会馆为你设立独立展间，听起来，你是那么完美，可是，就因为你太完美了，我反而看不清你。

"最重要的是，我们总是相隔两地。一开始还好，时间长了，我就厌倦了。我希望你能够经常在我的身旁，我们可以经常见面，卡蓝大哥就能够常常待在我的身边。"

艾丽斯一口气说完这些便沉默了。

林雷也沉默了。

许久，当温热的饮料都冷了之后，林雷的声音才响起："艾丽斯，你记得我们说过的话吗？我曾经说过我可以待在你的身边，但是你说不想打搅我苦修，现在你却埋怨我不在你的身边？"

艾丽斯欲言又止，却无话可说。其实她刚才说了那么多，何尝不是借口？

"你对我说过，以后若我对你没有好感了，让我明确地告诉你，不要隐瞒你，你会默默离开。"林雷压抑自己的情绪，努力让自己保持冷静，"当时我也说了，如果你对我没有好感了，我也希望你明确地告诉我，不要隐瞒我，我也会默默离开的。"

艾丽斯的眼眶湿润了。

"你不想再和我见面，不要紧，但我不想你欺骗我。你现在和卡蓝越走越近，却不明确地告诉我，让我心存一丝希望，让我一次次等待……你知道等待的滋味吗？

"9月29日，你第一次失约，我从傍晚等到深夜，每一分每一秒都很难熬。回到恩斯特魔法学院后，我在想是不是上一次你生气了，所以不理我。我很想让你高兴起来，就像个傻子一样用记忆水晶球记录下各种场景，希望你和我不在一起的时候，想念我的时候，偶尔看看。

"10月中旬，我背着两个记忆水晶球满怀希望地去找你，可是那一次你又失约了。我开始忐忑不安，不过我坚持去见你，因为我记得当初彼此许下的承诺。我相信如果你不想再见我，会直接和我说，所以我一直坚持去见你。10月底、11月中旬我都去找你了，结果……"

林雷站了起来，脸上有着一抹苦涩的笑。

"今天我又来了，还好，你总算没有打算继续欺瞒下去。"

艾丽斯的泪水在眼眶里打转："林雷大哥——"

林雷将背上的包裹打开，取出了那两个记忆水晶球。

"这两个记忆水晶球记录了我在恩斯特魔法学院的点点滴滴，我背着它们从恩斯特魔法学院到芬莱城整整四次，现在它们没用了。"

林雷一手拿着一个记忆水晶球，然后猛地把两个记忆水晶球磕在一起。

"砰！"两个记忆水晶球上都出现了数道裂痕。

林雷手一松，两个记忆水晶球落地，发出清脆的声响，裂成了十几块，引得酒店中的人都转头朝他们看来。

艾丽斯的眼泪流了下来。

"林雷大哥，我们以后还是朋友吗？"艾丽斯泪眼婆娑地看着林雷。

林雷看着艾丽斯，没有回答，而后挤出一丝笑，才说道："艾丽斯，如果我没记错的话，我们相识一年多了，谢谢你给了我一份美好的回忆。"

说完，他猛然转身，直接朝酒店大门外走去。

酒店中一片寂静，角落中的卡蓝快速跑了过来，跑的时候不小心踢到了记忆水晶球的几块碎片。那碎片在地面上滚动，清脆的声音在酒店内回荡。

"艾丽斯，你没事吧？"卡蓝立即抱着艾丽斯安慰道。

这个时候，艾丽斯已经哭成泪人了。她转头看向林雷离去的背影，脑海中浮现出和林雷过去的一幕幕，然而她知道从今以后，她和林雷就是陌路人了，恐怕林雷以后不会再见她了。

香榭大道被积雪覆盖了，而天空中还飘着雪花。

林雷走在香榭大道上，身影显得落寞。他仰头看天，任凭雪花落在脸上，一片冰凉，他不禁用左手狠狠地捶着胸膛。此刻，他痛彻心扉，脑海中浮现出过往的一幕幕。

身穿一袭紫衣的艾丽斯，恍若月光下的绝美精灵。

躲在阳台上，她和自己悄悄私语，无比温馨。

雪花飘飞时，两人一起在街道上漫步。

…………

曾经，林雷以为自己和艾丽斯以后会在一起，然而，就在刚才，他的梦破灭了。

"啊——"林雷忍不住发出了痛苦的低吼声。

周围的行人都惊讶地看向林雷，而后远远地躲开了。

林雷脸上的两行泪流了下来。

他就是一个傻子，相信承诺的傻子！

"砰！"林雷忽然单膝跪了下来，用力地捂着胸口，他的心痛得仿佛被针刺了一样。

"哈哈！"他流着泪，却忽然站了起来，仰天大笑，笑自己傻，笑自己天真。

下一刻——

胸口剧烈的疼痛令他咳嗽起来，他好像虾一样蜷缩着半跪在地上。

"噗！"一口鲜血喷在了雪地上。

"水中月，镜中花，所有的一切终究是一场空……"林雷旁若无人地大笑，笑声却很凄凉。

德林·柯沃特静静地站在林雷的身旁，没有出声，只是怜惜地看着林雷，心中感叹："唉，在我看来，林雷其实还只是一个孩子啊！"

"老三！"忽然，一道急切的声音响起，耶鲁、雷诺、乔治三人从不远处跑了过来。

这里距离碧水天堂很近，三人发现了跪在街道中央的林雷，当即赶了过来。

看到林雷面前有一摊血，他们脸色大变。

"老三，你没事吧。"

"林雷。"

耶鲁、雷诺、乔治三人连忙去扶林雷。

林雷看向身旁的三人，摇摇头："没事，你们不用担心。"

而后，他仰头看天："以前我很喜欢雪，现在却感觉这雪很是冰寒。"

"你们留在这里吧，我先回学院了。"说完，他站起身来，直接朝香榭大道的尽头走去。

耶鲁、雷诺、乔治三人相视一眼，眼中满是担忧，然后立即迈步朝林雷追了过去。

大雪仍在下，那一摊让人触目惊心的血慢慢被积雪覆盖，再也没了痕迹。

第86章
十天十夜

回到恩斯特魔法学院后,林雷取了自己经常使用的一个包裹,便直接去了后山。这个包裹中有衣服、魔晶卡,以及一柄平刀。

"老二、老四,你们去看着老三。"耶鲁嘱咐道。

乔治和雷诺点了点头,他们也有点不放心林雷。

"老大,那你干什么?"雷诺问道。

"我要去查查艾丽斯那个没眼光的女人,查查她为什么背弃老三。"耶鲁说着,站了起来,"我现在就去芬莱城,你们帮我好好看着老三。"

"知道。"雷诺、乔治点了点头。

而后,耶鲁就带着家族的几个护卫离开了恩斯特魔法学院,前往芬莱城。至于雷诺和乔治二人,则在冰天雪地里赶往恩斯特魔法学院的后山。

耶鲁骑着骏马,带着几个护卫,奔行在雪地中,很快就来到了芬莱城。进入芬莱城后,耶鲁直接前往家族在芬莱城的一处驻地。

那是一座九层高楼,也是芬莱城有名的豪华酒店。酒店的后面有一些不对外开放的独立小楼,耶鲁直接冲入一座红色的两层小楼,那两层小楼中立即冲出了五个衣着华丽的中年人。

这五个中年人见到耶鲁后,齐声恭敬地道:"耶鲁少爷!"

"华特，我二叔呢？"耶鲁直接问道。

那个名叫华特的，也就是五个中年人中唯一一个身穿黑色长袍的，他恭敬地说道："大人七天前已经回总部了，现在神圣同盟这边的事务暂时由我负责。"

华特心里很清楚，自从二少爷耶鲁成为恩斯特魔法学院的学员，其在家族中的地位就上升了一大截。

耶鲁不同于家族中的一般子弟，他是嫡系子弟，即使华特的顶头上司，也就是总管整个神圣同盟事务的二叔也不会怠慢耶鲁。

"耶鲁少爷有什么事情，请尽管吩咐。"华特恭敬地说道。

耶鲁沉思一会儿，直接说道："你给我去查查住在芬莱城干陌路上的一个名叫艾丽斯的女孩，她是威林魔法学院的学员，最近她和一个男生走得很近，你给我去搜集一下她和那个男生的所有信息。"

"是，耶鲁少爷。"华特微微一笑，"耶鲁少爷可是喜欢那个艾丽斯？如果是的话……"

"不是。"耶鲁脸一沉，"我需要的信息你要尽快给我，尽快，明白吗？"

"是。"华特这才意识到耶鲁少爷这一次很生气。

当天晚上，烛光幽幽。

耶鲁沉着脸，坐在餐桌前缓缓饮茶，只是心思明显不在喝茶上。

一阵急促的脚步声响起，只见华特带着一名二十几岁的女子快速步入餐厅。

华特恭敬地行礼，然后说道："耶鲁少爷，艾丽斯和那个男生的信息已经查清楚了。"

"说。"耶鲁冷冷地说道。

华特看向旁边的女子，那女子恭敬地说道："耶鲁少爷，艾丽斯和两个男生走得很近，第一个名叫林雷·巴鲁克，出生于乌山……"

"停，说第二个。"耶鲁眉头一皱。

"艾丽斯现在走得很近的男生名叫卡蓝·德布斯，出生于芬莱城，是威林战

士学院的学员，五级战士。他所属的德布斯家族是芬莱王国的大家族，而他是德布斯家族的继承人。"

"卡蓝·德布斯是德布斯家族的继承人？"耶鲁不屑地道，"那德布斯家族只是一个小家族。"

旁边的华特讨好地说道："德布斯家族在芬莱王国中算得上是大家族，在玉兰大陆上确实只能算是不起眼的小家族。"

"哦，我要惩戒一下德布斯家族，你有办法吗？"耶鲁看向华特。

"这很简单！"华特笑了起来，"耶鲁少爷，你有所不知，这德布斯家族是我们道森商会在芬莱王国的一个合作者，在芬莱王国中的生意我们赚大头，德布斯家族赚少部分。不过，这么多年了，也养肥了德布斯家族。"

"哦，这个德布斯家族竟然是我家商会在芬莱王国的合作者？"耶鲁的脸上露出了一丝笑容。

华特点点头，道："是的，耶鲁少爷。你也知道，我们道森商会做生意并不是霸占所有利润，在四大帝国、数十个王国中都有一些合作者，还是要给合作者一点好处的。"

耶鲁点点头。这一点他是知道的，道森家族掌控的道森商会可是玉兰大陆的三大商会之一，就连四大帝国和两大同盟也不敢小觑道森商会，这也是耶鲁能够走后门进入恩斯特魔法学院的原因。

恩斯特魔法学院的背后可是光明圣廷，对外宣布录取学员绝对公平。能够走光明圣廷的后门，岂是一般的家族能够做到的？

道森商会做生意的信条是有钱大家一起赚。在四大帝国，还有两大同盟的各大王国、公国中，道森商会有一些合作者，会让那些合作者得到一些好处。

"耶鲁少爷，芬莱王国中有很多家族想要顶替德布斯家族，成为我们道森商会在芬莱王国中的合作者，只是因为德布斯家族和我们合作得还不错，就没有给其他家族机会。"华特笑道。

耶鲁明白华特的意思。

"你马上给我换了德布斯家族,给我打压德布斯家族!"耶鲁冷冷地说道。

"是,少爷。"华特应命。

德布斯家族只是一个合作者而已,就连华特这个道森商会在神圣同盟区域的二把手都有权力将其换掉,更别说是耶鲁这个道森家族的嫡系子弟了。

"可怜的德布斯家族啊!"华特在心中暗想道。

恩斯特魔法学院后山。

大雪让整个后山宛若披上了一层银装,树林中间或有一些巨石,而其中一处空地上,林雷闭着眼睛,静静地站在一块巨石前面。

贝贝躲在旁边的雪地里,静静地守护着林雷,而旁边的乔治和雷诺疑惑地相视一眼。

"乔治,林雷到底在干什么?他站在巨石前面整整一天一夜了,喊他,他没反应,而且不吃不喝,这样下去,身体怎么受得了?"雷诺有些焦急。

乔治缓缓摇头,说道:"别急,老三是六级魔法师,又是战士,身体素质非常强,还有天地元素可供补给,即便几天几夜不吃不喝都没问题。我们先看着吧,我相信他不是那种受不了打击的人。"

雷诺点点头,他们根本无法知晓林雷现在的状态。

其实,此时德林·柯沃特也在一旁,只是雷诺、乔治二人都看不到。

德林·柯沃特看着林雷,心中暗惊:"林雷似乎进入新的境界了。"

作为石雕大师级人物,德林·柯沃特自然能够看出林雷现在的状态。

林雷看着眼前的巨石。这巨石两米多高,三四米长,上面的线条、石质花纹非常杂乱,然而在他长时间凝视时,其中的部分花纹仿佛被提取出来了,自然地在其脑海中聚集。

这些花纹模模糊糊的,近似于五个人形。恍惚间,这五个人形竟然化为五个艾丽斯,各种各样的场景不断地在林雷的脑海中涌现,其脑海中的巨石自然被雕刻并剥离开来,最终变成了五件女子模样的石雕。

"乔治，快看，老三动了。"雷诺惊喜地道。

林雷从包裹中取出了平刀，右手拿着平刀，凝视着巨石，随后他整个人动了起来，那平刀化为一阵刀影，顿时，石头废屑飞溅开去。

他的心灵和大地以及风相融合，能够清晰地感受到巨石内部的纹路。平刀削着巨石，每一刀仿佛经过严格的测量，不多不少，下刀精确。

平刀时而快速挥动，时而缓慢地刮削，时而飘逸地留下一道痕迹，时而重重地劈掉一块碎石……

林雷的脑海中浮现出了自己和艾丽斯初次相遇的那一幕，他将所有感情完全灌注于平刀中，雪花围着他旋绕起来，他的心灵和大地、风充分融合，地系元素、风系元素不断涌入他体内，补充着身体的能量消耗。

林雷并没有其他念头，他现在正尽情挥洒着每一分感情。渐渐地，巨石左边五分之一的部分被雕刻出一个女人的身形，石雕的雏形就出来了。

他不吃不喝，一刻不停地雕刻着，时而在瞬间挥刀数十次，时而在几分钟内小心翼翼地雕刻着优美的线条。

林雷将自己对艾丽斯的感情融入平刀，却并没有发现这是他学习石雕以来最进入状态的一次。

过去，无论哪一次进行雕刻，他都不会百分百沉浸其中，每一件石雕都是分很多天雕刻出来的，他可以随时停下来，等到下一次继续雕刻。

然而，这一次不同，他完全沉浸其中，根本意识不到需要停止，意识不到自己需要吃喝。这种完全沉浸其中的状态令他前所未有地和自然融合了。在这种状态下，他的精神力以极快的速度提升着，提升的速度比常人快上千倍。

"完全和自然契合，达到忘我的境界，真是让人惊喜啊！"德林·柯沃特眼睛一亮。

转眼间，林雷进行雕刻整整十天十夜了。

"噗！"以林雷为中心的雪花朝四面八方飞溅。

手持平刀的林雷平静地看着眼前的巨型石雕，这是他耗费最大心力雕刻出来的石雕，也是他雕刻出来的最大石雕，也是最成功的石雕。

　　这件石雕一共由五个女人模样的石雕构成，女人的模样则是以艾丽斯为模板的，有艾丽斯身处危险时令人怜爱的模样；有她在阳台上和林雷悄悄聊天的可爱模样；有她羞红了脸的模样；也有她热情互动时动人的模样；还有她和林雷划清界限时绝情的模样。

　　"一年的时间，一切就仿佛一场梦，而现在梦终于醒了。这件石雕就叫《梦醒》吧！"林雷看着这件石雕，感觉自己的心情前所未有的轻松，仿佛过去的感情完全寄托于这件石雕中了。

　　石雕《梦醒》就此诞生！

第 87 章
液化

雷诺、乔治、耶鲁三人呆呆地看着石雕，完全震撼了。在他们眼中，这石雕上面的五个人形仿佛都有了灵魂。

最左边的那个人形石雕显得柔美、软弱，惹人怜惜；第二个人形石雕可爱、活泼，让人心动；第三个人形石雕好像一个站在自己面前羞红了脸的女孩……

这石雕中的五个人形都拥有独特的神韵。

林雷凝视着这件石雕，却有种恍然如梦之感，这五个倩影就是他的梦，而现在梦醒了。

"林雷。"

德林·柯沃特走了过来，身上的那一袭月白色长袍依旧是一尘不染。

林雷定定地看向德林·柯沃特。

德林·柯沃特的脸上露出一丝欣慰的笑："论石雕技艺，你已经达到了大师的水平，这件石雕算是我们平刀流石雕的代表作。经过这一次，想必你对石雕有了更深的理解。"

林雷微微点头。

完成这一件石雕，他才明白为什么一些石雕大师流芳百世的作品只有一两件，不是因为那些石雕大师的能力不够，而是因为那种堪称神作的石雕是可遇而不可求的。

林雷如今完成了石雕《梦醒》，可是若让他再雕刻出这么一件石雕，恐怕是强人所难。

一件堪称神作的石雕问世，需要精湛的技艺、绝妙的灵感，以及挥洒的激情。只有拥有绝对的激情，融入毫不保留的感情，才能完成一件震撼人心的石雕。下次要完成又一件堪比《梦醒》的石雕，不知要到何年何月了。

不过，经过十天十夜的雕刻，林雷清楚地记住了那种美妙的境界，其雕刻的境界实际上有所提升。如今让他再雕刻出一件石雕也不难，虽然很可能不如《梦醒》，但是要比价值五六千金币的石雕好得多。

"林雷，你感觉到精神力的变化了吗？"德林·柯沃特得意地笑了起来。

林雷闻言一怔。

精神力？我的精神力的确比过去更多，强度也更大了。

"我的精神力怎么增加了这么多？"林雷震惊了。

德林·柯沃特再次得意地一笑，白胡子翘了起来，道："十倍！在短短十天内，你的精神力得到了很大的提升，一下子就达到了十天前的十倍之多，赶得上别人数十年修炼所得的精神力，你从六级魔法师升为了七级魔法师！"

林雷觉得难以置信，这次增加的精神力未免太多了吧！

"效果很好吧？我创立的平刀流，雕刻起来的效果是毋庸置疑的。不过，我很羡慕你啊。"德林·柯沃特笑得眯起了眼睛，"林雷，你应该知道，融入感情后，让灵魂完全和自然契合的状态是非常难得的。"

林雷点点头。

如果那种状态容易进入，恐怕神作就不稀罕了。

"我在世近一千三百年，但只有三次进入过那种状态，从而完成了三件我引以为豪的石雕。不过，那三件石雕花费的时间分别是两天、四天、三天，加起来才九天，还不及你这一次所用的时间。"

林雷此次雕刻，可是整整花费了十天十夜。

"这是用平刀流技法雕刻时增加精神力最快的状态,在那种状态下,精神力恐怕超过常人的千倍之多,这是我们梦寐以求的状态。保持这种状态,时间越长越好,所以雕刻的石雕越大,你获得的好处就越多。"

《梦醒》是一件巨型石雕,上面整整有五个人物,这是非常罕见的大型石雕。

德林·柯沃特长叹一声,道:"不过,灵感来的时候,脑中已经有了雕刻的模型,根本没得选择。"

林雷点点头。

他看到了巨石上面的纹路,加上自己感情受挫的原因,脑海中竟然自然地勾勒出了五个人形。灵感来的时候,他忘却了世界,忘却了自己,所有的精神、感情都集中在了石雕上。

进入那种状态后,他根本没有别的精神去想要雕刻出一件巨型石雕,根本不可能分心,一旦分心,那种状态便会被破坏。

"林雷,你的这件石雕叫什么名字?"德林·柯沃特问道。

"《梦醒》。"林雷回道。

德林·柯沃特品味片刻,而后微微点头:"不错,好名字。"

那场罕见的大雪早就停了,天地间白茫茫的,整个后山都覆盖着一层厚厚的积雪,足以到膝盖的位置,这样的大雪是比较少见的。大雪过后,温度骤降。

这样寒冷的天气,耶鲁、乔治、雷诺三人直接在旁边扎了一个帐篷。

耶鲁命令一些下人送了食物过来,他们就这么守着林雷。

此刻,耶鲁等三人都在为林雷雕刻出来的这件石雕而惊叹。

"耶鲁老大,老三现在都雕刻成功了,他还站在石雕面前干什么?"雷诺有些担心。

他们根本不知道林雷正和德林·柯沃特进行灵魂交流,德林·柯沃特只是魂灵形式的存在,他们根本看不见。

耶鲁微微摇头,道:"我也不知道老三在做什么,不过老三的这件石雕可以和普鲁克斯大师的石雕相媲美了。"

至少在耶鲁眼中,林雷的这件石雕能够震撼心灵。

"耶鲁老大,老二,老四。"林雷的声音突然响起。

耶鲁、乔治、雷诺三人微微一怔。

雷诺兴奋地大叫道:"林雷,你总算说话了!整整十一天,你不吃不喝已经十一天了。"

林雷在那块巨石前面站了一天,雕刻又花了十天十夜,的确已经过了整整十一天。

如果是普通人,十一天不吃不喝,早就死了,就连一般的四五级魔法师十一天不吃不喝都会虚弱得很,可是林雷现在只是有些饥饿,身体却无丝毫不适。

因为进入了那种特殊的状态,和自然完全契合后,地系元素和风系元素不断涌入他的体内,补充消耗的能量,而且不断地改善他的体质。

"十一天了!嗯,我的确有点饿了。"林雷笑着说道。

"饿了?"

乔治第一个兴冲冲地跑到不远处的帐篷中,取出了两个用毛皮包着的大盒子,那毛皮起保温作用。解开毛皮,里面是两个铁盒子,打开两个铁盒子,里面装着丰盛的菜肴。

"你好好吃一顿。"耶鲁笑道。

林雷看着自己的三个好兄弟忙碌的样子,一个忙着摆好菜肴,一个准备装米饭,另外一个倒水,心里很是温暖。

十一天来,他们就这么陪着他,他怎么会不感动呢?

只是,他将一切都藏在了心里。

"老大、老二、老四,我们一生都是好兄弟!"林雷在心中坚定地说道。

"老三,来,快吃。"乔治热情地招呼道。

"好。"

后山的雪地上,林雷和自己的三个好兄弟就这么吃喝起来,欢声笑语不断。

贝贝在旁边兴奋地大吃大喝着。

众人吃完后。

"耶鲁老大,这件石雕你帮我保管一下。"林雷站了起来,只见周围一片苍茫,"我之前就去魔兽山脉试炼过,按道理,今年七八月的时候,我还要去魔兽山脉中试炼。不过,当时因为艾丽斯,我没有去试炼,现在我决定去魔兽山脉试炼一段时间。"

耶鲁、乔治、雷诺三人闻言一怔。

"老三,你又要去魔兽山脉试炼?"耶鲁急了,乔治、雷诺也急了。

在他们看来,林雷才遭受过打击,又整整十一天不吃不喝,情绪好了一点,又要去玉兰大陆的第一凶地魔兽山脉试炼,实在令他们担心。

林雷笑着说道:"好了,你们别担心,我现在很理智。如果我还没有走出阴影,这件石雕我就会把它毁了。"

他转头看向石雕《梦醒》,仿佛看到自己过去的生活,心前所未有的平静。

"那只是一段记忆,只是人生中的一次挫折而已。因为艾丽斯,我修炼的速度减慢了,现在我不能再拖延了。"林雷对耶鲁等三人微微一笑,背起包裹,"我就不回恩斯特魔法学院了,直接出发去魔兽山脉试炼。"

"老大,老二,老四。"林雷看着这三个好兄弟,笑着道,"真的很感谢你们,我很庆幸有你们这样的好兄弟。"

说完,他带着贝贝,踏着积雪,朝东方走去。

耶鲁、雷诺、乔治看着林雷的身影愈来愈远,最后消失在白茫茫的天地间。

魔兽山脉。

这里有着高耸的大树、密集的荆棘、杂乱的野花野草、枯败的落叶。

林雷盘膝坐在一处草丛中,吸收着外界的地系、风系元素,炼化魔法力。他的精神力虽然达到了七级魔法师的境界,可是魔法力依旧停留在六级的层次。

他踏入魔兽山脉整整一个月了。这一个月中,他偶尔击杀一些魔兽,其他时候不是在研究风系七级魔法飞行术，就是在冥想，修炼魔法力。

恩斯特魔法学院根本不教七级以及更高级别的魔法，不过飞行术和飘浮术几乎是简单魔法的延伸。他在图书馆读过关于风系魔法原理的书，一直在试验施展飞行术的魔法咒语。

经过整整一个月的试验，他已经可以轻松地在天地间飞行了。虽然他不知道自己研究出来的魔法咒语是否和外界使用的飞行术魔法咒语相同，可是如今他的飞行速度很快，他感到比较满意。

六级魔法师到七级魔法师的确是一个大坎，不过，这个坎最艰难之处是精神力的提升。林雷如今的精神力已经大大提升了，而魔法力的炼化只需要足够的时间就可以做到。

林雷的元素亲和力都是超等，魔法力的炼化速度自然是极快的。

贝贝在他的旁边四处环顾，小心地保护着他，而他盘膝静坐，炼化着魔法力。

林雷的丹田中，土黄色迷雾和青色迷雾极为浓重，然而现在依旧有土黄色迷雾和青色迷雾进入他的中丹田，随着迷雾的密度越来越大，其丹田中的迷雾终于达到了极限。

第88章
再入迷雾峡谷

一滴土黄色的水珠和一滴青色的水珠出现在林雷的中丹田。紧接着，土黄色水珠和青色水珠越来越多，从一滴变成了十滴、百滴、千滴……

六级魔法师和七级魔法师的一个区别就是——魔法力开始液化！

下方白色水雾缭绕，根本看不清里面有什么。

林雷手持平刀，站在迷雾峡谷旁，朝下方观望。

这柄平刀是他花费三千金币打造的，比之前那柄黑色短刃还要锋利不少。对他而言，平刀比黑色短刃更顺手。

他进入魔兽山脉已经一个半月了，自我感觉状态调整到了最好。

随着默念魔法咒语，密集的地系元素汇聚在其身旁，最后形成了一件看似古朴的铠甲。

如果仔细观看的话，会发现铠甲的材质类似于玉石，只是这件铠甲释放着地系元素的气息。

地系七级魔法——大地守护圣铠（玉石阶）。

七级魔法师可比六级魔法师厉害多了，单防御力就强了近十倍。

"我若再遇到翼鸟龙，单凭这大地守护圣铠，就可以轻松地抵挡住其攻击。"林雷非常自信。

而后，林雷念起了飞行术的魔法咒语，气流在其身体周围环绕，最终他飞入了迷雾峡谷中。

对于探察迷雾峡谷，他还是很有把握的。

"我现在有大地守护圣铠防御，又有飞行术，再加上我本身算是四级战士，配合七级的'极速'魔法，自保没有问题。"

林雷决定探察迷雾峡谷，并不是因为好奇，而是因为想要再次得到蓝心草。

蓝心草对他而言简直太重要了，当然，除了蓝心草以外，他非常好奇到底是什么使得那么多魔兽聚集在迷雾峡谷中，而且还是不同种类的魔兽。

"老大，小心点，别忘记上一次你被魔兽追杀时是多么惨。"贝贝灵魂传音道。

"放心。"

越往下飞，两边崖壁之间的距离就越大，迷雾峡谷的下方宽阔得惊人。

在白茫茫的水雾中飞行，林雷非常小心，仔细地观察着各处。贝贝也谨慎地察看，同时探察哪里有蓝心草。

林雷的第一个目的地自然是上次没有被采摘的蓝心草所在的位置，他贴着崖壁小心地前进。

"老大，我看到蓝心草了，就在前面。"贝贝的眼力很好，一下子就发现了之前没被采摘的蓝心草。

林雷仔细一看，顿时眼睛一亮。

草叶碧绿，隐约有一丝蓝色光芒在闪烁。

"那里不会有绿纹巨蟒吧？"林雷可不敢大意。

他虽然不害怕绿纹巨蟒，可是一旦他和绿纹巨蟒厮杀起来，很容易将其他魔兽引过来，他可没信心应付魔兽群。

绿纹巨蟒是绿色的，在遍布绿色藤蔓的崖壁上，一不小心就会忽视，所以他很是小心。

他仔细看了一会儿，确定那片绿色藤蔓中没有绿纹巨蟒，这才小心翼翼地飞了过去。

采摘了蓝心草,入手冰凉,他的脸上露出一丝笑容。

入手冰凉是蓝心草的一个特征,这的确是蓝心草。

林雷小心地将蓝心草放入自己的包裹中,而后继续探寻起来。

"嗷——"

"嘎——"

各种各样的魔兽吼叫声从下方传来。

林雷心中一惊。

那些魔兽的吼叫声是从下方的各个方位传来的,单单凭借吼叫声就可以判定,下方的魔兽非常多。

林雷透过那白色水雾,模模糊糊地看到了一片茂盛的草地。

"老大,小心点,我可不想被追得四处逃窜。"贝贝提醒。

"我知道。"林雷警惕性很高,小心地朝四周看去。

特别是那些靠着崖壁的藤蔓,林雷都会重点探察一番,唯恐有绿纹巨蟒躲在那些藤蔓中。若是被一只魔兽发现了,就等于是被一群魔兽发现了。

"那是翼鸟龙。"林雷发现远处有一只大型的魔兽随意地飞行着,连忙朝旁边飞去。

幸亏峡谷中有着白茫茫的水雾,距离过远,只能看到模糊的身影。那翼鸟龙体形庞大,容易看得到,而林雷的体形比魔兽要小得多,自然略占优势。

"嘎——"

忽然,一阵怪叫声响起。

"不好!"林雷脸色大变。

和翼鸟龙有过近距离接触的林雷心里很清楚,这正是翼鸟龙的叫声。

他朝声源处看去,只见二三十只庞大的翼鸟龙朝这边飞了过来。

翼鸟龙实在是太大了,二三十只一起飞行,那场面简直是震撼人心。

这么多翼鸟龙飞了过来,林雷几乎无处可躲。现在他有三个选择,一是直接和这些翼鸟龙战斗，二是直接朝上方逃命，三是疾速朝下方飞行，直接蹿入迷雾峡谷内。

"呼！"林雷毫不犹豫地直接朝下方飞去。

白色的水雾扑面而来，他如同一支利箭直接冲入一处茂盛的杂草丛中，然后便趴在杂草丛中一动不动。

半晌，林雷小心地前进，移到杂草丛的边缘，透过缝隙小心地观察迷雾峡谷。

这是一个非常宽阔的山谷，内部有河流，还有茂盛的杂草，宛若世外桃源。然而，在这个世外桃源中，却有着一群群庞大的爬行类魔兽。

眼前的魔兽有两层楼高，三十米长，身上布满了仿佛岩石一般的鳞甲，每一块鳞甲都有半人大小。

林雷的脑海中自然浮现出了相关讯息：地行龙，六级魔兽，火系。

"如果只有一只地行龙还不算可怕，可是……"林雷目光一扫，"这里的地行龙恐怕有上百只。上百只地行龙如果杀了过来，我根本无法抵挡。"

"不过，它们的速度不够快，对我构成的威胁并不大。"林雷转头看向其他魔兽。

在迷雾峡谷中，地行龙只是一股小势力，因为这里还有大量迅猛龙，而迅猛龙不合群，大多散乱在各处。天空中时而有翼鸟龙飞过，如果仔细观察的话，会看到远处的草丛中有一些大蟒蛇爬过。这还只是林雷能够看到的。

"通过短暂的观察，至少可以判断出迷雾峡谷是东西方向的，南北方向能模糊地看到崖壁。"林雷回头看了一眼，西边的远处也能够看到崖壁，唯有东边根本看不清楚。

此外，有一条东西走向的河流，河水正不断从东方流过来。

"贝贝，你也仔细地观察一番。"

林雷施展了风系辅助魔法"极速"，而后小心翼翼地在杂草中穿行。

这迷雾峡谷中的杂草非常茂盛，可能跟这些魔兽都是食肉动物有关。

在小心潜行的过程中，林雷突然注意到了一点。

"好密集的天地元素！这里的天地元素的浓度是外界的六七倍。"林雷进入迷雾峡谷后，就一直处于紧张的状态，竟然才注意到这一点。

"如此密集的天地元素，到底是什么导致的？"林雷心中疑惑。

而后，他小心地朝东方潜行。

在这迷雾峡谷中，无论是地行龙、迅猛龙，还是绿纹巨蟒、翼鸟龙，都是个头极大的魔兽。林雷这个小不点在一米多高的杂草中潜行，根本不显眼。

"这迷雾峡谷够长的！"

林雷朝东边前进了大概二十里，依旧没发现迷雾峡谷的尽头，倒是发现了新的魔兽。

正是六级魔兽双翼飞马和七级魔兽雷翼飞马，有的在上空飞行，有的在迷雾峡谷中漫步，有的低头吃着杂草。

"老大，这里的杂草丛竟然很少，我们该怎么过去？"贝贝担心地问道。

林雷的眉头皱了起来。

前方的杂草丛的确很少，即使有，估计也只有半腿高。

"这么远的距离，肯定无法从地面上过去，只能从上空穿行了。"林雷小心翼翼地后退了数百米，离飞马族群较远后，立即施展飞行术。

"呼！"

他直接从上方疾速飞行，整个人一下子就蹿到了迷雾中。

在迷雾中，他偶尔会发现有双翼飞马靠近，不过双翼飞马的个头较小，所占空间不大，他还是能够轻易避开的。

在小心翼翼地朝东方飞行的过程中，林雷靠近南边的崖壁，仔细地观察，看上面是否有蓝心草，可是随着不断前进，他的眉头紧锁。

"除了刚开始发现的一株蓝心草，到现在，一株都没有找到。"林雷急了。

而后他继续朝东方飞行，飞了十余里后，他发现看不到双翼飞马了，就朝下面降落。

"林雷，这里的魔兽种类很杂啊，这一个小区域中，大多是不合群的魔兽，比如迅猛龙，比如黑熊，比如灵活的猫熊。"德林·柯沃特飘浮在林雷的身旁，随林雷一同前进。

林雷小心翼翼地潜行，而德林·柯沃特在轻松地漫步。

"啊！"忽然，林雷仿佛被雷电劈中了一般，傻傻地看着前方。

就在他前方大概五十米的位置，有一块七八平方米的草地，草地上长着一株株碧绿色的小草。碧绿色小草并不稀奇，稀奇的是，这些碧绿色小草上面都有蓝色光芒闪烁。

"蓝心草！都是蓝心草！"

这一刻，林雷的心跳陡然加快。

老天，一株蓝心草就价值好几万金币，还是供不应求。可是，就在前方大概五十米处，那七八平方米的草地上竟然有几百株蓝心草。

"这么多蓝心草，随手扯一把就有七八株。"林雷深吸一口气。

德林·柯沃特眼睛一亮："林雷，痛饮活龙血时，估计只需配合服用四五株蓝心草就足够了。这里有这么多蓝心草，简直不可想象！不过，这块草地周围光秃秃的，你怎么过去呢？"

可能是因为蓝心草排斥普通的杂草，蓝心草周围近三十米范围内都是光秃秃的，一株杂草都没有。

"这里的魔兽并不算多，而且都是不合群的，杂乱无章地分布在各处。"林雷小心翼翼地观察四周的环境，"靠近蓝心草草地的只有七只魔兽，只要我的速度够快，逃命还是有把握的。"

他努力令自己保持冷静，状态达到最佳。

"老大，你傻了，你忘记还有我了吗？"贝贝忽然灵魂传音。

林雷一怔，当即看向贝贝。

贝贝朝林雷眨了眨眼睛，灵魂传音："老大，我的速度可比你快得多，而且我的身材矮小得多，我去采摘蓝心草，一点问题都没有，你就打开包裹等着收蓝心草吧！"

"嗖！"

眨眼的工夫，贝贝就蹿到了蓝心草草地的中央，然后用小爪子灵活地采摘蓝心草。

贝贝的两只小爪子不断挥舞，很快，那片草地的中央区域一下子变得光秃秃的了，旁边则堆起了和它差不多高的一堆蓝心草。

第 89 章
上天无门

躲在草丛中的林雷屏息地看着这一幕："那一堆起码有五十株蓝心草吧。"他拼命压抑着内心的狂喜。

不过，令他愕然的是，贝贝似乎仍嫌采摘的蓝心草不够多，还在快速地采摘着蓝心草。

"那一大堆蓝心草，贝贝的两只小爪子能抱得过来吗？"林雷有些担心，立即灵魂传音，"贝贝，够了，快回来吧。"

贝贝抬头看了林雷一眼，小鼻子一皱："不急，还少呢。"

就在这时，一只在河流旁喝水的迅猛龙朝这里瞥了一眼，而后它的目光落在了贝贝的身上。

迅猛龙显然看到了贝贝，它那原本因为喝水而屈着的前肢直立起来，冷厉的目光紧锁贝贝。

"不好！"林雷的心一下子提到了嗓子眼。

如果贝贝和迅猛龙厮杀，说不定会将其他魔兽引过来，到时候就糟了。

这迷雾峡谷中的魔兽实在是太多了！

贝贝也注意到了迅猛龙，当即看向迅猛龙，似乎很害怕，躲在蓝心草草堆旁瑟瑟发抖。

"嗷——"迅猛龙发出得意的吼声，然后又屈下前肢，继续在河流旁惬意地喝水。

"那傻大个，骗它简直太容易了！"贝贝得意地对林雷灵魂传音。

林雷却哭笑不得，他没想到贝贝竟然还会装柔弱。

他心里很清楚，一年半前，贝贝就能够将迅猛龙击得落荒而逃，而它又成长了一年半，如今它的实力应该要强得多。

对于迅猛龙，贝贝绝对不怕。它的确很聪明，知道这里若闹出大动静，容易暴露林雷。

魔兽和人类是敌对的。在迅猛龙的眼中，贝贝只是非常弱小的魔兽，看到贝贝这么怕它，它当然懒得杀贝贝，毕竟它知道黑色的魔兽鼠也只有最低级的黑色影鼠而已。不过，它并不知道自己有个同类曾经被贝贝蹂躏得很惨。

"厉害！"林雷对贝贝竖起了大拇指。

贝贝得意地一笑："那是自然，我可是最聪明的魔兽鼠。"

而后，它看了看一旁比它还要高一些的蓝心草草堆，身体陡然膨胀起来，从二十厘米长变成近半米长。身体变大后，它的两只前爪轻易地将蓝心草草堆给抱在怀里，然后后腿发力一蹬。

"嗖！"贝贝一下子就蹿到了草丛中，直接落在了林雷的身旁。

"老大，总共有一百六十株蓝心草！我出马，那简直是无往不利啊！"贝贝骄傲地道。

林雷宠溺地摸了摸贝贝的小脑袋，然后将那些蓝心草都放入包裹中。

"继续前进，我现在对迷雾峡谷越来越好奇了。"林雷看向东方，"这个迷雾峡谷中有那么多魔兽，尤其是这里的天地元素，浓度那么高，我觉得这里比我们刚下来的地方的天地元素还要浓一些，是外界的十倍左右吧。"

林雷有种感觉，导致这里天地元素如此浓密的原因，就在峡谷的东边。

沿着草丛密集的地方迂回前进，施展辅助魔法"极速"，林雷的速度快得可怕。七级风系魔法师施展"极速"魔法，可以让速度一下子变成原先的三倍，加上林雷本身就是四级战士，速度甚至达到了极限。

"呼！呼！"林雷快速地潜行，躲过了一只又一只魔兽。

除了飞马族群所在的区域杂草稀少外，其他地方的杂草都非常茂盛，他完全可以在杂草中悄然穿行。

"从进入迷雾峡谷到现在，我差不多朝东方前进了百里。"林雷很惊讶。

整座魔兽山脉也就近千里宽，迷雾峡谷竟然有这么长，的确非常惊人。按照距离计算，林雷现在进入的区域接近魔兽山脉的中心区域。

"咦，老大，这里的魔兽很少啊！"贝贝站在林雷的肩膀上，靠后腿直立，仔细地观察四周。

林雷微微点头。

前后数里范围内的魔兽才两只，实在是非常怪异。这两只魔兽都是体形庞大的迅猛龙，最重要的是，这两只迅猛龙都趴在地面上，似乎是在睡觉。

"只有两只迅猛龙，还都在睡觉。"林雷笑了笑，"这一段距离恐怕是我进入迷雾峡谷以来，最轻松的一段距离，不过，这两只迅猛龙和一般的迅猛龙不大一样。"

林雷发现这两只迅猛龙比一般的迅猛龙要大，因为是趴着的，高度无法确定，但是单单趴着，它们的高度就赶得上站立的普通迅猛龙了。此外，它们的身长是普通迅猛龙的近两倍。

这两只迅猛龙卧在地面上，仿佛是两座小山丘。

为了安全起见，林雷特地从两只迅猛龙二十多米外的杂草丛中穿过，而杂草丛发出"沙沙"声时，两只迅猛龙的耳朵都动了动，可它们依旧闭着眼睛，趴在地面上。

林雷却并没有太在意，在他看来，风吹过杂草丛也会发出"沙沙"声，只是比人穿过杂草丛时发出的声音小一些，而且，他穿行在杂草丛中这么久都没出过问题。

"嗖！"一道幻影疾速划过长空，直接袭向林雷。

有"极速"魔法附身的林雷竟然只来得及停下前进的步伐。

"啪!"一条如同钢铁长鞭的龙尾狠狠地抽击在林雷身前大概半米的位置,地面都被抽得裂了开来,出现了一个足有一米宽的大坑。

林雷连忙一蹬地面,整个人跃了起来。

"我被发现了!"林雷心中一惊。

"嗷!嗷!"连续两声低吼,原本趴着睡觉的两只迅猛龙陡然站了起来。

这两只迅猛龙足有四层楼高,单单身体和尾巴就有四十米长,极为骇人。

"这么大的个头,恐怕是迅猛龙一族的强者,估计是八级魔兽。"林雷脸色大变。

这是他在迷雾峡谷中第一次遇到八级魔兽,如今已然是七级魔法师的他即使对上七级魔兽,也有信心一拼。可是,遇到八级魔兽,他连拼的念头都不敢有,因为八级魔兽很厉害,这一点,从魔晶核的价格也能看得出来。

六级魔晶核,价值一千金币。

七级魔晶核,价值五万金币。

六级魔兽和七级魔兽的差距可想而知。

八级魔晶核,价值五十万金币。

至于九级魔晶核,价值五百万金币。

这是林雷在恩斯特魔法学院图书馆中的书上看到的,事实上,强大的魔兽的晶核是非常罕见的,一般都见不到人买卖。

八级魔兽自然要比七级魔兽强大得多。

"嗷!嗷!" 两只迅猛龙相视一眼,眼中竟然流露出戏谑之色,而后它们迈着大步朝林雷而来。

八级魔兽的智慧绝对不比人类低。

"呼——"林雷拼命朝东方跑着,同时口中念着飞行术的魔法咒语。

只是,飞行术是七级魔法,其魔法咒语比较繁复,需要耗费好长一段时间才能念完。

贝贝这个时候也不敢逞能。它敌得过七级迅猛龙，可是八级迅猛龙的身体就比七级迅猛龙整整大一倍，鳞甲有近半米厚，鳞甲下面才是厚实的肌肉，恐怕它一口咬下去，还咬不到八级迅猛龙的肉呢，要伤到八级迅猛龙实在是很难。

有"极速"这种魔法辅助，四级战士林雷的速度比行动迟缓的迅猛龙要快一些。庞大的迅猛龙行动迟缓，不过它的步子很大，一步就能顶林雷数十步。最重要的是，那如同钢铁长鞭的尾巴甩动起来宛若闪电般快速，比七级迅猛龙的尾巴还要快。只是一闪，就能扫过数十米的距离，和贝贝的移动速度相差无几。

地面不断震动，两只八级迅猛龙追击林雷，时而交换一个诡异的眼神。

"呼！"林雷突然冲天而起，飞行术的魔法咒语终于完成了。

"终于安全了。"他飞到高空中，看着下方那两只庞大的迅猛龙，这才长舒一口气，"这两只八级迅猛龙太阴险了，竟然故意假寐，而后偷袭我。"

其实，并不是迅猛龙故意偷袭他，而是八级迅猛龙的感应非常灵敏，它们听惯了风吹杂草的"沙沙"声，这种声音的频率陡然变化，自然引起了它们的怀疑。

"嗷！嗷！"两只八级迅猛龙看到林雷飞了起来，完全不怒，反而仰头吼叫起来，那种吼叫声中暗含喜悦。

愤怒和喜悦林雷还是分辨得出来的。

"嗷——"

陡然，林雷的上空响起了一阵阵龙吼声，此起彼伏，单单听声音就知道魔兽很多。

"在上方。"停留在半空中的林雷震惊地抬头看去，只见白色迷雾中冲出一只只庞大的龙族魔兽。每一只龙族魔兽都有七八十米长，那一双羽翼展开来也有五六十米宽。

一只只巨型飞龙在白色迷雾中若隐若现，数量极多。

林雷目光一扫："应该有数十只。"

一只只飞龙从天而降，火红色的鳞甲是那么耀眼，火焰隐隐环绕着身体。

"火龙一族！"林雷感觉到事情不妙。

火龙一族是龙族中的中等族群，一般的火龙都是八级魔兽，火龙中的强者也可能超越族群的限制，成为九级魔兽。

"两只不会飞的八级魔兽都把我折磨成这样了，现在来的是会飞的八级魔兽，还是数十只。"林雷心中发苦。

而就在这时——

"嗷——"又一阵吼叫声从另外一个方向传来。

而后，只见一只只个头和火龙相差无几的龙族魔兽展开巨型羽翅飞了过来，这些庞大的飞龙的鳞甲都是碧绿色的，数量丝毫不亚于火龙一族。

而下方的那两只八级迅猛龙得意地叫着，它们的眼中有着阴谋得逞的喜悦。

"我知道我们刚踏入这个区域，只看到这两只八级迅猛龙，而没有看到其他魔兽的原因了。"林雷恍然大悟，"恐怕这个区域只有八级魔兽才有资格进入，七级魔兽都不敢进入。这火龙一族和绿龙一族都属于八级魔兽族群，恐怕那两只八级迅猛龙一直在耍我呢，见我准备溜走，它们就立即吼叫，召唤那些火龙、绿龙过来。"

直到上百只飞龙盘旋在上空，林雷才醒悟过来。

然而，此刻他是上天也无门啊！

"老大，我们现在该怎么办？"贝贝可怜兮兮的声音在林雷的脑海中响起。

第 90 章
幽深地穴

"怎么办?"

林雷仰头看向上方盘旋的上百只飞龙,每一只火龙体表的火焰令周围的温度急剧上升,而那有着碧绿色鳞甲的绿龙散发出让人心颤的冰寒之气。

这是冰火两重天啊!

而在林雷下方,那两只八级迅猛龙则饶有兴味地看着林雷。

此刻,悬浮在离地六七十米的半空中的林雷根本无处可逃。

他何尝不知道,在这些巨龙面前,自己宛若蝼蚁一样渺小,对方根本不会在乎自己的生死,自己只是给它们漫长的生命带来一丝乐趣而已,等它们没兴趣了,就会一脚踩死他。

"我可不想当蝼蚁,贝贝,"林雷和贝贝相视一眼,"准备逃吧!"

"嗖!"他疾速朝下方坠落,体重外加飞行术,整个人仿佛一柄重锤狠狠地砸在地面上,然而在靠近地面的刹那,身影陡然一滞。这种从疾速到极缓的过程,令林雷难受得想要吐血。

"幸亏我不但是魔法师,还是四级战士,身体扛得住。"

现在他的身后有两只八级迅猛龙,上空有上百条巨龙,顾不得其他,他直接朝荒芜的前方冲了过去。

"嗷！嗷！"那两只八级迅猛龙吼叫了起来。

"嗷——"天空中的上百只火龙和绿龙也吼叫了起来。

然后，两只八级迅猛龙立即迈开大步朝林雷追了过来，它们每迈一步都令地面震动，而天空中的上百只火龙、绿龙俯冲而下，瞬间，林雷感觉天仿佛黑了。

一条巨龙就那么大了，上百条巨龙就完全遮盖了天空，那数十只火龙不约而同地张开足以活吞人的大嘴巴，吐出了一个个大火球。

"轰轰轰——"一颗颗和林雷差不多高的巨大火球从天而降。

八级火龙发出的火球并不是普通的火球，不单单蕴含魔法能量，而且蕴含龙族本身的龙炎，温度之高，恐怕就是七级迅猛龙的铠甲也能被灼烧。

"砰！"一颗大火球擦过林雷的身体，砸在他的旁边。

逃命的林雷顿时闻到了一股毛发被烧焦的味道。

"老大，你的头发被烧焦了。"贝贝的声音在林雷的脑海中响起。

林雷清楚自己这头发根本不是被烧焦的，而是因为那火球的温度太高，仅仅是靠近他，他的头发就焦了。

他不断地变化方向，闪躲着一个个火球。

那些火龙并没有一拥而上解决林雷，而是用火球蹂躏林雷。

"我和它们的实力差距太大了，我虽然是七级双系魔法师，可是对上八级魔兽，必死无疑啊。"林雷感受到了火球的恐怖温度，而那些火龙可以轻易地吐出一个又一个火球，幸亏那些火龙并不想立即杀了林雷。

忽然，林雷适应了高温的身体不由得打了一个寒战。

"嗖！"一根略带碧绿色的标枪插在了林雷的旁边，而后崩裂开来，那恐怖的寒气令林雷立即转变了方向。

只见天空中的数十只绿龙张开嘴巴，射出一支支冰箭。对于个头庞大的绿龙而言，那是冰箭，可对于林雷而言，这足有三米长的冰箭堪比标枪啊！

在龙炎火球、冰寒标枪的攻击下，林雷耗费心力，不断地躲闪。

他感到身心俱疲，脑中的弦绷紧，短时间还好，如果时间一长，这根弦绝对会断。林雷已经感到躲避都有些力不从心了，而且以最快的速度拼命飞奔，对体力的消耗特别大。

"砰！"一颗火球砸在了他的右臂上。

一阵龟裂声响起，林雷身上的大地守护圣铠出现了裂痕，土黄色的地系元素疾速地在裂痕处环绕，试图修复裂痕。

"对方的攻击力太恐怖了，如果正面被击中，估计我这玉石阶的大地守护圣铠也只能扛一下。"

在生死关头，林雷的潜力似乎爆发了，再次不断地快速闪躲。这种闪躲的能力很强，甚至连他自己都感到惊讶，这绝对是他的巅峰状态。

可惜，即使闪躲能力再强，面对上百条巨龙，他也没有丝毫胜算。

"嗷——"

天空中的上百只火龙和绿龙兴致勃勃地戏弄着林雷，看到林雷不断地闪躲，越发觉得有意思，连后面的两只八级迅猛龙也用尾巴时而逗弄一下林雷。

此刻，林雷宛若一个被一群强大的高手戏弄的玩物，一个不小心，就会没命。至于他的生死，这些巨龙根本不在乎，它们只是在想："这个渺小的人类到底能够坚持到什么时候呢？"

五分钟过去了——

看起来时间很短暂，林雷却觉得时间过得极慢，每一分钟他都是在生死线上徘徊。

贝贝的速度其实比巨龙的速度还要快，它是可以逃命的。现在它却只是站在林雷的肩膀上，睁大眼睛看着天空中的火球和冰寒标枪落下，提醒林雷哪里有危险。

"老大，小心，三个火球袭来了！"贝贝陡然急切地喊道。

林雷脸色大变，火球的速度太快了，无论自己朝哪边躲，都会被一个火球正面击中。

"砰！"一个龙炎火球狠狠地砸在了他的身上，而后爆裂开来。

林雷身上的大地守护圣铠表面闪烁着土黄色光芒，"砰"的一声，化为大量地系元素消失无踪。

"哧——"

林雷的头发瞬间被烧焦了，脸上的肌肤被灼热的高温烫得疼痛起来。

没有了大地守护圣铠对身体的保护，无论是龙炎火球还是冰寒标枪，他挨一下就必死无疑。

"我有些扛不住了。"林雷感觉到全身的肌肉在颤抖，连脑袋都有些发晕。

他知道自己到了极限，如果再以这种状态坚持下去，绝对会崩溃。

"林雷，左前方一百二十米处有一座近二十米高的小山，小山的下面有一个幽深的地穴，小山并没有将地穴完全遮掩住，还有可容一两人下去的缝隙，你赶快躲进去，可捡回一命。"德林·柯沃特的声音响了起来。

自从被巨龙们追击，德林·柯沃特就一直没出声，一出声，就给了林雷生的希望。

林雷的眼睛一下子就亮了。

"呼！"他的速度竟然再次提升，生存的希望让他拥有了惊人的力量。

在高空中盘旋的上百只火龙和绿龙看到林雷的反应，有些意外。

等发现林雷直接朝小山的方向冲去，原本抱着看戏心态的上百条巨龙怒了，不约而同地喷出龙炎火球和冰寒标枪，将那二三十米的区域给封住了。

"呼！"以林雷的速度，仅仅花了两三秒就冲到了小山旁。

这时候，大量的龙炎火球、冰寒标枪砸了下来。

"缝隙！"林雷一下子就看到了近两米宽的洞口，直接跃了过去。

然而，还没有进入洞口，一个龙炎火球就当头砸了下来，龙炎火球的速度可比林雷移动的速度快得多。

当龙炎火球离林雷只有二三十厘米的时候，林雷的衣服就燃烧了起来。

"砰！"贝贝的身体诡异地胀大一号，然后和龙炎火球狠狠地撞击了一下。

林雷趁机逃入洞穴中，贝贝却被紧接着袭来的大量龙炎火球和冰寒标枪给掩埋了。

"呼！"林雷疾速坠落，大概下落了八十米的距离，砸在了结实的地面上。

地底一片幽暗，只有上方的洞口洒下了一些光，不过林雷的视力非常好，在微弱的光下，他足以看清楚地底的一切。

而此刻，他的头发被烧焦了，连脸部也有两三处被灼烧得发黑。

毁容了?!

林雷这个时候却顾不得这些，他很担心贝贝。

"嗖！"一道黑影从上方坠落下来，然后落到了林雷旁边的地面上，"哎呀，真是舒服啊，一会儿热一会儿冷的，我全身舒服极了。"

贝贝的声音在林雷的脑海中响起。

林雷一把抱起贝贝，高兴地说道："贝贝，你没事！"

贝贝脸上脏兮兮的，却得意地皱了皱小鼻子："那是当然，我的实力可比一年半前强多了。即便和八级魔兽正面厮杀我都不怕，难道还会怕那些小火球和小冰块？"

林雷笑了，贝贝没事，他当即放下心来。

"你这么厉害，怎么没和那些巨龙厮杀呢？"林雷调侃道。

贝贝没好气地说道："我岂会怕它们？可是，它们的鳞甲太厚了，我的个子太小，嘴巴太小，一口都咬不穿它们的鳞甲，我要解决它们很难，不过它们也休想解决我。"

林雷再次笑了起来。

"老大，你的脸怎么了？毁容了啊！"贝贝的怪叫声在林雷的脑海中响起。

林雷脸部的肌肉抽动了一下，感到火辣辣的疼，自嘲地说道："贝贝，我虽然一直在锻炼身体力量，可是锻炼不到脸部的肌肉啊，防御力不够。"

"贝贝，先让我休息一下，我累死了。"林雷放开贝贝，直接躺在了地上。

不管是身体还是精神，他都达到了极限。刚才危险的时候还好，可是现在安全了，林雷感觉到无尽的疲累涌上心头，此刻只想好好休息。

迷雾峡谷。

上百只在空中盘旋的巨龙，还有那两只八级迅猛龙都看向小山。

"嗷——"忽然，个头最大的火龙吼了一声，其他巨龙都退了开去。

那只个头最大的火龙看了一眼小山，眼中却浮现一丝惊惧。

其实，原本地底洞穴的入口非常大，甚至可以容一条巨龙进入其中。然而，早前火龙一族、绿龙一族收到命令，搬来了一座小山，将这个地底洞穴的入口给遮挡住了。

对巨龙而言，近两米宽的缝隙太小了，以它们的体形，根本进不去，林雷却可以轻松地进入其中。

"进入了禁地，这个人类必死无疑。"那只最大的火龙想着，而后冲天而起，飞离了这里。

这是迷雾峡谷中的禁地，别说是人类，就是火龙一族、绿龙一族也不敢进去。凡是进去的，没有一个可以活着出来，这是迷雾峡谷的铁律。

第 91 章
棘背铁甲龙

地底洞穴中,林雷躺下歇息了一会儿,感觉到精神恢复了,才站了起来。

刚刚遭到上百条巨龙追杀,是他目前遇到的最危险的一次,几乎随时有可能被杀。

此刻劫后余生,他松了一口气,不过心中有了强烈的渴望——一定要拥有强大的实力!

在巨龙面前,他简直就是它们的玩物,毫无反抗之力。

"老大,上面我们去不了,只有从下面走了,旁边有一条宽敞的通道。"贝贝灵魂传音,同时跳到了林雷的肩上。

果不其然,林雷的侧前方有一条非常宽阔的通道,足有十几米宽,近十米高。不过,这条地下通道是弯曲的,通往东方。

林雷沉默了片刻后,便带着贝贝义无反顾地朝通道中走去。

越往通道深处走,越加昏暗,林雷甚至难以看清脚下的路,只能摸着墙壁小心地前进。

"老大,这里到底是什么地方?那个洞穴为什么被一座小山压着?这里好像也很危险。"贝贝灵魂传音问道。

"我也不知道。"林雷摇了摇头。

"上面有上百条巨龙，我们上去就是送死，只能走下面。"

他可没有能力在这岩石密布的地底挖出一条通道来逃命，只能沿着这条通往未知地点的通道前行。

贝贝和林雷都警惕地看着四周，唯恐哪里冒出什么魔兽来。

"前面有些光。"

黑暗中，林雷发现前方隐隐有光，不由得快速朝前方走去，渐渐地，他发现了这条地底通道的出口，那出口外正闪烁着红光。

忽然——

"哈哈，萨帝厄斯，你不是很狂傲吗？三百年前，你对我做的一切，今天我会加倍奉还。"一道浑厚的声音从出口外面传了过来。

林雷不由得一惊："有人！"

"人类比魔兽还是要好说话一点，而且我也没有其他路可走了。不过，这人的嗓门真大啊！"林雷贴着通道的墙壁缓缓地靠近，当走到离洞口只有二十米的时候，他看到了洞外的情景。

这条通道的尽头是一个非常大的地底洞窟，高数十米。

忽然，林雷愣住了。

从他的角度可以清楚地看到一头足有十米高，全身的毛如同钢针一般竖立的大黑熊凌空而立，大黑熊的体表有着一道道紫色纹路，显得很是妖异。

这头大黑熊竟然说着人类的语言！

"这……这……"林雷一下子愣住了，脑海中仿佛有一道霹雳闪过。

"圣域魔兽！"

魔兽一旦达到圣域级别，就可以凌空飞行，口吐人言。

圣域魔兽是非常恐怖的，一般人族的圣域级强者是敌不过圣域魔兽的，只有圣域顶级强者才有足够的实力解决圣域魔兽。

圣域魔兽的身体可以轻易地变小，一条上百米高的圣域魔龙可以变成一条小蛇。当然，圣域魔兽几乎是无法变成人形的，想要变成人形，除非拥有神一般的力量。

"圣域魔兽！我竟然看到了一只圣域魔兽！"林雷连大气都不敢出，他小心翼翼地偷偷观望着，"这是紫纹黑熊，一般的九级魔兽为黑暗系魔兽。"

书籍中有记载，紫纹黑熊生来便是九级魔兽，不过在正常情况下，成年的紫纹黑熊才是九级魔兽，毕竟紫纹黑熊一族中有强者，自然可以修炼到圣域级别。

"这头圣域紫纹黑熊的一只眼睛瞎了。"林雷忽然注意到凌空而立的紫纹黑熊的左眼有着恐怖的伤口，显然它是一头独眼熊。

"萨帝厄斯，这么多年我一直想要报仇。你霸占这里又有什么用？虽然这里的元素密度是外界的近百倍，可是你还是慢了一步，我先达到了圣域级别，哈哈……"圣域紫纹黑熊显然很兴奋。

"它口中的萨帝厄斯在哪儿呢？"林雷悄悄地后退，然后朝另外一边的墙壁靠过去，然后透过洞口看到了另外一只魔兽，不由得心中一惊。

这只魔兽身长十米，身高近三米，全身有着黝黑的鳞甲，鳞甲排列得非常紧密且有规律，每一块鳞甲只有巴掌大，聚集起来，密密麻麻的，让人有种头皮发麻的感觉。

特别是它的脊背上，有一根根三十厘米长的尖刺，从它的额头一直延伸到它的脊背尾端。

最骇人的是它的那双眼睛，瞳孔呈暗金色，冰冷的目光让人全身发冷。

"棘背铁甲龙！它是最恐怖的九级龙族魔兽！"林雷在心中惊呼，脑海中浮现出在书上看到过的关于棘背铁甲龙的信息。

棘背铁甲龙：九级魔兽，黑暗属性魔兽，个头最小的龙。同等级的龙中，棘背铁甲龙是防御力最强、灵活性最强的，同时其利爪的攻击力极为恐怖，整体实力超级强。

圣域紫纹黑熊的对手竟然是棘背铁甲龙！

紫纹黑熊是非常恐怖的一种魔兽，不但具有熊族魔兽共有的特点——力大无穷，同时非常灵活。在九级魔兽中，实力超过紫纹黑熊的不多，棘背铁甲龙无疑是其中之一。

棘背铁甲龙森寒的目光朝林雷扫了过来，林雷好像冬天时被一桶凉水从头浇下，远比自己小时候在乌山镇看到九级魔兽黑龙时还要恐惧。当初九级魔兽黑龙只是朝他发出了龙威，而此时棘背铁甲龙只是目光一扫，就令他胆寒。

棘背铁甲龙虽然发现了林雷，却根本没有理会他，因为它现在最大的敌人是眼前的圣域紫纹黑熊。它虽然可以在九级魔兽中称王称霸，但是面对圣域魔兽还是不敢大意。

"嗷——"棘背铁甲龙发出了低沉的吼声。

"萨帝厄斯，你说我初入圣域，不足为惧。哈哈，没错，我是初入圣域，却迫不及待想要杀了你。哼，即使我初入圣域，你也不是我的对手。"圣域紫纹黑熊脸上满是傲慢之色。

"棘背铁甲龙不愧是最难进阶的龙，你霸占了这里这么久，在天地元素浓度是其他地方的百倍的情况下，依旧是九级巅峰，没有跨出最后一步，今天我就让你见识见识圣域级强者的实力。"圣域紫纹黑熊的气势陡然变强。

它嘴上说得轻松，其实心里非常清楚棘背铁甲龙很可怕。

棘背铁甲龙是防御力最强的龙，而萨帝厄斯又达到了九级巅峰，只差一步就可以达到圣域级，萨帝厄斯的防御力绝对比得上圣域龙族。除了防御力很强以外，它的攻击力也很强，爪子还极为锋利。

"虽然它很厉害，可是我毕竟达到了圣域级。"圣域紫纹黑熊对自己还是很有信心的。

达到了圣域级，第一个优势是可以飞行，第二个优势是灵魂之力可以离体散发开来。一般战士或者魔兽战斗时是靠眼睛、靠感觉，而圣域级高手完全可以通过灵魂之力观察到对方的动作，这在战斗中将占绝对优势。最重要的是，达到了圣域级，意味着攻击力会得到大幅提升。

林雷透过洞口看着外面洞窟中两只恐怖的魔兽对峙。

"九级巅峰的棘背铁甲龙对上初入圣域的紫纹黑熊，最终结果会如何呢？"

林雷很是激动。

不知道为什么,见过棘背铁甲龙那双森冷的眼睛后,他反而更害怕棘背铁甲龙了。

"开始了。"林雷眼睛一亮。

只见那圣域紫纹黑熊缓缓地落在地上,同时整个身体发出奇怪的声音,肌肉缓缓凸起,筋骨发出噼里啪啦的声音,原本十米高的身躯硬是拔高了两米,达到了十二米,胳膊、大腿都粗了一号。

"萨帝厄斯,去死吧!"圣域紫纹黑熊一声大吼,化作一道幻影,直接到了棘背铁甲龙的身前。

而一直蓄势静待的棘背铁甲龙的尾巴狠狠地抽击一下地面,身体借助反弹力横移开去。圣域紫纹黑熊足有一米宽的手掌拍击在棘背铁甲龙原先所在的位置。

"轰"的一声,清晰可见的空间波纹以手掌为中心传递了两三米远,周围三米范围内的石质地面陷落半米深,而周围数十米范围内出现了七八道大豁口。

"好恐怖!"林雷感觉喉咙发干了。

圣域紫纹黑熊猛然转头,那只红得诡异的独眼死死地盯着棘背铁甲龙。

棘背铁甲龙依旧盯着对方,根本不主动攻击。

"萨帝厄斯,你怕了。"圣域紫纹黑熊得意地一笑,而后全身隐隐有黑色光芒闪烁。

圣域紫纹黑熊猛然一蹬地面,冲天而起,而后画出一道诡异的曲线,疾速坠落,头朝下,直接朝棘背铁甲龙冲去。

棘背铁甲龙森冷的目光锁定圣域紫纹黑熊,而后那条宛如钢铁长鞭的龙尾猛然抽出。

"嗖!"刺耳的尖啸声令林雷的耳朵都疼痛了起来。

"这尾巴可比迅猛龙的尾巴厉害多了,估计我也扛不住啊!"贝贝的眼睛瞪得滚圆。

圣域紫纹黑熊的左手掌表面有黑色光芒闪烁,而后直接抓向那龙尾,这熊掌可是攻击力最强的,防御力也非常强。

"啪!"龙尾和熊掌撞击在一起,只听得一个低沉的撞击声,熊掌颤抖了一下,而龙尾缩了回去。

在交击的刹那,圣域紫纹黑熊的右手掌已经到了棘背铁甲龙的身前,棘背铁甲龙没有躲避,反而一弓身,身上的那一排锋利的尖刺迎了上去。

圣域紫纹黑熊和棘背铁甲龙是老对手,自然知道棘背铁甲龙这一招的厉害。

棘背铁甲龙不但防御力强,而且身体韧性非常好,对手一巴掌拍下去,棘背铁甲龙可以扭动身躯,将对手的掌力分散到全身。

"萨帝厄斯,我可不是过去的九级魔兽了。"圣域紫纹黑熊眼中有着一丝冷酷,同时熊掌表面闪烁着让人心寒的黑光。

那偌大的熊掌以更快的速度、更大的力量狠狠地拍击在棘背铁甲龙脊背的尖刺上。

"砰!"棘背铁甲龙被拍得陷入地底,周围数平方米范围内的石质地面完全龟裂开来。而棘背铁甲龙脊背上的其中一根尖刺被拍击得断裂开来,它喷出了一口鲜血。

第 92 章
够狠

"这可是九级巅峰魔兽棘背铁甲龙的血,真是浪费。"林雷看着溅在石质地面上的那一摊龙血,心中暗道。

按照《龙血秘典》的记载,圣域级别的龙的血可以引动龙血战士血脉,而九级龙的血引动龙血战士血脉的概率低一些。

这棘背铁甲龙毕竟达到了九级巅峰,只差一步就可以达到圣域级,而且它属于龙族中非常恐怖的一个族类,同等级的龙中,棘背铁甲龙是最强的。

"这棘背铁甲龙达到了九级巅峰,又是九级中最强的龙,它的血应该比圣域级别的龙的血差不了多少,可惜,我弄不到它的血。"林雷现在根本不敢踏入那个洞窟,否则他很可能被两只恐怖魔兽的战斗余波波及,命丧当场。

"老大,这棘背铁甲龙要死了吗?它好像打不过那头大笨熊。"贝贝灵魂传音道。

林雷没有出声,而是死死地盯着洞窟,继续旁观两大魔兽决战。

"哈哈——"圣域紫纹黑熊突然发出兴奋的大笑声,同时那毛茸茸的黑色大熊掌握成拳,那足有一米高的大拳头带着万钧之力,狠狠地朝下方的棘背铁甲龙砸去。

"轰!"

大拳头砸在地底的深坑中，令整个洞窟都震动了一下，碎石掉落下来。

"嗯？"圣域紫纹黑熊的独眼中亮起了红光。

一开始，被熊掌拍入地下的棘背铁甲龙宛如蚯蚓一般快速蹿入地底。随着它在地底蹿动，石质地面的一处处接连鼓翘起来。

圣域紫纹黑熊的这一拳落空了，仅仅砸中了棘背铁甲龙的尾巴尖，就让其直接蹿入了地底。

"哈哈，萨帝厄斯，你难道准备躲在地底，一直不出来吗？"圣域紫纹黑熊大笑道。

它心里很清楚，棘背铁甲龙有着流线型的身躯和锋利的爪子，钻地能力可比它强得多。如果棘背铁甲龙一直藏在地底不出来，它真的没有办法。不过，它相信棘背铁甲龙是不会被吓得躲藏起来，不敢出来应战的。

"都说棘背铁甲龙一族极其自负，不容自己遭受侮辱，即使必死无疑，也会昂着头和对手死战，现在看来这话不对啊，你明明很胆小。"圣域紫纹黑熊朗声说道，它现在只能用语言来激怒对方。

躲在通道出口的林雷这时候也静静地看着事态发展。

"龙族一般都很骄傲、自负，而龙族中非常特殊的棘背铁甲龙是最自负的。"德林·柯沃特的声音在林雷的脑海中响起。

"德林爷爷，你怎么不出来？"林雷刚问出这话就笑了。

他真是昏头了，德林爷爷的气息比较容易被圣域级强者发现，而这头圣域紫纹黑熊就是圣域级强者。

"我不能出来，现在你小子在它们眼里宛若蝼蚁，它们虽然都发现了你，却根本懒得理你。可是，一旦我出来，被它们发现了我的气息，那就糟了。"德林·柯沃特依旧藏在盘龙戒指中。

林雷点点头，死死地盯着洞窟。

那圣域紫纹黑熊正不断讥讽棘背铁甲龙，而那棘背铁甲龙，则好像销声匿迹了一般，没有了动静。

"它笑了?!"林雷发现圣域紫纹黑熊的脸上露出了一抹得意的笑。

当他还没想明白原因的时候,那被密集的龙鳞包裹着的龙尾仿佛钻锥旋转着疾速穿破了地壳,发出令人恐惧的"呜呜"声,而后直接朝圣域紫纹黑熊的腹部刺了过去。

龙尾的速度太快了,让人来不及反应。

而圣域紫纹黑熊仿佛未卜先知,在龙尾穿破地壳的时候,它庞大的身躯倏地后退,同时那双毛茸茸的大熊掌一把抓住了快速旋转的龙尾。

"哈哈——"圣域紫纹黑熊狂笑起来。

它的双手死死地抓住龙尾,猛地将棘背铁甲龙从地底给扯了出来,而后将其身体挥舞起来,最后朝石质地面狠狠地砸下去。

"砰——"那棘背铁甲龙几乎是在一瞬间和石质地面狠狠地撞击了上百次。

一阵密集的撞击声令林雷头皮发麻。

"这样还不死?"林雷看得紧张起来。

"萨帝厄斯,让你狂,让你弄瞎我的一只眼睛,哈哈……"圣域紫纹黑熊猖狂地大笑。

它那近两米粗的两只手臂挥舞着棘背铁甲龙的身躯,并不断地将其砸在地面上。地面碎裂,一条条足有两三米深、十几米长的深沟接连出现了。

洞窟上方的石头被震得掉落下来,然而那些碎石对圣域紫纹黑熊一点影响都没有。

"别把通道给震塌了。"林雷头顶的碎石掉落下来。

林雷忍不住暗骂圣域紫纹黑熊,却不能发作,只得在一旁默念大地守护圣铠的魔法咒语。有大地守护圣铠在身,他的人身安全才有保障啊。

"嗷——"一道道愤怒的吼声从棘背铁甲龙的口中发出。

棘背铁甲龙有着极强的防御力,按道理,石头对它根本造不成什么伤害,可是其身体被圣域紫纹黑熊疾速地挥舞,然后狠狠地砸向地面,那情况可就不同了。

就好像并没有多大攻击力的石子,一旦速度达到恐怖的程度,甚至可以射穿钢板。

也就是说，速度很快也算是一种攻击力！

熊族魔兽天生拥有巨力，达到圣域级的紫纹黑熊的力量更是强大得可怕，以其惊人的臂力，挥舞棘背铁甲龙的身躯，同样可以达到惊人的速度。在这种惊人的速度下，棘背铁甲龙的身体狠狠地和石质地面相撞，这是非常可怕的。

棘背铁甲龙的身躯宛如蛇一样扭动，将冲击力分散到全身。

"龙血?！"林雷看到地面上沾了棘背铁甲龙的血。

对于棘背铁甲龙而言，身体上的伤是次要的，最要命的是眩晕。它的脑袋开始发晕，如果继续下去，就算身体扛得住，脑袋也扛不住。

"萨帝厄斯，你这个白痴，你以为你躲在地底偷袭我，我就反应不过来？哈哈，难道你忘了，圣域级强者可以让灵魂之力离体？你在地底的一切动向都在我的掌握中，你竟然还想偷袭我，哈哈……"圣域紫纹黑熊此刻很是得意。

三百年来，它一直想着报仇，每次想到自己那只被抓瞎的眼睛，心中就有着无尽的怒火。

它坚持修炼了三百年，终于达到了圣域级。

"咔！"一道诡异的声音响起。

棘背铁甲龙直接飞了出去，撞击在数百米外的墙壁上，撞出了一个大坑，然后才落到地面上。

而圣域紫纹黑熊愕然地看着手中的一截龙尾。

"你……你竟然断尾?！"圣域紫纹黑熊很是惊讶，而后反应过来，得意地笑了起来，"哈哈，萨帝厄斯竟然沦落到断尾保命的地步，痛快，痛快啊！"

能够将棘背铁甲龙逼到这个地步，圣域紫纹黑熊自然畅快得很。

林雷也很惊讶棘背铁甲龙对自己竟然如此狠辣，尾巴对于龙族的重要性不言而喻，断尾需要有很大的勇气、狠劲。

棘背铁甲龙的臀部光秃秃的，只有一个直径近一米的圆形伤口，这里原先连着一条尾巴，如今这处的伤口不断地流出鲜血。

而棘背铁甲龙的暗金色眼眸依旧森寒，死死地盯着圣域紫纹黑熊。

"够狠，可是你今天必死无疑。"圣域紫纹黑熊将手中的那截龙尾朝旁边一扔，脸上满是自信的笑。

断掉尾巴，失血过多，棘背铁甲龙的实力大减，这种情况下，圣域紫纹黑熊若是杀不了对方，那就真是大笑话了。

"嗷！"一声低吼响起。

棘背铁甲龙四肢一蹬，化作一道残影，直接袭向圣域紫纹黑熊。

圣域紫纹黑熊那两只巨大的毛茸茸的熊掌再次冒出黑光，狠狠地朝棘背铁甲龙拍了过去。

以圣域紫纹黑熊的掌力，绝对可以将棘背铁甲龙给拍飞。

看到两只黑色大熊掌袭过来，棘背铁甲龙却张开了嘴巴，狠狠地咬住了圣域紫纹黑熊的一只手臂。不过，圣域紫纹黑熊的手臂硬得很，只能咬破皮，却无法咬断。

"啊！"一声痛苦的嘶吼响起。

圣域紫纹黑熊没想到棘背铁甲龙会这么做，因为棘背铁甲龙这么做，就是把自己的脑袋伸到了它的面前。

"找死！"圣域紫纹黑熊怒吼一声，另外一只熊掌插向棘背铁甲龙的眼睛。

那近一米长的粗大手指刺入棘背铁甲龙的眼睛，棘背铁甲龙必瞎无疑。

这时，棘背铁甲龙的身躯仿佛筛子一样疾速抖动起来，脊背上的一根根尖刺竟然都飞了起来，如同闪电一般，刺入了圣域紫纹黑熊的身体。

圣域紫纹黑熊的身体被刺穿，连脸部都被一根尖刺刺中了。

"萨帝厄斯，你……"圣域紫纹黑熊眼中满是难以置信。

棘背铁甲龙最厉害的就是脊背和铁甲，铁甲代表它的防御力惊人，而脊背是其身体极为坚韧的部位，而且上面有着一根根尖刺，许多人都不知道那尖刺有什么用处。

如果防御的话，有那密集的鳞甲已然足够了。至于攻击，用脊背怎么攻击别人？就算能够攻击，也是被动的攻击。

很少有魔兽知道，棘背铁甲龙有和敌人同归于尽的绝招，就是在一瞬间将背上的尖刺全部射出，在极快的速度下，每一根尖刺的穿透力都比利爪要强。

圣域紫纹黑熊根本不知道棘背铁甲龙竟然还有这一招。

在双方靠近的情况下，棘背铁甲龙的尖刺疾速射出，让圣域紫纹黑熊根本来不及闪躲。

"嗷——"

身体被射穿的圣域紫纹黑熊感受到自己正在渐渐断绝生机，它不甘心地怒吼起来。

第93章
龙晶之变

就连当初达到圣域级顶峰的德林·柯沃特肉身被毁,也没有其他办法可以保住性命。肉身被毁,必死无疑。想要轻易修复肉身,那恐怕得拥有神的实力。

肉身的生机消失,圣域紫纹黑熊感觉到灵魂受到冥界的吸引,几秒钟内,灵魂就会进入冥界。

"萨帝厄斯!"圣域紫纹黑熊在最后时刻疯狂地抓向棘背铁甲龙的脑袋。

棘背铁甲龙的一只眼睛被抓瞎,颈部、头部的鳞甲被抓烂,鲜血不断流出。然而,它没有反抗,因为它也到了生命的最后时刻,射出那一排尖刺后,其生机也在缓缓消散。

"我不甘心!"一道怒吼声响起。

"轰!"圣域紫纹黑熊那庞大的身躯轰然倒地,重重地砸在地面上。

它的灵魂无法抵抗,被冥界给吞噬了,永远消失在玉兰大陆的物质位面中。

林雷和贝贝呆呆地看着这一幕。

"两败俱伤!"林雷心中暗道。

此时,棘背铁甲龙显然已经到了弥留之际,尾部和颈部不断渗出鲜血,眼睛紧闭。

陡然,它那只没有受伤的独眼睁开了,那暗金色的瞳孔显得黯淡无光,却死死地盯着处于通道出口的林雷。

"啊！"林雷心中一惊。

无论是棘背铁甲龙还是圣域紫纹黑熊，其实早就注意到了林雷，只是懒得理会。

可是，龙族一向骄傲，而棘背铁甲龙是龙族中最骄傲、最自负的，即使死，也不会让对手好过，更不会任由自己的尸体被人类糟蹋。

"不好！"林雷转头就朝通道内冲去，"它都快死了，竟然还想要杀我。"

棘背铁甲龙发出了平生最激昂的怒吼声，化为一道黑色闪电，几乎是一瞬间就到了林雷的身前，那只龙爪毫不留情地朝林雷挥了过去。

感受到背后袭来的劲风，林雷当即想要趴下。他知道，棘背铁甲龙的这一爪威力极大，就是九级魔兽恐怕也抵挡不住，更别说他了。他身上的大地守护圣铠根本无法抵挡棘背铁甲龙的利爪的攻击。

"嗖！"刺耳的尖啸声响起。

贝贝那弱小的身躯狠狠地向棘背铁甲龙的利爪撞了过去。

"贝贝！"

和贝贝灵魂相连的林雷几乎同时感应到了贝贝的动作，心中大惊。

"啪！"清脆的撞击声响起。

贝贝的身躯被棘背铁甲龙的利爪抽飞，那瘦小的身躯以更快的速度飞射出去，直接撞向数十米外的墙壁，深深地陷入了石质墙壁中。而后，那石质墙壁上留下一道鲜艳的血迹。

"贝贝！"林雷凄厉的喊声响起，他的脑海中浮现出了过去贝贝和自己在一起的场景。

第一次他和贝贝相见，贝贝躲在破败的祖屋中的石头后，畏惧地看着他。

贝贝得意的时候，会皱皱小鼻子，那模样实在是可爱极了。

贝贝躲在他的衣服的内口袋里，恬静地睡觉。

…………

从八岁到现在，陪伴自己最久的就是贝贝，虽然它有时喜欢吹牛，又嘴馋，还很调皮，但是在自己心中占据了极重要的位置。

棘背铁甲龙感觉到自己的灵魂受到冥界的吸引，当即张大嘴巴，朝林雷的脑袋咬了过去。

"啊！"林雷发出低沉的怒吼声，眼睛布满了血丝。

当棘背铁甲龙的大嘴咬过来的时候，他竟然使出了前所未有的速度，猛然张大嘴巴，对着棘背铁甲龙的颈部咬了过去。

"哧——"林雷肩部的肌肉被咬下一大块，而他的嘴巴也死死地咬住棘背铁甲龙的颈部。

"死吧，死吧，一起死吧！"

他的脑海中仍旧不断浮现出过往和贝贝在一起的一幕幕，眼泪不禁流了下来。

棘背铁甲龙的目光更加黯淡了，它的灵魂再也无法控制肉身，飞出了体外，被冥界给强行摄去，庞大的身躯无力地倒下。

龙血流到林雷的身上，林雷感觉全身疼得要命，这种痛苦他尚且能够忍受。然而，龙血流入他的腹中后，如同有无数把刀子在体内穿刺，令他整个人都痉挛起来。

此刻，他却忘却了疼痛，心中只有贝贝。

达到九级巅峰的棘背铁甲龙临死前发出的一击威力极大，就连九级魔兽都承受不住，而贝贝可是被其利爪所伤，而后被狠狠地抽飞啊！

贝贝瘦小的身躯被其利爪所伤，还能存活吗？

最重要的是，林雷发现贝贝的生机弱得几乎感觉不到了。

"啊——"林雷任凭龙血在体内沸腾，任凭身体痛到极点，根本不顾。

"林雷，停下，停下！"德林·柯沃特大声吼道，"快服下蓝心草，再这样下去，你的身体会崩溃的。"

可是，林雷根本不听。

忽然,一个冰冷的晶体滑入林雷的喉咙,进入其腹部,他的疼痛感顿时加剧,整个人不受控制地颤抖起来。他就是要让自己痛,因为这种疼痛感能够稍微分散他心中的难过。

"林雷!"德林·柯沃特也不知道该怎么办了。

"老……老大!"忽然,一道微弱的声音在林雷的脑海中响起。

林雷身体一颤,陡然愣住了。

"贝贝?!"

通道中极为安静,林雷愣愣地看向陷入墙壁中的贝贝,他感觉到贝贝的生机竟然变强了,而后看到贝贝缓缓地从那深陷的墙壁中爬了出来。

林雷心中大喜,紧接着,一股尖锐的疼痛直接冲击他的神经。

"快,快服下蓝心草!"德林·柯沃特大吼道。

林雷这个时候才反应过来,猛然撕开包裹,直接抓着一把蓝心草就往嘴里塞,那把蓝心草起码有十株。

他感觉到一股清凉弥漫体内,那种刺痛感急剧减弱。可是,肚子有一处地方的疼痛感依旧很强烈,特别是其他部位的刺痛感减弱后,这个部位的疼痛感就越加明显了。

他又抓起一把蓝心草直接往嘴里塞,然后快速地吞咽下去。而后,他盘膝坐下,脑海中浮现出了《龙血秘典》中关于用龙血来引动龙血战士血脉的秘法,当即催动体内的龙血。

随着龙血被催动,隐藏在林雷体内的龙血战士血脉终于显现出来了。

"成功了!"

九级龙血引动龙血战士血脉的可能性比圣域级龙血低,可是棘背铁甲龙毕竟达到了九级巅峰,又是九级的龙中最强的,虽然它个头小,但是它的血功用更好。

"哧哧!"林雷体内的龙血被一一炼化,最后化为一股股龙血斗气。

可是,当炼化到肚子里依旧疼痛的那一处时,即使他吞咽了蓝心草都无效,他并不知道自己在吞咽蓝心草的时候,那棘背铁甲龙脑中的龙晶随着血液流了出来，最终进入了他的肚中。

按道理，龙晶这种东西进入肚中，可是比龙血要恐怖万倍，即便蓝心草削弱了龙晶的效果，那种疼痛感也足以让人血液沸腾而死。

不过，龙血战士血脉不是一般的血脉，源自第一任龙血战士巴鲁克。巴鲁克当年修炼有成，甚至斩杀了达到圣域级巅峰的九头蛇皇，拥有能够纵横玉兰大陆的绝世武力。

当强横的龙族知道巴鲁克家族抓了圣域级龙族放血，让家族子弟修炼《龙血秘典》的时候，都不愿和巴鲁克家族硬碰硬，这就是龙血战士血脉的恐怖之处！

至于巴鲁克家族传下来的书籍记载无人靠龙血修炼成龙血战士，那是因为怕龙族介意所以特意隐瞒了，实际上巴鲁克家族用这个办法造就了一批龙血战士。

奇特的龙血战士的血脉比高贵的龙族的血还要珍贵得多，潜伏在体内的那么一点点龙血战士血脉就足以让一个人类成为能够和圣域级龙族抗衡的存在，由此可知龙血战士血脉有多么厉害。

此刻，林雷体内的龙血战士血脉流转而来，碰触到棘背铁甲龙的龙晶时，却发生了特殊的变化。龙晶可是达到九级巅峰的棘背铁甲龙的能量精华，而林雷体内的龙血战士血脉太薄弱了。

剧烈的疼痛感弥漫林雷的全身，他痛得仰头大吼起来。

"哧哧——"他的皮肤表面竟然冒出一块块锋利的黑色鳞甲，还刺破了他的衣服。

同样的，他的大腿、手臂处也冒出了黑色鳞甲，这种剧烈的痛苦使其青筋暴突，面目狰狞。

一股更加剧烈的疼痛产生了，一根锋利的尖刺缓缓地从他的额头冒出……

第 94 章
龙血战士

林雷痛得全身痉挛,背部震颤起来,一根根尖刺从其脊椎处慢慢长了出来。

这种痛苦令他忍不住大叫起来,全身不断渗出冷汗,但是,黑色鳞甲接连长出来,每一块黑色鳞甲的形状和棘背铁甲龙的极为相像,唯一的区别,就是体积更小。

他咬紧牙关,喉咙中发出低沉的声音,以发泄剧烈的疼痛,同时他以极强的意志不断地运转着《龙血秘典》的秘法。

那龙晶在龙血战士血脉的一次次侵蚀下,体积不断缩小,而龙血战士血脉不断地吞噬着龙晶中蕴含的惊人黑暗能量,身体的蜕变速度竟然再次提升了。

"咻!"一条覆盖着黑色鳞甲的沾了血迹的尾巴慢慢地从他的脊椎尾端冒了出来,如同钢铁长鞭一般。

"为什么会这样?"林雷发现自己的背部和额头冒出了尖刺,还有黑色鳞甲,彻底震惊了。

按照《龙血秘典》的记载,龙血战士有三重形态:

第三重,完全龙化形态。龙血战士全身覆盖青色的龙鳞甲,额头长出龙角。这是龙血战士实力最强大时的状态,然而林雷现在的形态和《龙血秘典》中描述的完全不同。

他全身覆盖的是黑色鳞甲，背部应该是没有尖刺的，他不由得想起了棘背铁甲龙。

第二重，半龙化形态。第三重形态的战斗力最强，而这种形态是让身体部分龙化，实力要弱一点。

第一重，正常人类的形态。正常情况下，龙血战士都处于这种形态，而这是三重形态中实力最弱的一种。

按照《龙血秘典》的记载，第一次练成龙血斗气的时候，身体会不受控制地直接进入第三重形态，第一次突变会非常痛苦，然而只有这么一次，身体之后再发生变化就不会痛苦了。

一股深青色的液体遍布林雷全身，他的肌肉、经脉不断地吸收着这种液体，身体素质飞速提升着，这同样令其痛得要命。

"可恶的龙族！"林雷心里暗骂起来，"都是因为龙族，否则家族先辈会在书中记载痛饮龙血的后果和需要注意的地方。"

林雷越想越气。《龙血秘典》中的内容很明显有矛盾之处，这本秘典记载了家族中没有人使用龙血成功，那为什么传给后人的其他书中还说明这种方法肯定会成功？这是明显的矛盾。

四五千年前，家族到底是什么模样，林雷根本不知道。

"肯定是龙族逼迫的，最终让先辈们将有关痛饮龙血蜕变的办法给略去了。"林雷现在根本不知道该怎么办才好。

他的龙化形态明显和书籍中记载的按部就班练出来的龙化形态不一样。

"我的意志力未免太强了，赶快让我疼晕过去吧！"林雷祈求自己晕过去，那样反而舒坦些。

"啊——"

他的身体再次一颤，双手和双脚都痛得不行，十指的指尖变得锋利，如同龙爪的缩小版。

这种硬生生长出利爪的疼痛令他痛得几乎失去了知觉。

眩晕感涌来，他眼睛一闭，整个人的意识瞬间完全迷糊了。

"轰！"林雷轰然倒地。

"晕了。"德林·柯沃特站在林雷的旁边，观察其如今的模样，不由得啧啧称奇，"真是奇特，没想到林雷的祖先巴鲁克竟然拥有这种龙化的能力。"

而后，德林·柯沃特眉头一皱，自言自语："说来也奇怪，好像除了龙血战士，还有另外三大终极战士。我在世时，根本没有这四大终极战士，我死后没多久，这四大终极战士竟然同时冒了出来。"

以德林·柯沃特的智慧以及上千年的见识，竟然很难想象出为什么会出现这种事情。

"能够将九头蛇皇给杀了，林雷的祖先巴鲁克的实力恐怕比我还要强。"

德林·柯沃特很清楚九头蛇皇的实力，九头蛇一族是非常可怕的族群，而能够成为九头蛇皇的，无一不是达到圣域级巅峰的强者。就连他，也没有信心击杀九头蛇皇。

"那小影鼠也不一般啊！"德林·柯沃特转头看向正在恢复力量的贝贝，"棘背铁甲龙属于最强的九级龙族，而萨帝厄斯不仅是棘背铁甲龙，还达到了九级巅峰，其临死前发出的一击威力极大，就连九级魔兽都会丧命，而小影鼠竟然撑住了。"

德林·柯沃特很是惊讶，甚至产生了怀疑……

"难道这并不是影鼠，而是噬石鼠？"

鼠类魔兽有两大族群，分别是噬石鼠和影鼠，其中噬石鼠的数量非常多。最低级的噬石鼠只是一级魔兽，最高级的噬石鼠则是八级魔兽，而影鼠最低级为三级，最高级为八级。

影鼠的优点是速度快、爪牙锋利，而噬石鼠的优点是防御力强、爪牙锋利。

"噬石鼠个头小，但它的防御力是同级别的魔兽中最强的。八级噬石鼠的防御力恐怕比得上九级棘背铁甲龙的防御力。"德林·柯沃特非常清楚强大的噬石鼠有多可怕。

"贝贝的实力应该达到了八级，如果它是八级噬石鼠，抵挡棘背铁甲龙临死前的一击而不死，我还是相信的，可它应该不是，八级噬石鼠的皮毛是金色的。"德林·柯沃特心中满是疑惑，"贝贝的身上都是黑色皮毛，速度却快得可怕，防御力又这么强，这实在是太怪异了。"

忽然，德林·柯沃特的眼睛瞪大。

"难道这只小影鼠和玉兰大陆东北的黑暗之森中的那位有关系？"德林·柯沃特震惊了。

他在世的时候，整个玉兰大陆只有两大强者能令他毫无还手之力。当年，他的实力较强，在玉兰大陆上排得上前五，除了前两名高手，其他三人的实力相差不大。

第一高手和第二高手的实力毫无疑问很强，其中有一位是玉兰帝国的"定海神针"，有他在，即使玉兰帝国糜烂至此也不会消亡，另外一位现在就在黑暗之森中。

玉兰历1年，玉兰帝国统一玉兰大陆，历经近万年，玉兰大陆又分裂到如此地步，形成如今两大同盟、四大帝国各自分立一方的格局。

而在玉兰帝国统一玉兰大陆的时候，那位人族第一强者就名震天下了。

"黑暗之森中的那位是魔兽族群中的第一强者，听说他很喜欢鼠类魔兽，难道这只奇特的小影鼠是他造就的？"德林·柯沃特在心中暗想。

不过，他所知道的超级高手都是五千多年前的存在了。

五千多年前，玉兰大陆上的确有两个超级强者，一个是人族强者，一个是魔兽族群中的强者，其他圣域级强者只能仰视这两位。

那五千年后的今天，还是如此吗？

"或许鼠类魔兽发生了什么变异，这也有可能。"德林·柯沃特这样想着。

他看了林雷和贝贝一眼，微微点头："一个龙血战士的后代和一只变异的小影鼠在一起，未来会是什么样呢？"

想到这里，德林·柯沃特有些期待。

跟在林雷身边，或许他往后的日子不会太寂寞。

地下通道中仍旧很安静。

林雷倒在地面上，没有知觉，此刻他的身体还在缓缓变化，其体内的龙血斗气缓缓地朝肚脐下方三寸的位置聚集，形成了类似于龙晶的结构。

此时，贝贝的伤势也在慢慢好转。

三天后。

林雷睁开了眼睛，一骨碌爬了起来。

此刻的他赤裸着身体，身上的衣服早在第一次龙化的时候就被毁了，而恢复了人类形态的他和正常人一样。

"总算变回来了。"他长舒一口气。

虽然《龙血秘典》中有记载，可以变为人形，可直到自己变回了人形，他才略微心安，毕竟他的龙化形态和祖先留下的书中记载的龙化形态是有区别的。

"老大，你醒啦！"一道熟悉的声音在林雷的脑海中响起。

林雷惊喜地转过头去，贝贝一下子就跳到了他的怀里。

抱着贝贝，他才彻底放下心来。之前贝贝被棘背铁甲龙抓成了重伤，他的确很害怕，害怕和自己一同长大的贝贝就这么死了。

"贝贝，你没事吧？"林雷仔细地察看贝贝的身体，注意到贝贝的腹部有一个不起眼的伤口。他心里很清楚，这个伤口之所以不起眼，是被它的毛挡住了。

贝贝嬉笑道："没事，我会怕那条小虫？"

"老大，你的身上怎么没有伤痕？你的脸上也一点疤痕都没有？"贝贝忽然惊讶地道。

林雷这个时候才注意到自己的身体。

"果然，和《龙血秘典》中记载的一样，第一次龙化时会完全改造整个身体,还会不断地进行内部改造,甚至会改造全身的皮肤。"林雷的全身如今没有一点伤痕,堪称完美。

他感受到体内强大的力量,心中很是激动。

"好强大的身体力量!"林雷感觉到自己如今的力量比过去强了数十倍。

他成功地将体内的龙血战士血脉引动后,身体素质会大大提高,即使是人类形态,也比龙血战士血脉未被引动时要强得多。

右拳一握,体内的龙血斗气自然被催动,他猛然朝旁边的石壁砸了过去。

"轰!"石壁被砸出了一个坑,同时石坑上的裂痕朝四面八方蔓延开去。

"六级?!林雷,你的人类形态应该达到了六级战士的实力!"德林·柯沃特飞出盘龙戒指,对林雷笑着说道。

第 95 章
神秘魔法阵

林雷也感觉自己的身体素质比过去提高了很多,过去是四级战士,而如今一下子跃到六级,这就是龙血战士的天赋。当然,前不久的那种疼痛,林雷想想也感到心颤。

"林雷,尝试一下龙化的效果。"德林·柯沃特饶有兴味地说道。

"对啊,老大,快试试看。"贝贝也期待地道。

林雷微微点头,他也很想知道在龙化的情况下,自己的实力能够达到什么地步。当即,林雷控制腹部丹田位置那聚集成晶体形状的龙血斗气,顿时——

一道道青黑色的液体从丹田中疯狂涌向四肢百骸。

"哧——"低沉的声音响起,林雷的皮肤表面浮现出黑色的龙鳞,同时脊椎尾端冒出了一根近两米长的黑色龙尾,背部脊椎上冒出了一根根尖刺。

跟棘背铁甲龙相比较,林雷背部的尖刺在数量上略少一些,长度也短一点。

"我现在感觉全身充满了力量。"林雷心头忍不住激动起来。龙血战士是玉兰大陆四大终极战士之一,自己还只是刚刚修炼,就拥有了如此强的力量。

不愧是终极战士!

"现在的力量比刚才还要强数十倍。"林雷伸出自己的右手,此刻他手臂上满是鳞甲,手指甲也锋利如刀。

林雷的双腿猛然一蹬，整个人火速一跃，冲进了洞窟之中，手臂猛然刺入石壁。只听得一阵震动声，石壁的碎石自然而然地掉落。刺入石壁，他发现就好像刺入烂泥中一样容易。

太强了！

"哈哈！"林雷兴奋地大喝一声，双腿狠狠地踢向旁边的石壁，石壁上顿时出现了一个大坑，连洞窟上方的碎石也不断滑落。

林雷双腿蹬地，整个人一飞冲天。

他的双拳狠狠地砸在洞窟的顶端——

"砰！"洞窟的顶端完全碎裂开来，一块块巨石不断落下来，而林雷丝毫不在意。这种巨石砸在身上对他造成不了一点伤害，他身上的黑色鳞甲防御力可是比玉石铠甲要强得多。

"嗖！嗖！嗖！"

林雷整个人幻化为黑色残影，一会儿落地，一会儿冲天而起，一会儿挥动强劲有力的腿踢在石壁上，一会儿狠狠一记冲天拳砸在洞窟顶端，石头不断落下砸在他身上。

片刻——

林雷落到地上，直接跃到通道处。

"德林爷爷，怎么样？"林雷询问道。

对于战士的实力，不经过系统测试，一般人是无法判断得出的。至少林雷没有那个能力，而经验丰富的德林·柯沃特却能够根据林雷刚才的破坏力推断出来。

"单单力量，应该算是刚跨过八级战士的门槛吧。"德林·柯沃特也有些不确定，"不过刚才你移动的速度很快，可能你传承了棘背铁甲龙的移动速度。你的速度应该赶得上身手极其灵敏的八级战士。至于你的防御力，没有系统测试，也不好说。"

林雷微微点头。他知道自己的龙化跟棘背铁甲龙有很大的关系，自己的龙化形态跟棘背铁甲龙的形态比较相像也有可能。

"我们家族的龙血战士实力越强，三重形态下的实力差距就越小。我现在是六级战士，龙化可以达到八级初的状态。据书籍记载，正常人类形态拥有九级战士的实力，那龙化则可以初入圣域。若正常的人类形态，便拥有圣域级的实力，那在龙化的情况下，依旧是圣域级，只是战斗力略微有所提升。"

林雷很清楚龙化的根本原因。他之所以龙化，是因为如今他的身体在正常人类形态下，还无法完全发挥出龙血战士血脉的实力，只有龙化，才能让他发挥出更强的实力。

可一旦达到圣域级，完全吸收了龙血战士血脉的功效，那即使龙化，提升的实力也不明显。

"林雷，快将那两只魔兽的尸体弄一下，它们一只可是拥有圣域级的魔晶核，另一只拥有的是九级的龙晶。"德林·柯沃特立即催促道。

林雷顿时心头一动，圣域级魔晶核和九级龙晶？

林雷知道，九级魔晶核的价值就达到五百万金币。五百万金币，这可是一笔庞大的财富，恐怕芬莱城中一个比较富裕的家族的所有财富加起来也才这么多。

而圣域级魔晶核，简直就是无价之宝。

"好。"林雷依旧保持龙化形态，直接冲到圣域紫纹黑熊尸体旁。因为刚才林雷对着石壁、洞窟顶端胡乱攻击，导致落下太多碎石，连圣域紫纹黑熊尸体也被碎石掩埋了。

林雷猛然一挥右臂，十几块大石头就被他掀飞了，露出了圣域紫纹黑熊的上半身和头。

林雷那一双被鳞甲覆盖的利爪欲直接撕裂圣域紫纹黑熊的毛皮。

"啊——"林雷猛然用力，但是对圣域紫纹黑熊的毛皮没有丝毫作用。

"林雷，这可是圣域魔兽，你即使呈龙化形态，也只是初入八级战士境界，想要破掉圣域魔兽的毛皮，那根本是不可能的。"德林·柯沃特笑着说道。

林雷也不得不承认，事实的确如此。

"林雷，你看，这圣域紫纹黑熊身上有很多尖刺，这些尖刺非常锋利，当然，以你的力量，想要用尖刺刺穿毛皮也是不可能的。不过这圣域紫纹黑熊眼睛旁，被一根尖刺刺入了，你只需拔出那根尖刺，用手伸进那个伤口去掏，应该是能够弄到圣域级魔晶核的。"德林·柯沃特说道。

这尖刺对棘背铁甲龙的这种体形而言，是刺，可对于林雷而言，就是一个巨型大锥子，这尖刺的中后端的直径足有二十厘米。

拔出这根尖刺，圣域紫纹黑熊脸上自然会出现一个大伤口。通过这个大伤口去找圣域级魔晶核，倒是轻松得多。虽然圣域魔兽的毛皮防御力强，但是脑袋上还是有薄弱处的。

林雷用力拔出那根尖刺，而后通过伤口伸入布满鳞甲的手臂，直接去寻找魔晶核。这圣域紫纹黑熊的脑袋很大，林雷从靠眼睛部位的伤口伸进去半只手臂才找到圣域级魔晶核。

这圣域级魔晶核上还有血迹等残留物。

一颗黑色的、拳头大小的魔晶核。

"竟然一丝黑暗气息都没有。"林雷很惊讶，如果不是自己知道这个黑色的晶石就是圣域紫纹黑熊的魔晶核，恐怕也很难相信这一点。

"圣域魔兽的魔晶核，能量已经完全收敛了，其实九级魔晶核的能量气息也很内敛。"德林·柯沃特说道。

林雷点了点头。

"圣域魔兽，全身都是宝啊，比如这个圣域魔兽的腿骨，绝对十分坚硬。"德林·柯沃特感叹道，"可惜，你并没有能力撕破它身上防御力惊人的毛皮。"

林雷无奈地点点头。这头圣域紫纹黑熊的体形实在是太大了，他也没有能力将这头圣域紫纹黑熊的尸体弄走。

"浪费啊。"贝贝在一旁故意说道。

林雷笑了笑："已经很不错了，一只魔兽最珍贵的地方就是魔晶核，一颗圣域级魔晶核那可是无价之宝。我得到它就已经很满足了，更何况，还有九级龙晶啊。"林雷笑着朝棘背铁甲龙的尸体走了过去。

棘背铁甲龙的尸体，头部是有伤口的，要找龙晶应该不难。

林雷的利爪通过头部的伤口直接伸了进去。

"咦？"林雷仔细在棘背铁甲龙头部找了好一会儿，却没有发现龙晶，这倒是令他疑惑起来。

"怎么会没有龙晶？怪事！"林雷的眉头皱了起来。

"不可能，一只魔兽不可能没有魔晶核，这棘背铁甲龙肯定有龙晶。魔兽死了，总不会连魔晶核都没了。"德林·柯沃特也无法相信。

林雷忽然想到一件事情——

自己在拼命吞咽龙血的时候，有一个冰冷的晶体进入了腹中。不过当时自己处于疯狂状态中，根本没有在意。后来吃蓝心草的时候，身体其他部位的疼痛感都消失了，唯有腹部的伤口依旧痛。

"难不成是龙晶？"林雷在心中暗道。

那个冰冷晶体经喉咙进入腹中的感觉，林雷还有印象。

"我吃了龙晶？这……这怎么行？！据《龙血秘典》中的记载，需要饮活龙血来引动龙血战士血脉，难道龙晶也能够吞咽？"林雷完全搞不明白了，不过无论如何，自己已经吃了，而且看样子也没发生什么不好的情况。

林雷笑了笑。

"我这吃的不是龙晶，而是五百万金币啊。"林雷在心中感叹道。

"老大，你……你看！"贝贝震惊的声音响起。

林雷看向贝贝，站在洞窟碎石堆上的贝贝正呆呆地仰头看着洞窟顶端。

林雷立即走出通道进入洞窟中，也仰头看向洞窟顶端——

"这是什么？"

只见洞窟顶端露出了一个巨大的黑色圆台，这个黑色圆台是镶嵌在顶上面的，而此刻这个巨大的黑色圆台表面部分还被一些石头遮挡着。显然，刚才林雷的疯狂攻击导致洞窟顶端很多石头落下，也就露出了这黑色圆台的一部分。

看到黑色圆台林雷并不惊讶，他惊讶的是——

这黑色圆台上有各种繁复的魔法纹路，各种各样的魔法纹路简直复杂到了极致。

显然，这个黑色圆台上布置了一个魔法阵，林雷从来没看到过如此复杂的魔法阵。

如果说恩斯特魔法学院的魔法阵是一个小小风刃，那么这个神秘的魔法阵就是毁灭风暴。

而且，在这个黑色圆台的中央，竟然倒插着一把紫色长剑。

"这个魔法阵……怎么可能？"德林·柯沃特出现在林雷旁边，此刻他也正抬头看着，"不可能，这里怎么会有这样的魔法阵？而且，还用一把奇特的剑来辅助。"

一直很淡定的德林·柯沃特此刻也震惊了。他在世一千多年，从未见过如此可怕的魔法阵。虽然这个魔法阵没有真正发动，但是他能够看出这个魔法阵有着恐怖的威力。

"德林爷爷，这个魔法阵很厉害吗？"林雷询问道。

德林·柯沃特看向林雷："很厉害？岂止是厉害！这个魔法阵拥有的威力比禁忌魔法还要恐怖，你说厉害不厉害？我这一生还从未见过如此复杂且神秘的魔法阵。这么大威力的魔法阵，还用一把奇特的剑来辅助，难道还嫌这魔法阵的威力不够？"

第96章
四大至高位面

林雷听了德林·柯沃特的话也震惊了。

"德林爷爷可是普昂帝国时代的圣域魔导师,连他都没有见过这么复杂的魔法阵,还确定这个魔法阵比禁忌魔法的威力更恐怖,那……"林雷心底也感到一丝惧怕。

这个神秘魔法阵在这里,到底有什么用途呢?

"林雷,你仔细感受一下这个魔法阵,还有那把紫色长剑的气息。"德林·柯沃特对林雷说道。

林雷微微点头,灵魂之力立即和风系元素融合,感受着那神秘魔法阵和那把紫色长剑的气息。闭上眼睛,林雷感觉那黑色圆台上的神秘魔法阵有着一种厚重感,令他有些窒息。同时,整个黑色圆台,或者说整个魔法阵,正不断地散发出天地元素。

"怪不得这里的元素浓度接近外界的百倍,原来源头是它。"如果不是明确感受到这圆台魔法阵的气息,林雷也不可能找到这个源头。因为源头处的元素是不断朝下方蓄积的。

实际上洞窟中的元素浓度才是最大的。

"这里地、火、水、风、黑暗、光明、雷电七系元素当中,黑暗元素最强,怪不得棘背铁甲龙和紫纹黑熊这两种黑暗系魔兽都特别喜欢这里。"林雷暗自点头。

"那紫色长剑……"林雷仔细感受着神秘魔法阵中央的那把长剑的气息，"好内敛的黑暗气息。"

德林·柯沃特抚须微笑，看着林雷："林雷，我可以告诉你，这把紫色长剑的珍贵程度应该不在圣域级魔晶核之下。"

林雷疑惑地看向德林·柯沃特。

林雷很清楚，一般战士的武器是不太值钱的，只要使用一些坚硬的金属矿石，再融合一些其他矿石就可以进行锻造。巴鲁克家族的传承之宝战刀屠戮，当初打造的成本也就几万金币而已。

后来巴鲁克家族的某位继承人将战刀屠戮卖出十八万金币的高价，也是沾了一点龙血战士的光。

可惜，龙血战士已经很多年没出现过了，"龙血战士"这个称号现在也不太值钱了。如果是在龙血战士纵横大陆的时候，战刀屠戮的价值可能会更高。

虽然战士的武器不值钱，但是魔法师的法杖价格很高。越是高级的法杖，就需要越珍贵的材料锻造。

比如一件圣域魔导师使用的神器，使用特殊的木质来做法杖，以九级魔晶核或者圣域级魔晶核为能量源，再将复杂的魔法阵布置于其中，达到最佳效果。

一根可以称为神器的魔法杖绝对是无价的。毕竟单单圣域级魔晶核，就已经是无价之宝了。

当然，战士的武器不值钱，这说的是玉兰大陆物质位面的战士的武器，如果一件武器是来自其他位面的，比如是来自四大至高位面的，那价格可就不同了。

"这把紫色长剑的气息很奇特，如果我没猜错，它应该是来自四大至高位面中的'地狱'。"德林·柯沃特说道。

林雷疑惑起来："四大至高位面？"

德林·柯沃特的白胡子翘了翘，说道："放眼整个玉兰大陆，你如今的实力也算勉强步入玉兰大陆的上层了，一些东西也该告诉你了。林雷，你应该知道，这个世上不单单一个位面吧？"

林雷点了点头："我知道，比如还有冥界。"

"你知道的很少。"德林·柯沃特摇头说道，"实际上，茫茫寰宇有着无数空间位面，物质位面只能算是很普通且很基础的一种位面。在无数位面当中，有四大至高位面，它们分别是——冥界、地狱、生命神界和天界。"德林·柯沃特详细说道。

林雷仔细地聆听着，在玉兰大陆，这些信息恐怕也只有站在顶端的强者才知晓。

"林雷，你应该知道什么叫神吧？"德林·柯沃特笑眯眯地看着林雷。

林雷点头说道："超越圣域级的存在，就叫神。"

林雷读了很多书，一般书中介绍的超越圣域级的力量，都是属于神的力量，那是强大且无法抗拒的力量。

"对，神之上还有主神，然而主神之上，还有四位至高神！"德林·柯沃特感叹道，"这四位至高神是永恒的存在，是超越一切的存在。"

林雷第一次听说四大至高神。

"至高神比光明主宰还厉害？"林雷询问道。

"哈哈，光明主宰？"德林·柯沃特笑了起来，"无论是光明圣廷的光明主宰，还是黑暗圣廷的黑暗主宰，那也只是主神。主神对于我们和一般的神而言，无比强大，可是他们还需要信仰之力。"

"而至高神不同，四大至高神根本不需要追随者，不需要信仰之力，他们的实力是极强的，足以毁天灭地。像光明主宰、黑暗主宰这种主神，恐怕也只能给至高神当仆人，这还要看至高神要不要。"德林·柯沃特肯定地说道。

林雷心中一惊。

"冥界、地狱、生命神界、天界，这四大至高位面就是四大至高神创造的。而我曾经感受过四大至高位面的气息，所以一看到这把紫色长剑，我就确定，它来自地狱。"德林·柯沃特旋即疑惑地看着那把插在黑色圆台中央的紫色长剑，

"我也有些疑惑,地狱位面的东西怎么在这里?"

"林雷,你想想,这个魔法阵比禁忌魔法还厉害,这把紫色长剑用来辅助它,在能量层次上最起码跟这个魔法阵相当。所以我建议你滴血尝试看看是否可以收了这把神剑。"德林·柯沃特眼睛放光。

"收了?"林雷心中也想要弄走这件宝物。

"别怕,不管这个神秘魔法阵是干什么的,如此巨型的魔法阵要启动,是需要比较长一段时间的,这足够你跑得很远了。你先滴血,看这长剑是否有主人,如果没有主人,你将其带走,绝对没事,也没人察觉得到。"德林·柯沃特肯定地说道。

一把需要滴血认主的神剑,已经不是凡品了。

带在身上,外人根本察觉不到。在外人看来,就和盘龙戒指一样普通。

"好。"林雷运转体内的龙血斗气,顿时上半身、手臂的鳞甲开始消失。

龙血战士第二形态半龙化。

林雷完全可以控制自己的身体进行半龙化,其他地方和正常人类一样。他咬破食指后,直接一跃而上,同时滴血的食指直接点在了那把紫色长剑上。

那把沾满灰尘的紫色长剑被林雷滴上一滴鲜血后,剑刃仿佛海绵一样,轻易便吸收了这一滴鲜血,同时——

"嗡——"那把紫色长剑忽然发出剑吟声,开始震颤起来。

它表面的灰尘完全被震飞,剑身隐隐流转一种妖异的血色光芒,似乎有鲜血在上面流淌。

"无主之物。"看到这一幕,德林·柯沃特惊喜起来。

德林·柯沃特很清楚,如果这把神剑是有主人的,那林雷一点希望都没有。如果这把神剑没有主人,那林雷以后又多了一个依仗。

"林雷,快,拔出长剑,立即离开这里。"德林·柯沃特催促道。

"知道。"

林雷再一次跃起,直接抓住那把紫色长剑,然后猛然一拔。

"锵！"清脆的剑吟声响起，似乎带着无尽的欢喜。

刚才那一滴血被紫色长剑吸收后，林雷就知道，这紫色长剑是一把软剑，只需要灌入斗气或者魔法力就足以令这把紫色长剑变得笔直，可软可硬！

林雷拔出这把紫色长剑，在落地的过程中一甩紫色长剑，紫色长剑立即绕着他的腰部缠绕成一个圈，宛如腰带一样。

"贝贝，走。"

林雷单手抄起自己的包裹，而后便直接朝来时的地底通道冲了过去，全身的鳞甲不断浮现出来。贝贝一下子就蹿到了林雷的肩膀上。

如果完全龙化，林雷有着初入八级战士的攻击力，而在速度上，则赶得上八级灵敏性战士。

"七级的加速。"林雷同时施展辅助魔法加速。

七级的加速可以令四级战士的速度提升为原来的三倍。不过对于如今的林雷而言，他现在速度太快了，即使施展加速辅助，也就提升近一半的速度。

不过能够提升近一半的速度，已经很恐怖了。

迷雾峡谷上方迷雾缭绕，而原先在上方盘旋嬉闹的巨龙，除了少数几条，绝大多数都落下来，趴在地上休息了。不过它们无一例外地远离了那座小山。

小山所压住的通道，那可是禁地！

这些巨龙也还记得，前几天那个可怜的人类就是冲入了禁地，想必那个可怜的人类已经被杀了。

"呼！"

一道黑色的幻影猛然从地底通道蹿了出来，而后直接朝西方飞速冲了过去。

"那是什么？"上百条巨龙都注意到这个幻影。

八级灵敏性战士的速度绝对赶得上八级巨龙飞行的速度，如今林雷再施展了"加速"，使得速度提升了近一半，绝对是九级战士的速度，比贝贝慢不了多少。

"嗷——"

上百条巨龙立即愤怒地低吼起来。

竟然有人类来到龙族的地盘，一条条巨龙都展开羽翼去追林雷，然而林雷的速度实在是太快了，就连那条个头最大的火龙，也只能看着林雷离它们越来越远，逐渐消失在视野中。

"这不像是人类。"那条个头最大的火龙凌空盘旋，心中却疑惑起来。

它虽然没追到对方，但是刚才它看清了，对方是呈人形，却有着鳞甲的怪物。

"人形魔兽？"火龙心中暗道。

地底洞窟，那黑色圆台上，魔法纹路复杂到极致的神秘魔法阵竟然渐渐亮了起来，仿佛一股亮银色的水流，流遍了魔法阵上的每一道纹路，渐渐地，整个神秘魔法阵都亮了起来，亮得刺眼。

"轰！"

一道低沉的轰鸣声响起，那神秘魔法阵的光更加刺眼，只听得轰鸣声越来越多，越来越急。

"轰——"

一阵阵轰鸣声仿佛鼓声一样不断响起，而那神秘魔法阵不断震颤着。

"咔嚓——"黑色圆台忽然裂开了，出现三条裂痕。

第 97 章
捅破天了

当黑色圆台出现三条裂痕之后,神秘魔法阵的光便不断地闪烁起来,而那轰鸣声似乎受到刺激一样,竟然更加高亢。

"轰——"

轰鸣声激烈地响起。

只听得"砰"的一声,整个黑色圆台立即碎裂开来,而以它为载体的神秘魔法阵自然是被毁掉了。只见一道道清晰可见的空间波纹,以爆裂处为中心,朝四面八方弥漫开去。

迷雾峡谷的一群巨龙都还在为刚才的人形怪物而疑惑,此时它们忽然感觉到大地震颤起来,都感到一阵心悸,立即张开羽翼飞起来。仅仅刹那——

"砰!"

周围数里区域的地面猛然爆裂开来,那座挡住地底通道的小山直接被震成了碎末。

"嗷——"一道低沉的吼声从地底传来。

原先黑色圆台所在的地方仿佛白纸一样被划破了,露出了一个大的豁口。只见一名穿着暗金色长袍,长相俊美妖异的青年弯腰护着怀中的三只小猫咪,从这个大豁口中快速冲了出来。

此刻这个青年有些狼狈,脸上还有着血迹。

"呼!"

那个大豁口消失了,只是这一处的空间变得不稳定,时而有各种混乱的能量从这里弥散开来。

"我终于逃出来了!"青年看着背后不稳定的空间,脸上满是狂喜。

"哈哈,多少年了,我终于逃出那个鬼地方了!"青年的眉心还有着一道竖着的刀痕。

陡然,这道刀痕竟然张开了,露出一只金色的眼睛。

这只金色的眼睛环顾天地。

"这里竟然是玉兰大陆。"青年惊喜地笑了起来,"实在太好了!"

"父亲,我肚子饿。"青年怀中的一只小猫咪说道。

"我也肚子饿了。"另外两只小猫咪都开口说道。

会说话的猫,难道是圣域魔兽?

"好!哈哈,上面有一百多条小龙,你们好好吃一顿吧!"青年哈哈笑道。

"哦!"三只小猫咪兴奋地欢呼起来。

只见这三只小猫咪化为三道闪电从地面蹿起,直接朝上空飞去。在飞上天空的过程中,它们的个头不断变大,越来越大……

而青年一迈步就到了迷雾峡谷的半空中。

迷雾峡谷内,上百条巨龙在半空中盘旋着,它们根本不知道为什么地底会发生爆炸。

"那是什么?"

只见三个庞大的影子出现在迷雾峡谷的半空,每一头庞大的怪物都有三十米高,近百米长,宛如一头狮子放大了数十倍。可是这些怪物并不是狮子,因为这三头怪物都有着巨大的翅膀,同时还有六只眼睛。

六目且有双翅,身体就如同传说中的比蒙巨兽一样庞大。

然而,比蒙巨兽也没有这三头怪物可怕。

"嗷——"三头怪物都张开大口吼了起来，顿时，每一头怪物的大口就仿佛一个旋涡，惊人的吸力作用在每一条巨龙身上。

上百条巨龙惊恐地想要逃窜，可是这吸力实在太强了。最诡异的是，这股吸力只对这些巨龙起作用，地上的巨石丝毫不受影响。

"嗷——"

上百条巨龙都惊恐地吼叫起来，可是面对那恐怖的吸力，它们无能为力，只能被吸入怪物的大口中。

最令巨龙们惊恐的是……

这三头怪物的肚子仿佛是无底洞！

巨龙虽然比这种怪物略微小一点，但是装满怪物的肚子应该还是足够的。

可是，这三头怪物将一条条巨龙吸入肚子中之后，还在继续吞噬其他巨龙。

三头怪物那大口的吸力太恐怖了，八级巨龙丝毫反抗之力都没有，一条条八级巨龙被吸入三头怪物的肚子里。

仅仅一会儿，上百条巨龙就被这三头怪物吞噬干净了。

"好痛快！"其中一头怪物哈哈大笑，"好久没有好好吃一顿了。"

"我还以为我要死在那个鬼地方，永远出不来了呢。可惜，老四跟老五……"另外一头怪物低声叹息道。

这三头怪物都沉默了。

想起这数千年来在那鬼地方过的日子，它们就不寒而栗。

没有未来，没有希望，随时可能丢掉性命，如果没有父亲，它们三个小家伙恐怕早就被杀了。可即使有父亲庇护，实力比较弱的老四跟老五也死了。

"父亲来了。"

三头怪物看到青年悬空站在旁边，身体立即缩小，变成狮子的大小。只是它们的毛是彩色的，十分美丽，那两只翅膀也比巨龙的翅膀漂亮得多。

只是那六只眼睛有些骇人。

"父亲。"

这三头怪物都高高兴兴地飞到青年身旁。

这时，青年身上已经没有一丝血迹了，身上的暗金色长袍也没有一丝灰尘，脸上露出一抹微笑。

"吃得很爽吧？"青年笑呵呵地说道，"哦，这里还有两只八级魔兽。"

青年看向迷雾峡谷西方，同时发出一股四色能量疾速射向西方。仅仅一会儿，两只庞大的迅猛龙被四色能量捆缚着，被隔空绑了过来。

这两只迅猛龙似乎也知道末日即将来临，不由得低声求饶。

它们是迅猛龙，虽然跟火龙、绿龙一族同在八级魔兽区域，但是因为种类不同，加上它们都是爬行动物，所以跟火龙、绿龙一族远远隔开了。

刚才那三头怪物兴奋地吃了一条条巨龙，根本没注意到远处的迅猛龙。

"上百条巨龙就那么轻易被吃掉了啊。"迅猛龙心中发颤。

对方的实力太强了，那三头已经变成狮子大小的怪物竟然还会开口说话。

"你们想逃？"青年微笑着看向两只迅猛龙。

两只迅猛龙的个头虽然大得多，青年跟它们比起来只是小不点，可是这两只迅猛龙战战兢兢，连忙不断低声吼着，说着龙族的语言："大人，我们不敢，我们不敢。"

青年似乎懂龙族的语言，笑着点点头："很好，我刚来这个位面，心情很不错，就不杀你们了。你们臣服于我吧！"

两只迅猛龙身上的束缚消失了，随后从空中落下，重重地砸在地上。

它们相视一眼后，立即以最恭敬的姿势趴在了地上，头也埋得低低的，表示臣服。

虽然龙族很高傲，但是面对绝世强者，它们还是会臣服的。

而面对眼前这个青年，两只迅猛龙知道，恐怕对方动一个指头就足以消灭它们了。

"玉兰大陆，"青年环顾四周，脸上满是笑容，"多么美好的地方啊！我相信，这一次我不会像五千多年前那么倒霉了。"

魔兽山脉当中。

恢复正常人类形态的林雷穿着长裤和一件汗衫。

初入2月，温度还是极低的。不过，林雷此时正仔细地看着手上的这把紫色软剑，并未感觉到冷。

此刻的林雷根本不知道，他拔出这把紫色长剑到底闯了多么大的祸！

无知者无畏。

而德林·柯沃特虽然有所猜测，但是在他看来，就算是闯了什么大祸，也跟林雷没有多大关系，就算是天塌下来，玉兰大陆的那些绝世强者也会顶着，怕什么？

"德林爷爷，你看这两个字是什么？"林雷对德林·柯沃特说道。

紫色软剑的剑柄上有两个方形的字，笔画很多。

"这……"德林·柯沃特看到这两个字不由得眼睛一亮，"这是地狱位面中的通用文字，当年我达到圣域级后不久，便学会了这种文字。这两个字，应该是'紫血'。"

"紫血？"林雷低声说道，"难道这把软剑的名字叫紫血？"

林雷仔细打量着手中的紫血软剑，此剑薄如蝉翼，虽然材质很特殊，但是不算重，差不多只有五斤。五斤重的软剑对于林雷而言，一点负担都没有。

他将体内的龙血斗气灌入其中，紫血软剑立即变得笔直。

他手一挥——

"嗖！"

薄如蝉翼的紫血软剑轻松划过一棵需要两三人才能环抱住的大树。大树甚至动都没有动一下，但是林雷很清楚，这棵大树已经完全被紫血软剑砍断了。

只是紫血软剑的速度太快，而且太锋利，这棵大树才动都没动一下。

林雷猛然一蹬地面，整个人飞跃而起，然后凌空一脚踢在那粗壮的树干上，顿时大树开始倾斜，砸断了好些树枝，这才轰然摔落在地上。

林雷看着紫血软剑划过的树干截面："好光滑！"

"这剑好厉害！"在吃烤野鸡的贝贝也瞪大眼睛看着树干截面。

林雷呵呵一笑，然后看向手中的紫血软剑，心中暗道："有了这把轻巧、锋利的软剑，即使面对千万人，我也不怕了。"

说完，他不断穿梭在树林当中，手中的紫血软剑轻松地挥动着。

锋利！快速！

薄如蝉翼，使得这紫血软剑劈出时几乎不受空气阻力的影响，速度快到惊人的地步。剑身很轻，使得林雷的速度能更快。

"林雷，这把紫血软剑虽然很锋利，但是锋利程度不算太惊人。"德林·柯沃特的眼界可比林雷高多了，一眼就看出这把紫血软剑的真正优点并不是它的锋利程度。

林雷疑惑地看向德林·柯沃特。

德林·柯沃特笑着说道："用这把紫血软剑劈一般的树木，自然是无往不利，可若是面对不一般的器物，如一块灌输了七级高手斗气的盾牌，恐怕就没有那么容易劈开了。"

林雷一怔。

"这把紫血软剑真正珍贵的地方是另外两点，一是可软可硬，与敌人交战时能达到出其不意的效果；二是坚硬。一般的武器可能会因为承受太多斗气而崩溃，但是这把堪称神器的紫血软剑是不会的。"德林·柯沃特解释道。

林雷微微点头。

太过坚硬、锋利，可能质地会比较脆，承受力也不够。而这把紫血软剑，锋利程度算不上太夸张。它真正的厉害之处，在于可软可硬，同时还有惊人的速度，以及本身很坚硬。

"速度？软剑？"

林雷心中忽然一动，不再将龙血斗气灌入紫血软剑中，而是将风系魔法力灌入其中。

同时林雷开始挥动紫血软剑。灌入风系魔法力之后，原本速度就很可怕的紫血软剑速度竟然提升了，同时它的轨迹飘忽不定，十分诡异。而紫血软剑剑身时而笔直，时而弯曲，令人捉摸不定。

林雷心中瞬间明白了。

"对我而言，这恐怕才是使用紫血软剑的最好方法！"

第 98 章
石雕宗师

恩斯特魔法学院开学没多久,希尔曼就来这里寻找林雷。

恩斯特魔法学院门口,希尔曼皱着眉头来回走动着,显然有心事。

恩斯特魔法学院管理还是很严格的,他一个无权无势的外人是不能直接进入学院内部的。

过了一会儿,穿着天蓝色长袍的耶鲁和雷诺走了过来。

"你是林雷的叔叔,对吧?我见过你。"耶鲁热情地说道。

希尔曼见过林雷的三个兄弟,看到耶鲁和雷诺,他立即询问道:"你们好,我知道你们跟林雷是同学,我想问问,林雷这次为什么没有回去过年呢?往年他可都是回去的。"

"这个?"耶鲁和雷诺相视一眼。

林雷的私事他们不好多言,说给长辈听更不好。

雷诺反应快,嬉笑道:"希尔曼叔叔,林雷他一心苦修,早在去年年末测试前就已是六级魔法师,而后他又去魔兽山脉试炼了。他太着急修炼了,连今年年末的测试都没参加。那个迪克西反而在这次年末测试中测出已达到了六级魔法师水平,别人还说迪克西的实力比林雷强呢。"

"老四,不要在乎那些虚的。对了,希尔曼叔叔,林雷他去年就去了魔兽山脉，估计过不了多久就会回来，你有什么重要的事情吗？如果有就告诉我，我一定会第一时间转告他的。"耶鲁礼貌地说道。

希尔曼沉思片刻，挤出一丝笑容，摇头道："不，没什么重要的事情，只是过去几年林雷都回去过年了，这一次没回去，家里人担心他出了什么事情，才让我过来问问的。既然知道林雷去魔兽山脉试炼了，那就没事了。"

"希尔曼叔叔放心，等老三回来，我肯定让他早点回去，让你们放心。"耶鲁立即说道。

希尔曼却摇头说道："不用了，不用催林雷回去，让他安心修炼，等他有时间再回去也不迟，反正我们在乡下也没什么大事。谢谢两位，我就先走了。"

耶鲁和雷诺看着希尔曼离开，便笑着转身走了。

忽然——

"耶鲁少爷，耶鲁少爷。"老远就响起了热情打招呼的声音。

耶鲁、雷诺二人转过头看向不远处，那里停着一辆马车，旁边还有四名身穿铠甲的骑士。

耶鲁疑惑地说道："谁在喊我？哦，是奥斯托尼。"

耶鲁看到马车的窗户中露出的脸了。

奥斯托尼第一个从马车中跳了下来，对耶鲁谦逊地一笑，而后却恭敬地侍奉在一旁。这个时候，马车的门帘被掀开了，一名秃顶的老者拄着拐杖慢慢地走了下来。

耶鲁和雷诺疑惑地相视一眼。

"这个老家伙是谁？挺有派头的。"雷诺低声说道。

耶鲁摇了摇头，低声说道："我也不认识这个老家伙，不过看奥斯托尼的样子，应该是某个大人物。奥斯托尼可是普鲁克斯会馆的上层管理人员，地位还是很高的。"

在奥斯托尼的陪同下，那名秃顶老者微笑着走了过来。

"小耶鲁，你好。"秃顶老者笑着和耶鲁打招呼，"前不久我跟你父亲见面时，你父亲还跟我称赞你呢。他有你这个当魔法师的儿子，的确值得自豪。"

耶鲁疑惑地看着秃顶老者。

他认识我父亲？这是在套近乎吗？

奥斯托尼立即在一旁说道："耶鲁少爷，这位就是我们普鲁克斯会馆的总馆长，你可以称他'迈亚馆长'。"

"不用，你叫我迈亚伯伯就是，我跟你父亲也有数十年的交情了。"秃顶老者笑着说道。

耶鲁心中暗惊。

普鲁克斯会馆是一个艺术圣地，在整个玉兰大陆几个超级大城中都有分馆。不说其他地方，单单芬莱城普鲁克斯会馆，其中的石雕加起来，价值便是极为惊人的。

这还是次要的。

最重要的是地位，作为一个艺术圣地的总馆长，迈亚馆长结交的都是玉兰大陆顶层的人物，甚至许多圣域级高手都跟他有交情。

这样的人物，怎么能够小觑？

而且普鲁克斯会馆本身的武装力量非常强，否则怎么保护那么多珍贵的石雕？

"迈亚伯伯。"耶鲁恭敬地喊道。

迈亚馆长又看向旁边的雷诺："这位是？"

"这位是我的好兄弟雷诺。"耶鲁立即介绍道。

雷诺也彬彬有礼地道："见过迈亚馆长。"

迈亚馆长微微点头，从雷诺的一举一动，他可以猜测到雷诺从小就接受了很好的教育。

"迈亚伯伯，不知道你这次来是……"耶鲁询问道。

虽然是询问，但是耶鲁心中有所猜测了："八成是为了老三的那件石雕《梦醒》。"

上一次，在恩斯特魔法学院放假前，因为林雷有一段时间没有送石雕过去，奥斯托尼便来询问过。

而来到林雷宿舍的奥斯托尼，刚好看到了宿舍内的那件石雕。

这一看，奥斯托尼便惊呆了。

奥斯托尼作为普鲁克斯会馆的高层管理人员，眼光十分敏锐，他一眼就认定林雷的那件石雕是石雕界的顶级作品，绝对有资格名列石雕界"十大石雕"。

最重要的是，林雷的那件石雕体积很大，一件便堪比五件。

和油画一样，石雕的价格跟体积也有关。毕竟体积如此庞大的石雕，耗费的心血肯定更多，那五个恍若真人的石雕已经达到了蕴含独特灵魂的境界。

一看到那件石雕，就宛如看到了五个真人美女。

放眼整个玉兰大陆，石雕大师极为稀少。而林雷的这件石雕极为精美，他的石雕技艺已经超越了一般的大师，他甚至有资格跟历史上那几位石雕宗师并列了，如普鲁克斯、霍普金森、胡佛。

如今被认可的石雕大师的作品的确非常精美，也有独特神韵，能震撼人的心灵。

可是，他们跟普鲁克斯、霍普金森这种堪称宗师的人物相比，境界还是不一样，虽然差距不大，但是决定了其身份的差别。

石雕的历史已有数十万年，数十万年前的石雕大多都随着时间流逝而渐渐泯灭了，只有极少数特殊石质的石雕流传到现在，所以，被评为十大石雕的有九件是在十万年以内出现的。

而自从玉兰帝国一统大陆，从玉兰历1年到如今，能够和前人并列的只有两位——普鲁克斯和霍普金森。

而胡佛是十万年前的石雕大师，代表作是《血睛鬃毛狮》，特殊材质使得这件石雕流传下来，也奠定了胡佛在石雕界的地位。

近一万年来，玉兰大陆只诞生了两位石雕宗师。当然，普鲁克斯是古往今来最厉害的一位，他一人就有三件石雕名列十大石雕之中。十大石雕宗师并不是每人都有石雕名列十大石雕的。

这只是后来人评定的，他们的石雕的艺术层次跟十大石雕差不多。

一位新的石雕宗师诞生了，而且还是一个青年！

这是多么惊人的事情！这也使得普鲁克斯会馆的总馆长亲自从黑暗同盟的普鲁克斯会馆赶了过来。

"不急，我们到酒店找一个包间，好好谈一谈。"迈亚馆长倒是不太着急。

石雕宗师？

笑话！

奥斯托尼的眼光是不错，可是石雕这门拥有悠久历史的艺术是需要很敏锐的眼光才能完成评定的。比如石雕大师和石雕宗师的代表作都达到了蕴含独特神韵的地步。

如何评定这件石雕，让一个人有资格成为石雕宗师，那可是极高深的学问。

酒店雅间中。

四人面前都放了一杯清茶，迈亚馆长笑道："奥斯托尼这小子看到了林雷的石雕，还跟我说那件石雕的艺术价值堪比十大石雕，哈哈，那岂不是说，出现了一位年纪轻轻的石雕宗师？"

宗师，代表此人在这一门艺术上达到了巅峰。

而正常人都是称呼大师，比如普鲁克斯大师。

"石雕宗师？"耶鲁有些惊讶，"我不知道林雷的石雕有没有那么厉害，毕竟我的眼界不够开阔。可是我敢肯定，林雷的石雕至少比得上你们展览馆那个大师展厅中的石雕。"

"哦？"迈亚馆长笑了，"好，说了这么多，我还是亲眼见见为好。不知那件石雕在哪里，可否让我见一见？"

"当然可以。"耶鲁笑着说道。

"小耶鲁，这件石雕就算达不到十大石雕的水平，估计也差不到哪儿去。你的保护措施做得怎么样？可别被人偷了。"迈亚馆长提醒道。

耶鲁自信地说道："迈亚伯伯尽管放心，现在那件石雕被我放在华德立酒店内部的密室当中，而且有我道森商会的高手专门看守。更何况，现在知道那件石雕的人很少。"

"你把那件石雕转移到酒店了？"奥斯托尼有些惊讶，他上一次见那件石雕还是在林雷的宿舍当中呢。

耶鲁撇撇嘴，道："我相信我的几个好兄弟，可不相信你。"

奥斯托尼不由得苦笑了几声。

"迈亚伯伯，走，我带你去。"耶鲁热情地说道。

华德立酒店其实是道森商会下面的一个产业，这也是华德立酒店的高层人员知道耶鲁的身份的原因。

华德立酒店的一个独立房间中。

房间很宽阔，里面还有床，有三名高手守在这儿。

"耶鲁少爷。"

三名七级战士站起来恭敬地行礼。

耶鲁微笑着点头："迈亚伯伯，你尽管看吧。"

说着，耶鲁将石雕上的厚布掀开，露出一件大石雕，那五个美女石雕惟妙惟肖，有惹人怜爱的模样，有可爱的纯情模样，有害羞的模样，有热情动人的模样，也有绝情的模样，个个犹如真人。

看着这件五人石雕，迈亚馆长的嘴巴大张，震惊地看了很久。

许久后……

"精彩，精彩。"迈亚馆长清醒过来，"这件石雕至少是大师级作品，能够一连雕刻出五个犹如真人的石雕，这要耗费多少心血？单单雕刻花费的时间，恐怕就是一年半载。"

迈亚馆长清楚，雕刻是非常消耗心血的。

"一个青年的雕刻水平能够达到这个地步，实在是……"迈亚馆长也不知道该说什么了,他兴奋地走到石雕前面仔细观看,"这件石雕是否能够跟十大石雕相比,还需要从各个方面仔细品鉴。"

说着,迈亚馆长凑近石雕,仔细看着上面的一道道纹路。

第 99 章
练剑

迈亚馆长一声不吭地仔细观看着石雕《梦醒》的每一处，十分入迷。

"耶鲁，整整两个小时了。"雷诺从怀中取出怀表看了一下，说道。

耶鲁摇头，轻声说道："别急，让迈亚伯伯仔细看看。迈亚伯伯是普鲁克斯会馆的总馆长，说不定还是普鲁克斯大师的后代，他的品鉴水准必定非常高。不知道老三的这件石雕到底达到了什么级别。"

雷诺微微点头。

近三个小时过去，迈亚馆长才直起腰，长舒一口气。

"听说这件石雕叫《梦醒》？"迈亚馆长询问道。

耶鲁点头道："是的，老三自己命名的。"

迈亚馆长轻轻点头，而后又好好地看了石雕《梦醒》一眼，赞叹道："我不得不说，你的那位兄弟林雷绝对是石雕界的天才，可以说是堪比普鲁克斯大师的天才。"

"虽然他的石雕跟普鲁克斯大师的在细节雕刻上还有些差距，但是其石雕的灵魂绝对赶得上。"迈亚馆长惊叹道。

"细节雕刻？"耶鲁疑惑地道。

迈亚馆长点头道："对，虽然这件石雕有少许瑕疵，但是它有着令人惊叹的优点。瑕疵就是他在一些凹凸面以及柔和曲线的处理上略微欠缺一点。不过，林雷的石雕从整体上看，线条非常流畅，视觉效果绝对比得上普鲁克斯大师的那几件石雕。最重要的是，这件石雕的体积很大。"

迈亚馆长感叹道："一件传世的石雕，每一个地方都要耗费惊人的心血，一个不小心就可能导致整件石雕创作失败。能够雕刻出一个人形石雕就很难得了，林雷竟然在一件石雕中雕刻出了五个。最令人钦佩的是，这五个人形石雕有五个灵魂，而其中的意蕴却是相通的。如果我猜得没错，你的兄弟林雷应该是在情感上遇到了挫折。"

以迈亚馆长的眼光，自然看出了这五个人形石雕代表的是什么意思。

"能够雕刻出如此精美的石雕，着实令人惊叹啊！"迈亚馆长再次赞叹道。

"迈亚馆长，你说林雷的石雕到底属于什么级别呢？赶得上普鲁克斯大师的石雕吗？"雷诺出声问道。

迈亚馆长眉头一皱："其实我也无法确定。我这么跟你说吧，这件石雕的雕刻水准只能算是高手级别，只是它的意蕴堪比普鲁克斯大师的石雕。不过，有一点很特殊——"

"这件石雕的雕刻手法干脆利落，从头到尾这五个人形石雕组成了一个完美的整体。其雕刻的风格独特，过去我闻所未闻，见所未见。"迈亚馆长赞叹道。

耶鲁也急切地说道："迈亚伯伯，这件石雕到底是什么级别？"

迈亚馆长无奈地说道："我一时还无法确定，根据传统的品鉴方法，这件石雕应该算是大师级别的作品。至少那独特的神韵是毫无疑问的，他的雕刻之法已经将那神韵表达出来了。"

"传统的品鉴方法？"耶鲁、雷诺都疑惑地看着迈亚馆长。

迈亚馆长点头说道："传统的品鉴方法，是无数年来大家公认的品鉴方法。可是我感觉林雷的这件石雕，当观赏的时候，整件石雕非常完美，找不到丝毫欠缺之处。"

"石雕原本就是供人观赏的，观赏效果决定一切。可以这么说，林雷虽然称不上石雕宗师，但是他的这件石雕的价格恐怕会很高，足以比得上十大石雕。"迈亚馆长笑道。

林雷不是石雕宗师，他的石雕却能够比得上十大石雕，这的确是前所未有的怪异之事。

可是，迈亚馆长不得不承认，这件事情很快就会发生。

"哦。"

耶鲁、雷诺点了点头。

其实这就是平刀流雕刻的一个缺点，毕竟单单使用平刀，进行一些凹凸面雕刻的时候，是不如用一些专门的工具的。只不过，可能林雷用平刀雕刻出来的效果，比得上一般的石雕高手。

可是，跟石雕大师比起来，在刀法处理上，林雷还是有所欠缺的。

可平刀流也是有优点的。

比如连贯性，别人雕刻需要不断更换工具，但是平刀流雕刻需要地系魔法师的心灵与天地融合，不能随意中断，从而可以提高精神力。

"林雷他人呢？"迈亚馆长询问道。

耶鲁摇头道："老三毕竟是魔法师，他绝大部分时间都花费在修炼上了，他现在应该还在魔兽山脉当中苦修，我也不清楚他什么时候会回来。"

"那耶鲁，你可否替林雷答应让普鲁克斯会馆来卖这件石雕？"迈亚馆长提议道。

"不行。"耶鲁立即回道，"没有老三的同意，我不好做决定。"

迈亚馆长眉头一皱，继续说道："那展览呢？让我们普鲁克斯会馆展览这件石雕应该没有太大的问题吧，毕竟林雷过去的石雕都是在我们普鲁克斯会馆展览时卖掉的。"

耶鲁很清楚这件石雕对林雷的意义。

这代表林雷心中已经过去的一段感情，林雷是否同意拿出来展览还很难说，他可不愿林雷为难。

"不行,我只负责保管。至于是否要展览又或者卖掉,等老三回来再说。"耶鲁斩钉截铁地说道。

魔兽山脉当中。

这两个月,林雷一直沉浸在对紫血软剑的练习当中。

紫血软剑是林雷见过的最好的一件武器,单论其锋利程度,一般的六级魔兽就扛不住。而锋利还只是紫血软剑的一个小特点。

紫血软剑的优点——软硬随心,速度极快,且蕴含煞气。

对,就是煞气。

这还是林雷用紫血软剑解决魔兽时发现的。铸造紫血软剑的特殊材质应该蕴含一种奇异的力量,当一剑劈出时,会自然产生一种奇异的煞气。

这种煞气跟龙威很像,当然没有龙威那么恐怖,不过在战斗时,这点煞气可以产生很好的效果。

黑夜中,魔兽山脉一处有数百只风狼,每一只风狼都死死地盯着林雷,疯狂地怒吼着,然后不断冲向林雷。林雷则如同飘动的风,穿梭在风狼群当中,他的手上拿着一把散发紫色光芒的长剑。

紫血软剑被灌入风系魔法力后,速度更快,同时在挥动时轨迹也越来越飘忽,根本没有受到什么阻力。

"呼!"

一抹紫光快速地闪烁着,那轨迹十分诡异,每一次闪烁都有一两只风狼毙命。这数百只风狼中,大多数风狼只是四级,略微强些的也就五级,风狼的首领也才六级。

林雷此刻保持普通人的状态,拥有六级战士的实力。

其实别说六级战士,就是让七级战士跟数百只风狼厮杀,估计也不敢,毕竟好汉架不住人多。那风狼的爪子锋利得很,如果林雷的身体被一爪子抓中,估计也要流血，除非他进入龙化状态。

一只风狼疾速跃来，张开了血盆大口。

"嗖！"

紫血软剑闪过，那只风狼便直接被解决了。

"我这紫血软剑劈迅猛龙或许很难，但劈你们……"林雷手中的紫血软剑快速挥动。

风狼之所以令人恐惧，就是因为它们的速度快，而且数量多。如果十只风狼同时从四周袭来，就连七级战士也很难将十只风狼都抵挡住，只能靠斗气硬扛。

可林雷不同。

"嗖！"紫血软剑一闪，同时扑来的八只风狼便都被解决了。

紫血软剑的速度实在太快了，快得令所有风狼只能看到紫血软剑的残影。当林雷解决了一百多只风狼而自身丝毫未受伤的时候，这一大群风狼终于恐惧了。

它们发现情况不对，欲撤退。

"嗷——"

一直躲在后方的两只风狼首领仰头怒吼起来，所有的风狼都低沉地号叫着，立即火速退去。风狼群的哀号声从远处传来，显然这一次它们死的同伴太多了，而且一无所获。

林雷手一动，紫色影子闪过，紫血软剑便缠绕在他的腰部。

"对付它们，根本不需要发挥出紫血软剑真正的攻击力。"林雷的长袍上有着丝丝血迹，那是风狼的血。

在与风狼对战时，林雷的紫血软剑一直都是笔直的。对付风狼群，单单靠快、锋利便足够应对了。而一旦令紫血软剑时而笔直、时而弯曲，那攻击力要翻几倍。

"老大，你越来越厉害了啊！"贝贝兴奋地跳到林雷的肩上。

林雷笑了笑："你也不弱啊。"

林雷深吸一口气，然后缓缓呼出。他环顾周围，再看看肩膀上的三个包裹。

这两个月来，他研究紫血软剑的用法和它产生的威力，结果是令自己拥有了放满三个包裹的魔晶核。

"两个月了，我运用紫血软剑时，暂时遇到了瓶颈，如果还要提升，只能增强臂力、腕力了。"

这两个月里，林雷从拔剑、出剑、刺、削、劈、挑等各个方面进行研究，他的研究目标就是——更快，努力让速度达到更快。加上他对风系元素的感悟，使得他能够更好地领悟剑法的奥妙。

刚才遭到一百多只风狼的围攻，林雷却丝毫未受伤，这就是他这两个月来的成果。

而在过去，林雷想也不敢想自己竟然可以做到这个地步。

"遇到瓶颈，再在魔兽山脉中待着也没多大用处，先回去吧。"

上午，朝阳照射着大地。

林雷腰上缠着紫血软剑，背着三个装满魔晶核的包裹，穿着一袭沾着丝丝血迹的青色长袍，走到了恩斯特魔法学院的大门处，贝贝则站在他的肩上。

"终于回来了。"林雷看到恩斯特魔法学院，心中十分宁静。

恩斯特魔法学院和魔兽山脉完全是两个极端，在这里没有人敢滥杀弱者，气氛很好。而魔兽山脉中却是一个魔兽世界，强者为尊，弱者就要被淘汰，对决等情况随时都有可能发生。

"是林雷！"恩斯特魔法学院看门的守卫自然认识学院的名人林雷，并未阻拦。

林雷向守卫微微点头，而后便步入恩斯特魔法学院。

当林雷走在学院的街道上时，不少准备去上课的恩斯特魔法学院学员看到林雷后，都小声地谈论起来。

"是林雷！看，他身上还有血迹呢，应该是刚刚从魔兽山脉回来。听说他去年就去魔兽山脉试炼了，连去年年末测试都没有参加，这都足有四个月了，在魔兽山脉中待四个月，真是厉害啊！"

"迪克西去年年末参加测试达到六级魔法师境界了,林雷却没有参加测试。"

…………

听着那些议论声,林雷只是微笑着朝宿舍走去,而这时耶鲁、雷诺、乔治三人正准备去吃早餐。

"啊,老三,你回来啦!"雷诺第一个兴奋地喊出声。

耶鲁、乔治、雷诺三人立即兴奋地朝林雷冲过来,林雷则是笑呵呵地看着他们。

第100章
申请毕业

华德立酒店雅间当中。

林雷、耶鲁、乔治、雷诺四人坐在一张长桌的两边，餐桌上两两一排摆放了十几样精致的菜肴，旁边摆放了不少饮料。四兄弟此刻正在聊着这段时间发生的事情。

"林雷，你去年应该在参加了年末测试之后再去魔兽山脉，去年年末迪克西参加测试，终于达到了六级，而你没有参加测试。有人说你不如迪克西，真是……也就我们三个知道你其实早就达到了六级魔法师境界。"雷诺愤愤不平地说道。

林雷喝了一口饮料，微微一笑。

六级魔法师？

自从进入那难得的状态，雕刻出《梦醒》这件石雕，十天十夜间精神力猛地增长，林雷的精神力一口气提升了十倍，使得他从六级魔法师快速升为了七级魔法师。

单单计算精神力，林雷的精神力应该在七级魔法师中算上等。

"老四，你又不是不知道老三，这种事情他根本不在意。如果在意，那每年的年级赛他就会参加了。"耶鲁笑呵呵地说道，"对了，老三，这个学期刚开学时，你的希尔曼叔叔到学院来了。"

林雷一怔，看向耶鲁，立即问道："希尔曼叔叔找我有什么事情吗？"

过去林雷每年都回去过年了，唯独这一次在魔兽山脉中从冬待到了春。

"也没什么，他见你没回去过年，担心你出什么事情。"耶鲁随意地回答道，而后接着说道，"对了，有一件事情我必须告诉你，在希尔曼叔叔来的那一天，普鲁克斯会馆的总馆长也来了，为的就是你的那件石雕《梦醒》。"

林雷有些惊讶："总馆长？他怎么会知道我的石雕《梦醒》？"

这时雷诺不好意思地说道："这都怪我。当初耶鲁派人将你的石雕从后山运回来时，我想着没有人知道这石雕很珍贵，就放在了宿舍里，时而还可以欣赏欣赏。可是，没想到那个奥斯托尼来找你，直接找到了我们宿舍，刚好看到了你的石雕《梦醒》，后来就是他将石雕《梦醒》的存在告诉了那个迈亚馆长。"

林雷微微点头。

"林雷，那个总馆长还希望你拍卖石雕《梦醒》呢！就算不拍卖，也想让你将石雕《梦醒》放到普鲁克斯会馆展览，你答应吗？"耶鲁看着林雷。

林雷没有丝毫迟疑地摇了摇头。

"我暂时不想让《梦醒》公之于众，而且我也不缺钱。"

对林雷而言，《梦醒》代表了他内心的一段感情。当然，在雕刻出《梦醒》后，他的心境也发生了变化。

特别是在魔兽山脉当中，他经历过在迷雾峡谷中被众多巨龙围攻，在地底，看到两大超级魔兽彼此厮杀，甚至差点死去，他还吞吸了龙血，成了龙血战士。

经历过这一切，对林雷而言，那段关于艾丽斯的记忆已经很模糊了。

林雷也明白了，珍惜眼前的一切才是最重要的。

"如果父亲知道我可以龙化，他应该会很高兴吧。"

林雷想到了自己的父亲。

霍格一直期待自己的儿子能够成为龙血战士，沃顿体内的龙血战士血脉达到了足够高的浓度，而林雷如今可以进行龙化了，甚至龙化后拥有了初入八级战士的实力。

如果林雷将这个消息告诉霍格,霍格知道自己的两个儿子都能够成为龙血战士后,一定会非常兴奋且为之骄傲的。

…………

林雷也能够猜出石雕《梦醒》的价值,他明白,如果将这么大的一件石雕放在乌山镇,绝对不安全,所以他便请耶鲁帮忙继续保管石雕《梦醒》。

对于庞大的道森商会而言,这简直轻而易举。

林雷四兄弟走出酒店,走在林荫路上。

"老大、老二、老四,有件事情我必须告诉你们。"林雷斟酌了一会儿,开口说道。

见林雷如此严肃的样子,耶鲁、乔治、雷诺三人不由得集中了注意力。

"我准备这几天去申请毕业。"林雷说道,这一决定对他来说很艰难。

毕业就意味着离开恩斯特魔法学院,离开这三个好兄弟。林雷年纪很小就进入了恩斯特魔法学院,结识了他们三个。这么多年过去了,他们的感情变得极为深厚。

林雷舍不得这三个兄弟。

可是人生在世,还是要做出一番事业来。自己一旦毕业,贵族、富豪、军队等都会来邀请,到时候便是自己大刀阔斧做事业的时候了。

"申请毕业?"

耶鲁、乔治、雷诺三人都惊呆了。

耶鲁第一个反应过来,说道:"老三,你为什么急着毕业?从恩斯特魔法学院提前毕业又有什么好的?我们四兄弟在一起不是很好吗?而且,恩斯特魔法学院可比外面平静多了。"

乔治、雷诺二人也连忙劝说。

林雷摇摇头,说道:"不了,我们总不能一直躲在恩斯特魔法学院,不和外界接触吧。"

"老三，你现在只是六级魔法师，六级魔法师在外面虽然算得上是一个高手，但是比你强的人还有很多。要不，等你修炼成为七级魔法师，再毕业也不迟啊！"乔治提议道。

在乔治等人眼中，魔法师修炼有两个大坎，最大的一个坎就是从九级到圣域级，而第二个坎便是从六级到七级。

从九级魔法师到圣域魔法师，即使精神力足够，魔法力也很强，经过漫长岁月修炼，依旧很难突破，因为还需要机遇，一个瞬间领悟的机遇。

而从六级魔法师到七级魔法师，即使是天才，一般也需要十几年。

"我已经达到七级了。"林雷直接说道。

"什么？达到七级了？"

耶鲁等三人宛如被雷电劈中一般愣在原地。像迪克西这种天才，去年才达到六级，如果想要达到七级，刻苦修炼，最起码要到三十岁。

而林雷……

今年才二十岁！

"老三，你说你达到七级魔法师境界了？"耶鲁根本无法相信。

"老三，你可别诓骗我们。"乔治也不相信。

雷诺则盯着林雷，一言不发。

"吱吱！"林雷肩上的贝贝叫了起来，不停地对耶鲁等三人龇牙咧嘴。

林雷倒是听到了贝贝愤愤不平的声音："老大，这三个小子竟然不相信你。老大，让他们尝尝你的厉害。"

林雷看了一眼贝贝："贝贝，别闹。"

贝贝故作委屈地看了林雷一眼，不吭声了。

"这个贝贝，表演能力越来越强了。"林雷在心中暗笑。

林雷看向自己的三个好兄弟："耶鲁老大，你们别不相信，等我明天去申请毕业，测试的时候你们就会看到了。"

耶鲁、乔治、雷诺三人都知道林雷的为人，知道他不是那种会说谎的人。

"老三，你真的达到七级魔法师境界了？"乔治轻声问道。

林雷微微点头："要不，我先展示一下飘浮术吧。"

随即，林雷开始念魔法咒语，而耶鲁等三人都在一旁静静地看着。过了一会儿，林雷的身体周围气流环绕，整个人悬浮了起来。

林雷悬浮的高度并不高，离地面大概二十厘米。如果远处的人不仔细看，根本注意不到。

"这的确是飘浮术。"雷诺说道。

飘浮术是直上直下飞行的状态。

"接下来施展飞行术，你们要看清楚了。"林雷整个人突然斜着朝上空疾速飞去，飞了大概十几米，而后又疾速落下。

可当落到离地面还有二十厘米时又停下，保持那种悬浮状态。

保持这种状态片刻，林雷才落地。

"飞行术？"耶鲁等三人震惊了。

林雷表演的这一幕虽然很简单，但是表达得很清楚。能够斜着在空中飞行，那绝对是飞行术。

"林雷，好久不见，没想到刚见到你，你就在这儿表演跳跃能力啊。"一名青年从旁边笑着走过。

林雷刚才的动作从远处看，的确很像跳跃动作。

对于强大的战士而言，跳跃十几米并不难。

而整个恩斯特魔法学院的大部分人都知道，林雷这个天才不单单是魔法师，而且还是一个实力强大的战士。曾经有人亲眼看到他轻而易举将近千斤重的巨石从后山举到宿舍。

林雷等四人都和青年打了声招呼，那是他们隔壁宿舍的一个朋友。

"老三，你真的达到了七级魔法师境界，这……这怎么可能？可我刚才……"乔治第一个低声惊呼起来。

"二十岁的七级魔法师，老天啊！我们玉兰大陆历史上有这么厉害的天才吗？"雷诺也激动起来。

耶鲁看着林雷，眼睛发亮："我都有点期待看到老三毕业的时候，学院那些进行测试的领导的表情了。"

第二天上午，在恩斯特魔法学院毕业测试魔法时经常使用的一片空地上，三十几名魔法老师齐聚在这里。

实际上，毕业测试只需要四名魔法老师就足够了，可平常恩斯特魔法学院的老师并没有什么事情，他们听说林雷申请毕业，就都来凑热闹了。

毕竟一般的学员都达到了六级魔法师境界，在六年级学习一段时间后，才会申请毕业，在那种情况下根本不需要再进行测试，所以毕业测试还是很少见的。

三十几名魔法老师和耶鲁、乔治、雷诺三个学员聚在这里。

这三十几名魔法老师当中，还有学院副院长德兰特。

按照德兰特的话说："我们恩斯特魔法学院两大天才之一要申请毕业，我当然要来看看。"

"林雷，你施展一下地系魔法地突枪阵，根据地突枪的大小以及地突枪阵的范围，我们可以判定你的魔法等级。"其中一名进行测试的魔法老师开口说道。

如果达到了六级，自然就判定可以毕业。

林雷微微摇头。

那一群围观的魔法老师不由得疑惑。

德兰特副院长更是劝说道："林雷，你不是申请毕业吗，怎么？"

"我想使用风系魔法。"林雷笑着说道。

德兰特副院长等人都笑了，他们都知道林雷是地风双系的魔法师，可测试魔法师的实力，主要测试的就是精神力。

无论测试哪一系，都一样可以判定精神力强度。

"那你使用吧！"德兰特副院长等人都笑着看向林雷。

林雷当即默念七级魔法飞行术的咒语，默念了一会儿后，气流开始在他的身边环绕。林雷整个人忽然悬浮起来，而后在空中肆意地飞行，时而转弯，时而俯冲，时而疾速飞行。

"飞……飞行术？"

三十几名魔法老师都愣住了，他们明白飞行术代表着什么等级。

"二十岁的七级双系魔法师，这……"

德兰特副院长一下子就明白了，平静许久的恩斯特魔法学院恐怕要有一段时间无法平静了。

第101章
史上第二

七级双系魔法师,这在整个玉兰大陆上也算是步入强者之列了。

可如果在七级双系魔法师前面,加上"二十岁的",那效果就完全不同了。

一个七级双系魔法师,恐怕光明圣廷根本不会在乎,毕竟玉兰大陆上强者多的是。但是……

二十岁的七级双系魔法师,别说光明圣廷,恐怕玉兰大陆上的任何一股势力都会眼红。

"天才!天才!"八级魔法师德兰特副院长激动起来。

周围的那些魔法老师都震惊了,他们明白二十岁的七级双系魔法师意味着什么。

这是一个奇迹,至少是恩斯特魔法学院的一个奇迹!

"哈哈。"耶鲁、雷诺、乔治三人都笑了起来。

他们一直期待看到这群魔法老师的表情,果然精彩。

德兰特副院长的实力在恩斯特魔法学院算不上前三,可是他也经历过大风大浪,他很快就压制住心中的激动,走到林雷身边:"林雷,你知道二十岁的七级双系魔法师意味着什么吗?"

"那还用问?"德林·柯沃特这个时候出现在林雷身旁,得意地拨弄着自己的白胡子,"我德林·柯沃特教导出来的弟子,怎么会差?"

德林·柯沃特可是魂灵，而此刻在场的魔法老师离圣域级都有好一段距离，自然察觉不到德林·柯沃特的存在。

"二十岁啊！"德兰特副院长感叹道，"我恩斯特魔法学院有史以来，按照年龄从小到大排列，成了七级魔法师的历代学员当中，你是年龄最小的一个，排名第一啊！而原本排名第一的，是个二十二岁就成了七级魔法师的天才，后来成了圣域魔导师。"

旁边的一名银发老者也走了过来："不说我们恩斯特魔法学院的历史，就是整个玉兰大陆的相关历史记录中，七级魔法师的年龄从小到大排列，你排得上史上第二。"

整个玉兰大陆的历史，一来时间要长得多，二来范围广得多。

"史上第二？"林雷也很震惊。

玉兰大陆历史上的天才何其多，自己能够在历史上排名第二，这是一个非常惊人的成就。

"玉兰大陆历史上排名第一的，是一个八千多年前的圣域魔导师，他在十六岁那年成为七级魔法师。玉兰大陆历史上原本排名第二的，是个二十一岁就成为七级魔法师的，那人最终只达到九级魔法师境界。这跟他后来遭受了打击，心性大变有关。可以这么说，如果不算上你，原先历史上排名前十的天才，有六个是圣域魔导师，四个是九级大魔导师。"

一般七级魔法师，就被尊称为大魔法师。

八级魔法师，被尊称为魔导师。

九级魔法师，被尊称为大魔导师。

圣域魔法师，被尊称为圣域魔导师，或圣魔导师。

"可以这么说，以你的才智，成为九级大魔导师是绝对没问题的。而你需要的，仅仅是时间。如果你继续努力修炼，成为圣域魔导师的希望非常大。毕竟你如今才二十岁。"那名银发老者看着林雷郑重地说道。

林雷对成为圣域魔导师是有期盼的，可是期盼并不算太大。

因为林雷明白一件事情，魔法师比战士更难进阶。

战士跟魔法师一样，都需要精神力，但是需要的程度不一样。

魔法师不修炼身体，专修精神力。他们将绝大部分精力都花在修炼精神力上，而对魔法力和天地元素的掌控，都需要精神力。一个强大的魔法师，精神力同样强得可怕。

而战士不一样。

对战士而言，最重要的是身体，而后才是精神力和斗气。有了强大的身体才能承受足够多的斗气，而精神力是为了更好地控制斗气才使用的。

比如，一个七级魔法师和一个七级战士相比，精神力可能相差近十倍之多。

"即使以后我可以修炼成为圣域魔导师，所花费的时间肯定很长。而以我龙血战士的天赋，估计修炼到圣域级要快得多。"林雷很清楚自己家族的历史，龙血战士一般只需要几十年，就能够达到圣域级。

而且，一个达到圣域级的龙血战士的实力非常强，即便是在圣域级强者中，也算是顶级强者。

"林雷，你是我们学院有史以来最优秀的学员，请你这两天务必待在学院，我会请最好的画师和石雕高手，将你的画像和雕像留在我们学院。"德兰特副院长立即说道。

这可是玉兰大陆历史上排名第二的天才，自然算得上是学院的荣耀。

"画像？雕像？"林雷一怔。

林雷想到在画师或者石雕高手面前，他必须保持一个姿势很长时间，他就觉得成为玉兰大陆历史上排名第二的天才，似乎并不是一件很美好的事情。

恩斯特魔法学院有史以来的第一天才，整个玉兰大陆有史以来的第二天才，年仅二十岁，就已经成了七级双系魔法师。这个令人震惊的消息以惊人的速度传遍了整个恩斯特魔法学院。

"七级双系魔法师，才二十岁，怎么可能？"

"这还能有假？那么多魔法老师在场，而且德兰特副院长已经请画师准备给林雷画像了，要将他的画像永远留在我们学院。"

"老天，二十岁就成为七级双系魔法师，以这样的速度，就是十年后达到八级，二十年后达到九级。他四十岁就会是九级大魔导师了，估计百岁前就能够成为圣域魔导师。"

"我刚刚翻阅了一下图书馆的书，除了林雷以外，历史上排名前十的天才，有六个是圣魔导师，四个是九级大魔导师。林雷实在是太厉害了！"

…………

整个恩斯特魔法学院中都是这种讨论声，如果一个学员的成绩比其他人略微好一点，别人可能会嫉妒。可是当一个学员的成绩达到让他们仰视的地步，他们只剩敬仰、崇拜了。

在他们心中，林雷以后的成就自是不可限量的，也是他们无法比拟的。

原本还有人说迪克西是学院的第一天才，但现在没人说了。

林雷毫无疑问是学院的第一天才，而且是恩斯特魔法学院五千多年历史上的第一天才。迪克西如今只是六级魔法师，他要达到七级，谁知道要到什么时候？

"林雷成了七级双系魔法师？"刚刚结束冥想的迪克西听到妹妹迪莉娅带来的消息，便沉默了。

原本他以为自己达到六级就已经超过林雷了，心底终于有了一丝平衡，可现在得到的消息令他如五雷轰顶。林雷提升的速度太快了，他即使拼命追赶，也只会被林雷甩得越来越远。

"哥哥。"迪莉娅轻声喊道，她有点担心自己的哥哥。

迪莉娅很清楚，从小哥哥就非常自傲，对待别人都是冷冰冰的，平时对自己的要求也极为严格。她的哥哥从来不服别人，可自从林雷从四级魔法师升到五级魔法师，她的哥哥就察觉到威胁了。

她的哥哥很努力，去年就成了六级魔法师。

可是林雷……

"别担心，我没事。"迪克西缓缓摇头，"迪莉娅，我忽然感觉在学院中好像没多大用处了，我准备申请毕业，近期就回家族。"

迪莉娅一愣。

华德立酒店一套独立居室中，里面是四室两厅，还是很大的。现在林雷他们四兄弟就居住在这里。

自从林雷升为七级双系魔法师的消息传了出去，1987号宿舍就无法平静了，经常有大量的人来拜访林雷。林雷没办法，只能住到华德立酒店来。华德立酒店有深厚的背景，别人无法追过来。

"老三，你真是不鸣则已，一鸣惊人啊！"耶鲁感叹道。

林雷淡然笑了笑。

其实这是林雷跟德林·柯沃特商量后做出的决定，如今巴鲁克家族的势力还是很弱的，如果想要快速崛起，选择公布自己拥有七级双系魔法师的力量，无疑是最快的办法。

一个二十岁的七级双系魔法师，将会收到各方势力的邀请，那些势力开出的条件自然也会非常高。

这样，林雷以后的起步便会高很多。

"老三，我不瞒你了，玉兰大陆三大商会之一的道森商会就是我家的。你有没有兴趣加入我们道森商会？"

耶鲁看着林雷，实际上，他很期待林雷能够加入道森商会。

玉兰大陆有史以来的第二天才，这种人物如果加入道森商会，以后的成就肯定会很高。这对耶鲁提高自己在家族中的地位也有很大帮助。

"道森商会？"雷诺第一个惊呼起来，"哇，耶鲁老大，过去虽然知道你是道森家族的，但是叫'道森'的家族太多了。没想到，你的家族竟然是掌控了道森商会的那个道森家族！道森商会啊，那真是太有钱了！"

乔治也看了看耶鲁。

"耶鲁老大，这……"林雷有些迟疑。

"别在意，你是我的兄弟，我不会勉强你。"耶鲁笑道，"别的不敢保证，你如果加入了我们道森商会，酬劳是绝对不会少的，至少一亿金币。"

"一亿金币?!"林雷、乔治、雷诺三人都惊呆了。

一亿金币，那是多么惊人的一笔财富啊！

整个芬莱王国的第一大家族的所有资产加起来，恐怕都没有一亿金币。

"林雷，你这个兄弟的家族也太有钱了，一亿金币，真是……"连德林·柯沃特也很惊讶。

一位石雕大师的成名作品也就价值上百万金币，而且这已经很惊人了，可是，这种作品总共才有多少?

"老三，我这么跟你说吧，在玉兰大陆，除了另外两大商会，就连四大帝国、两大同盟恐怕都不会一次性拿出这么多金币。至于那些王国，哼，更不行！"耶鲁很确定地说道。

四大帝国和两大同盟都有自己的圣域级强者，可是四大帝国和两大同盟都要维持庞大的军队支出。它们虽然富有，但是要让它们一次性拿出一亿金币还是非常难的，至少需要经过内部多方商议。

为了一个还不是圣域级的高手，它们是不会这么做的。

唯有三大商会可以，因为三大商会的财富十分惊人。它们的武力虽然很强，但是和四大帝国、两大同盟相比，差距还很大，所以它们更加迫切地需要超级高手加盟。

"咚咚咚！"忽然，敲门声响起。

耶鲁眉头一皱，便走了过去，打开房门，说道："我不是说过，不要来打扰我们吗？"

华德立酒店的负责人尴尬地说道："耶鲁少爷，光明圣廷的红衣大主廷带着三名白衣圣司和一支神殿骑士团已经到了酒店外。"

耶鲁一怔。

光明圣廷中地位仅次于廷皇的红衣大主廷？每一位红衣大主廷的地位，那可是比一个王国的国王都要高得多。红衣大主廷亲自带领人马过来了，这可不是他一个道森商会的少爷所能阻挡的。

　　"老三的吸引力还真大啊！"

第102章
玉兰大陆的上层人物们

华德立酒店专用会客室中,两名七级神殿骑士面容肃穆,站在会客室其中一扇大门的两边,而林雷等四人则从内部的一道大门走了进来,脚踩在那光滑的大理石地板上,发出了清脆有力的声音。

当林雷等四人步入其中时,会客室中坐着的七人都转头看了过来。

"红衣大主廷,三名白衣圣司,还有三名神殿骑士。"林雷辨认出了这七人的身份,而且林雷感觉这七人的实力非常强。

根据林雷得知的一些信息,在光明圣廷当中,红衣大主廷的地位仅次于廷皇,要成为红衣大主廷,不仅需要足够高的声望,而且,实力最起码要达到九级大魔导师境界。

"九级大魔导师?"林雷仔细观察了一下这位红衣大主廷。

眼前的红衣大主廷是中年人模样,有着一头棕色的卷发。鼻梁高挺,脸上总是带着一抹笑容,整个人显得平易近人。

"你好,林雷、小耶鲁。"这位红衣大主廷微笑着起身,"我先简单给你们介绍一下,这三位白衣圣司都是我的副手,而这三位神殿骑士则是我们荣耀骑士团的团长马库斯和他的两位副团长,至于我,你们可以称我吉尔默。"

红衣大主廷吉尔默!

林雷听说过神圣同盟有八支王牌骑士团,其中就有荣耀骑士团。这八支王牌骑士团都极其强大,拥有着惊人的战斗力。

"吉尔默大人、马库斯大人,诸位大人,不知道你们此次来有什么事情?"林雷谦逊地说道,同时略微注意了一下马库斯。

马库斯是一位极其强壮的光头战士,整个人坐在那儿就给人很强的压迫感。在这来自光明圣廷的七人当中,也就吉尔默跟马库斯的地位最高。马库斯作为八大王牌骑士团之一的荣耀骑士团团长,实力恐怕不会比吉尔默弱,地位也相差无几。

马库斯发出低沉的声音,说道:"我听吉尔默说我们神圣同盟出了一个了不得的天才,二十岁的七级双系魔法师。我一直很好奇这位天才是什么模样,今日一见,哈哈,我很喜欢。"

以马库斯的眼力,自然一眼就看出林雷同时也是一名战士。

"小子,你的战士等级达到多少了?"马库斯问道。

吉尔默坐在那儿没说话,丝毫没有因为马库斯抢话而不高兴。

林雷谦逊地道:"今年刚刚达到六级。"

"哦。"马库斯眼睛一亮,"二十岁的六级战士,已经算是很了不得了。我马库斯很少服人,不过我不得不承认你的确是个天才,不仅将魔法修炼到这个地步,还是一名不错的战士。"

林雷谦逊地一笑。

马库斯旁边的两位骑士团副团长也显得很惊诧。

吉尔默呵呵笑了起来:"好了,马库斯,林雷是六级战士没错,但是二十岁的六级战士,随便一所战士学院都可以找出一两个,他最出色的方面还是魔法天赋啊。"

战士修炼的难度本来就比魔法师低。

那些从小拼命锻炼身体,打熬力气的,如果家世好,从小就修炼斗气,那二十岁成为六级战士并不算太难。

"林雷,你能够拥有如此惊人的实力,我作为神殿的红衣大主廷也为你感到骄傲。我想问问你，你有没有兴趣加入我们神圣同盟？我想，以你的天赋，只要加入神圣同盟，现在我就可以让你成为我们神殿的白衣圣司，以后成为红衣大主廷都不是问题。"吉尔默一来就直接抛出了橄榄枝。

史上第二的超级天才，这种超级天才成为圣域魔导师应该有九成把握。那一成意外，也可能是遭到了什么打击，导致他本人不愿意修炼。

未来的圣域级强者，即使不努力，最起码也是九级大魔导师。这样的人才，当然要吸收进来。

"吉尔默大人，这个消息对我来说真的太突然了。"林雷脸上露出谦逊的笑容，"我今年才二十岁，对于那些还没有想得太多，高职位和大权也都意味着重大的责任，我现在还没有那个勇气承担起那份责任。我想……能否过几年再说？"林雷推辞道。

吉尔默不由得眉头一皱。

整个玉兰大陆历史上排名第二的超级天才，这样的人物九成会是圣域级强者，即使不能为自己所用，也不能为敌方所用。

"林雷，你还很年轻，又是一名超级天才。作为一名超级天才，你应该适应这突如其来的光芒，而不是退却。"吉尔默循循善诱地说道。

"更何况，你大可以成为我麾下的白衣圣司。我可以保证，你想做什么就做什么，只要不做侵犯神殿利益的事，我绝不干涉你的自由。你看这样可以吗？"

"而且，你也可以加入神圣同盟麾下任何一个王国，我们甚至可以给你公爵的爵位。"吉尔默的态度不得不说非常诚恳。

林雷沉思起来。

吉尔默身旁的三名白衣圣司倒是皱起了眉头，而吉尔默本人却依旧面带微笑，用期待的眼神看着林雷。

单单被这种目光注视着，就很难拒绝对方。

林雷身旁的耶鲁、雷诺、乔治三人都沉默着，就是耶鲁这时候也不敢乱开口。红衣大主廷那是什么人，那是神圣同盟金字塔顶端的大人物。权力之大，地位之高，超过一国国王，就是他的父亲也无法比拟，他一个商会的少爷有什么资格插嘴？

林雷心中不断思考着，而德林·柯沃特早在进入这个会客厅之前就提醒过林雷了。

四大帝国、两大同盟彼此角力，手段肯定非常残忍。

"吉尔默大人。"林雷终于开口了。

吉尔默眼睛一亮，看着林雷："有决定了？"

林雷点头道："吉尔默大人，我从小生活在芬莱王国，自然是神圣同盟的一员，我可以向你保证，只要神圣同盟不主动舍弃我，我绝对不会背叛神圣同盟。无论是其他哪一方，我也绝对不会加入。"

"你的意思是……"吉尔默疑惑地看着林雷。

林雷继续说道："我的意思是，我暂且不着急做决定，请容我跟我的父亲商量一下，然后告诉你们我的选择。我可以向你保证，在这之前，我绝对不会加入其他四大帝国和黑暗同盟。"

吉尔默微笑着点了点头："对，这么重要的事情，你是应该跟你的父亲商量一下。好，那我便等着你的答复。"

说着，吉尔默站了起来，旁边的三名白衣圣司和马库斯等人也站了起来："既然说好了，那我也就不打扰了，我们光明神殿的诚意是有的，也有足够的耐心，只是希望你不要让我等太久啊。哈哈……"

林雷等四人也站起来，目送吉尔默等人离开。

当光明圣廷的一行人离开，林雷等四人悬着的心才放下来。

"呼，刚才我都紧张死了，大气都不敢出。"雷诺长出一口气后说道。

乔治点头道："那个红衣大主廷跟我们说话时虽然很亲切，但是我心里还是忐忑不安。"

耶鲁笑起来："那是当然，毕竟人家是红衣大主廷，整个神圣同盟执掌权力的大人物之一。对了，老三，你到底是怎么想的？光明圣廷可不是那么好对付的，毕竟我们是在神圣同盟地域范围，受人家控制啊。"

"不急，不急。"林雷笑道，"当发现别人强势的同时，也要看到自己的优势。我虽然不如对方，但是只要不投靠其他五方势力，那光明圣廷就不会动我，反正我说要跟我父亲商量，只要我暂时不跟父亲见面，不就可以多拖一段时间吗？"

说着，林雷看向耶鲁："耶鲁老大，我想拜托你一件事情。"

"说。"耶鲁看着林雷。

林雷低叹道："说来有些难以启齿，我们巴鲁克家族有一件家族传承宝物，是我们家族第一代族长的贴身兵器，是一柄战刀，名叫'屠戮'。如今这柄战刀应该就在芬莱王国的一个大贵族手中，我希望你能够帮我查查这柄战刀到底在谁的手上。"

"家族传承宝物？这当然要找到。老三，要不要我帮你直接弄回来？"耶鲁说道。

林雷笑道："耶鲁老大，你能够帮我去调查就足够了，而且我现在也不缺金币。"林雷骨子里是不喜欢欠人情的。

两天后的清晨。

林雷所住房间的地上覆盖着一层土黄色光芒，这层土黄色光芒覆盖的范围并不广，大概只有三平方米。只要踏入这一区域，就会感觉到一股惊人的重力。

地系魔法——重力术！

林雷拥有七级魔法师的实力后，如今重力术的效果比过去强太多了，地面重力为正常情况下的四倍。四倍重力下，可不单单是身体，连体内的血液和经脉都要承受四倍重力。

林雷本人并没有使用地系魔法力抵挡这股重力，而是直接用身体承受着这股惊人的重力。此刻他整个人倒立着，靠着左右手各两根手指支撑着身体，不断锻炼着手指的指力跟臂力。

"七百二十五、七百二十六。"

"滴答，滴答！"汗珠从林雷的鬓角滑落，滴到地上。

林雷的房门忽然开了，耶鲁兴冲冲地朝里面冲："老三，你让我查的关于战刀屠戮的事情有消息了。"

说着，耶鲁一不小心一脚踩入了重力区域当中。

"耶鲁老大！"林雷双手一撑，整个人疾速冲起，直接将耶鲁一把从重力区域拉了出来。

"呼，呼。"耶鲁急促地喘息着，惊讶地看着林雷，"老三，你在房内布置重力术？我都中招了。刚才那感觉实在太难受了，心脏好像一下子停了似的。"

幸亏时间短，否则以耶鲁的身体素质，的确会出问题。

"对了，耶鲁老大，你刚才说战刀屠戮有消息了？"林雷的心思却在家族祖传宝物上，父亲一辈子最大的心愿就是将这件流落在外五千多年的宝物寻回来。

耶鲁微微点头："是的，我刚刚收到消息，那柄战刀屠戮在芬莱城中的一个大家族的手上，那个大家族叫……叫……"耶鲁的眉头不由得皱起来，他一下子记不清那个大家族的名字了。

"老三、耶鲁老大，那个迈亚馆长又来了。"

这时，雷诺的声音在门外响起。

第103章
绑架

会客室中。

"真的很抱歉,迈亚馆长。"林雷谦逊地说道,"这件石雕我暂时真的不想拍卖,也不想展览,但是我可以保证,如果我以后想要卖掉这石雕,或者想要展览,肯定会请你们普鲁克斯会馆帮忙的。"

迈亚馆长拄着拐杖,微笑着看着林雷:"哦,不用介意。我这次来,想要拿你的石雕去我们会馆展览是次要的,最重要的还是见见我们石雕界亿万年难得一遇的天才。"

这时,酒店的负责人走了进来。

那位负责人对迈亚馆长带着歉意地笑了笑,而后看向林雷跟耶鲁,道:"耶鲁少爷、林雷少爷,莱茵帝国的一队人马已经到了酒店外面,他们想要见见林雷少爷。"

"哈哈。"迈亚馆长笑着起身,"看来你现在很忙啊,那我就不打搅了,先告辞了。"说着,迈亚馆长带着自己的手下离开了会客室。

林雷看着酒店的负责人:"请帮忙阻拦一下,我现在不想见四大帝国和黑暗同盟的人。"林雷非常干脆地拒绝了一切来招揽他的人。他非常清楚,如果他现在跟四大帝国或者黑暗同盟的人见面,可能引起光明圣廷一方的强烈不满。

毕竟一旦见面，即使自己没有答应对方，也很难洗脱嫌疑。光明圣廷的人又不在场，他们自然会有所怀疑。

而且光明圣廷一方的势力在整个玉兰大陆上是很强的，不比任何一个帝国弱，林雷也没有必要一定要加入四大帝国或者黑暗同盟。

三日后，前往芬莱城的马车中有两个人——林雷跟耶鲁，而雷诺、乔治二人则继续待在学院当中。

"老三，你太明智了，这几天四大帝国和黑暗同盟竟然都有人想要跟你见面。"耶鲁笑着说道。

来跟林雷见面的人，是四大帝国和黑暗同盟在神圣同盟中负责一些事务的人。

那些人都不是什么大人物，毕竟林雷二十岁就成为七级双系魔法师，这个消息要传到四大帝国和黑暗同盟，还是需要比较长一段时间的，因为彼此距离太遥远。

那些在神圣同盟的其他势力的负责人，也是自己决定来见林雷的。

可惜，都被林雷拒之门外。

"耶鲁老大，收藏了我巴鲁克家族传承宝物的是卢卡斯家族，我如果想要从卢卡斯家族手里要回战刀屠戮，真的有难度？"

林雷这一次出发前往芬莱城，正是为了这件事情。

耶鲁点了点头："对，我一开始着急告诉你，没有太注意这个家族。现在看来，这个卢卡斯家族不一般。"

林雷微微点头。数百年前就收藏了自己家族的传承之宝，至少说明这个家族不是新兴的家族。

"卢卡斯家族也算是一个古老的家族，拥有近千年的历史。在整个芬莱王国中虽然财力一般，但是在贵族中的影响力非常大。最重要的是，卢卡斯家族的族长是一个非常顽固的老家伙，而且极喜欢收藏。你家族的那件传承之宝可是第一位龙血战士的贴身武器。虽然龙血战士已经上千年没出现过了，但是这件武器意义非凡，而且你家族的这件武器价值好几十万金币。"

"不过即使你奉上金币，以卢卡斯家族族长的脾气，你恐怕也很难把战刀屠戮弄到手啊！"耶鲁感叹道。

有些人，不是单靠金币就能搞定的。

"林雷，如果我让我二叔帮忙，动用一下我们道森商会的关系网，给那个老顽固一点压力，这件事情的难度就不大了。"耶鲁提议道。

林雷知道耶鲁是一片好心，可是他真的不喜欢欠别人人情。

"我先试试吧，如果实在不行，再请你帮忙。"林雷笑着说道。

忽然，林雷感觉屁股旁边有什么在动，而后贝贝便从旁边冒了出来。贝贝睁开惺忪的睡眼看了一眼耶鲁，而后看向林雷，与他灵魂交流道："老大，这马车速度好慢，我都睡了一觉了，怎么还没到芬莱城？"

林雷一把抱起贝贝："好了，别闹，再过一会儿就到了。"

忽然——

"啊——"一阵惨叫声响起，马车骤然停下。

坐在马车内的林雷跟耶鲁也感到马车一晃，耶鲁脸色一变："不好！"

"还请林雷和耶鲁少爷先出来一下。"外面传来一道刺耳的声音。

林雷和耶鲁二人相视一眼，对方能够在他们没有丝毫察觉的情况下困住他们，这样的实力可比他们强多了，他们没有反抗，就从马车中走了出去。

刚下马车，林雷、耶鲁二人便脸色大变。

那两名负责保护他们的七级战士从马上摔下去身亡了，那名车夫也倒下了。连七级战士都没有反抗的能力，对方的实力之强显而易见。

"耶鲁少爷、林雷，我们别无恶意。我们只是想要邀请林雷到我们那儿坐一坐。至于耶鲁少爷，我们自然不会伤害你。"此刻不远处有三名青衣男子站着，为首的一名刀疤男子开口说道。

那两名七级战士的死并没有令耶鲁恼怒，因为他意识到了彼此的实力差距。

刀疤男子笑看着林雷："林雷，你不要反抗，仅凭你现在的实力，我的两名手下就可以轻易抓住你，更别说我了。现在你要做的就是乖乖跟我们走，不知道你是自己走呢，还是让我们用强？"

林雷看了旁边的耶鲁一眼，他不想连累耶鲁。

"老三，别跟他们走。"耶鲁急切地道。

林雷心中很明白，这三个强者不是黑暗同盟的就是四大帝国的，以对方的实力，恐怕自己跟贝贝全力出手都难以讨好。更何况，对方找自己，肯定是想要自己加入他们，至少不会伤害自己。

"好，我跟你们走。"林雷点头道。

刀疤男子不由得笑了起来："这样就好了。耶鲁少爷，希望你忘记刚才发生的事情。"

说着，刀疤男子便朝旁边的两名男子使了一下眼色，那两名青衣男子快速蹿到林雷身边。

"走吧！"刀疤男子发话了。

林雷便抱着贝贝，在两名青衣男子的挟持下，朝东南方向前进。

"老大，要不要将这两个家伙解决了？你旁边的这两个家伙，我有把握对付，不过那个刀疤男子，我就没把握对付了。"贝贝灵魂传音道。

林雷知道贝贝的直觉非常准。

而且他也推断出来，在自己旁边的这两位恐怕是八级战士，而那位为首的刀疤男子很可能就是九级强者。能够出动一名九级强者和两名八级强者，绝不是一般的势力。

"贝贝，别冲动！"林雷阻止道。

"现在高手怎么这么多？"林雷心中无奈。

德林·柯沃特出现在旁边，笑眯眯地看了林雷一眼："你现在的身份和地位都不同了，接触的高手自然不同了。我早就跟你说过，在玉兰大陆，达到七级才算是步入了强者之列。四大帝国中，圣域级强者可能很少，但是九级强者还是有几十个的，为你出动一个也没什么。"

一个帝国或者一个同盟，都有好几亿人口。几亿人中才有几十个九级强者，差不多千万人中才有一个九级强者,如此说来,九级强者还是极为罕见的。

"他们现在是去哪里?"林雷疑惑地询问德林·柯沃特。

"如果我没猜错,这三人应该来自黑暗同盟,也就是黑暗圣廷。他们现在应该是想要先进入魔兽山脉,然后在魔兽山脉内部直接前往南方,赶往黑暗同盟区域。"德林·柯沃特自信地回答道。

林雷想了想,同意此说法。

四大帝国、两大同盟之间的边境都是有军队驻守的,而魔兽山脉内并没有军队驻守。毕竟对于那些魔兽而言,一般的军队根本只是它们的食物。

魔兽山脉对于普通战士而言是凶地,可对于一个九级强者和两个八级强者而言,根本不算什么。只要这三人不进入魔兽山脉核心区域,就不会有什么危险。

刚才发生战斗的地方,耶鲁看了一眼死去的三人,叹了一口气,便徒步前往芬莱城。他刚刚离开,原地就突然冒出一个黑衣人。黑衣人看了一眼林雷离去的方向,立即从怀中取出了一支特制的黑色竖笛。

一道刺耳的声音从竖笛当中传了出去。

这道声音非常怪异,如果有四个人站在竖笛的四个方向,那站在芬莱城方向的那个人听到的声音,比站在反方向的人听到的声音要大千倍。

这支竖笛几乎将所有声音的音波都束缚在一个方向,而且,这支竖笛并不是靠声音传信,而是靠一种特殊的波动传信。

林雷抱着贝贝,乖巧地跟着这三人一路前进,刀疤男子很满意林雷的配合。

可是当他们离魔兽山脉只有两三里的时候,刀疤男子的脸色变了。

"呼——"刀疤男子几乎瞬间就退到林雷的身旁,而后冷冷扫视周围,"出来吧!"

顿时,六名身穿紧身黑衣的男子出现了。刀疤男子并没有在意这六名黑衣男子,他的目光反而锁定不远处。

只见一名黑袍老者和一名穿着麻布衣的老者从不远处走了过来。

"林雷是我们神圣同盟的人。我们神圣同盟的人,你区区一个黑暗圣廷的裁决者也敢抢夺,是不是太不把我们光明圣廷放在眼里了?"那名黑袍老者冷冷地说道。

刀疤男子笑了笑:"没想到竟然惹得副裁判长亲自出马,哦,还请了一位苦修者过来,还有裁判所的诸位执事,看来你们很看重这个林雷啊。"

刀疤男子虽然知道对方的实力,但似乎丝毫不担心。

"我只是想要请林雷去我们黑暗同盟游玩而已,既然你们都出手阻拦了,那就算了。"刀疤男子看着黑袍老者,"副裁判长,我只要你一句话,我就放了林雷,你也放了我跟我的两个手下,怎么样?"

黑袍老者很清楚,眼前这名刀疤男子可是黑暗圣廷的裁决者,实力极强,即使是自己要解决他,也有很大的难度。不过自己这次从神殿内请了一位苦修者过来,要解决对方也不难。

可是,林雷还在对方手上。

"好,我以我的名誉保证,你跟你的两个手下可以走,但是林雷必须留下。"黑袍老者也不想就这么和对方厮杀一场。

"好,我们离开。"刀疤男子直接离去,同时还跟林雷热情地打了声招呼,"林雷,如果以后有时间,你随时可以去我们黑暗同盟。哈哈……我们黑暗同盟随时欢迎你。"

说着,刀疤男子跟两名手下陡然加速,只留下三道幻影,很快便消失了。

第104章
地位

　　林雷看向营救自己的一批人，为首的黑袍老者跟旁边的那位苦修者的实力都极强，否则黑暗圣廷的那位裁决者不会都不开打，就直接逃命了。

　　为首的黑袍老者给人一种阴冷的感觉。

　　"副裁判长？这光明圣廷传承这么多年，内部制度还是没有改变。这个副裁判长应该是隶属于光明圣廷裁判所。"德林·柯沃特的声音在林雷脑海中响起，"相比较起来，那位苦修者更可怕。"

　　苦修者？！

　　林雷不由得将目光投向那位苦修者。

　　那位穿着麻布衣，光着脚，披着长发的老者看起来仙风道骨，当他朝林雷看过来的时候，林雷甚至有一种如沐春风的感觉。

　　"真正的强者！"林雷心中暗道。

　　那位黑袍老者看向林雷，脸上难得露出一丝笑容："林雷，你就跟我们一道回圣都吧，等回了圣都，那些人也不敢打搅你了。"

　　芬莱城是神圣同盟的圣都，光明圣廷在芬莱城的力量非常惊人。无论是黑暗圣廷，还是四大帝国，恐怕都不敢在圣都捣乱。

　　芬莱城东，绿叶路的一座府邸中，此刻林雷正跟耶鲁在客厅谈论着有关战刀屠戮的事情。

"老三,我已经派人去询问过了,那个卢卡斯家族的族长根本不愿意卖战刀屠戮,按照他的话说,他们家族并不缺钱。"耶鲁皱着眉说道,"我想,你如果亲自出马,应该会好点。当然,前提是他们知道你的身份。"

玉兰大陆历史上排名第二的魔法天才,将来很可能是圣域魔导师,这样的超级天才,卢卡斯家族的族长再顽固,也会给点面子的。

"那我今天晚上就去拜访一下卢卡斯家族的族长吧。"林雷对于战刀屠戮志在必得。

家族的传承之宝,岂能继续流落在外?更何况,这也是父亲和家族历代先辈的心愿。

当初林雷离开家前往恩斯特魔法学院,父亲说的话犹在耳边——

"林雷,记住这数百年来我们巴鲁克家族先辈们的心愿,记住我们巴鲁克家族的耻辱!"

"你毕业后,至少是六级魔法师,只要刻苦修炼,成为七级魔法师并不难。加上你是双系魔法师,到时就是七级双系魔法师,在芬莱王国绝对算是大人物,以后完全有把握夺回家族的传承之宝,如果你夺不回传承之宝,我即使死了,也不会原谅你。"

…………

"我即使死了,也不会原谅你。"

父亲的话就仿佛一记重锤砸在林雷的心上。

林雷不敢忘记,他想的是只要有能力,不管付出什么代价,都要将战刀屠戮带回来。这不单单是家族的原因,还有父亲的原因。

"无论如何,一定要弄回来。"林雷心中做出了决定。

软的不行,那就来硬的。

当然,家族的传承宝物,还是光明正大地要回来比较好,尽量让对方自愿交出来。

"老大，干脆我们出马，直接抢了算了。"贝贝的声音在林雷的脑海中响起。

林雷看着缩在自己大腿上的贝贝，不由得拍了一下它的小脑袋："你别捣蛋。"

贝贝小鼻子一皱，哼了一声又躺在林雷腿上睡觉了。

这时候外面响起脚步声，一名蓝袍中年人走了进来，恭敬地道："耶鲁少爷，芬莱王国的大臣凯利文在外面，他想要见见林雷少爷。"

"凯利文是什么人？"耶鲁眉头一皱，说道。

一般王国的大臣，耶鲁是懒得理会的。

"少爷，你这段时间不是在关注卢卡斯家族吗？这位凯利文也是卢卡斯家族的。"蓝袍中年人笑着说道，"如今卢卡斯家族的族长正是凯利文的大伯。"

耶鲁眼睛一亮："快让他进来。"

"老三，看来弄回你们家族传承之宝的难度要降低不少了。"耶鲁笑看着林雷。

林雷心中也很高兴。

林雷看向门口，片刻后，一名金色卷发男子微笑着步入大厅。

看到林雷跟耶鲁二人，这名金色卷发男子立即谦逊地行礼，说道："凯利文见过耶鲁少爷，见过林雷少爷。"

"凯利文，你来找我兄弟有何事？"耶鲁直接问道。

凯利文丝毫不介意耶鲁的态度，微笑着说道："这次我来，是代表陛下来邀请林雷少爷的。林雷少爷，不知道你是否愿意成为芬莱王国的宫廷魔法师，陛下还可以赐予你侯爵爵位，甚至还可以赐予你一大片领地。"

林雷笑了。

他记得光明圣廷的那位红衣大主廷曾经给他开的条件——可以在神圣同盟麾下任何一个王国直接被封为公爵。不需要做任何事情，就可以享受这一切。

"凯利文，我可以告诉你，在恩斯特魔法学院时，光明圣廷的红衣大主廷大人就亲自邀请我兄弟了，给出的条件可比你的优厚得多！"耶鲁揶揄道。

凯利文笑笑，继续说道："条件好说，陛下的意思是希望林雷少爷能够待在我们芬莱王国。"

神圣同盟中六大王国的权力是不一样的，如果芬莱王国得到林雷的支持，以后芬莱王国的王族在神圣同盟中的地位也会愈加稳固。

毕竟光明圣廷有资格废除一个王国的国王，甚至可以直接灭掉一个王族！圣廷的权威远远超过皇权。

王族有一个强大的依靠，这也是很重要的。

"凯利文。"林雷终于开口了。

凯利文立即微微躬身，一副仔细聆听的模样。

"你是卢卡斯家族的吧？"林雷直接转入正题。

凯利文点头，略带一丝自豪地说道："是的，卢卡斯家族的族长正是我的大伯。"

"我是巴鲁克家族的。"林雷看着凯利文，"我巴鲁克家族有一件传承宝物，是把战刀，名为屠戮。然而在数百年前，这把战刀便不在我的家族了，我现在希望能够找回这把战刀。据我所知，我们家族的这件传承宝物如今就在你们卢卡斯家族。"

林雷说到这里，便不再继续说了。

凯利文的眉头不由得皱了起来。

"战刀屠戮是第一位龙血战士的武器？"凯利文看着林雷问道。

林雷微微点头。

凯利文沉思片刻，说道："林雷少爷，老实说，家族中权力最大的是我的大伯，而大伯已经老了，也不管什么事了。他最大的爱好就是收藏，这把战刀是他经常对外人炫耀的一件收藏品。这件价值近百万金币的宝物，在我们家族中也是最珍贵的收藏品。可以说，这件收藏品是我大伯的命根子，要让他放手，这……很有难度。"

林雷眉头一皱。

战刀屠戮当初只卖出十八万金币，虽然数百年前的金币比现在的金币购买力更高，可是比较起来，最多相当于现在的四十万金币而已，现在对方却说价值近百万金币。

看来，当初自己家族那位先辈卖出的价格低了。

"凯利文，这把战刀毕竟是我们家族传承了五千多年的宝物，对我们家族的重要性可想而知。对外人而言，它只是一件收藏品，可是对我们家族而言，家族传承之宝遗失在外，就是一种耻辱。"林雷的脸沉了下来。

"家族的耻辱，我是一定要洗刷的。为了拿回这把战刀，我会不惜一切代价。我的意思，你明白吗？"林雷盯着凯利文。

凯利文感到有些不妙。

巴鲁克家族的历史，他自然听说过。

对于一个曾经纵横整个玉兰大陆的辉煌家族，家族传承之宝的重要性可想而知。过去的巴鲁克家族势力太弱了，他们可以不在乎，可是如今林雷横空出世，别说以后的林雷，就是现在的林雷，要对付他们家族也不难。

只要林雷跟光明圣廷说一声，自己想要夺回战刀，洗刷家族的耻辱，恐怕卢卡斯家族就要乖乖奉上。

事情一旦牵涉光明圣廷，那就严重了。

"林雷少爷的意思我明白，我明白。"凯利文有些心虚。

林雷看着凯利文："希望你们卢卡斯家族能够理解我的苦衷，我身为巴鲁克家族的子弟，也是没有办法。凯利文，你先回去跟你的大伯说说，今天晚上我会亲自上门拜访。"

"我们卢卡斯家族欢迎林雷少爷的到来。"凯利文心中已经在思考如何劝说大伯那个老顽固了。

看着凯利文离去，林雷的心中有种自豪感。

虽然自己还没有任何职位，但是名声在外，只是跟这个凯利文说了几句，就让这位芬莱王国的大臣心中有所顾虑了，这一切就是因为自己有强大的实力。

当天晚上。

卢卡斯家族府邸的客厅布置得非常有品位，而在客厅中坐着的十几个人无一不是芬莱王国极有地位的人。这些人爵位最低的也是伯爵，而他们在这里，就是为了等待林雷。

林雷，芬莱王国冉冉升起的一颗新星。

虽然如今的林雷只有二十岁，没有任何爵位，但就算是芬莱王国的公爵也不敢轻视他。

毕竟他们这些人再有地位，也只能在芬莱王国当中兴风作浪，而林雷呢？那可是受到四大帝国、两大同盟重视的天才。或许几十年后，林雷会成为光明圣廷的红衣大主廷，地位可比芬莱王国的国王还要高。

趁对方的地位还不算太高的时候，拉拢好关系，自然非常重要。

而这十几人当中，唯有卢卡斯家族的族长杰布侯爵心中很不舒服。他年纪大了，没有别的爱好，就喜欢收藏，他极为珍爱这件第一位龙血战士的贴身武器，而且他一直引以为豪。可是，如今巴鲁克家族的子弟来了，想要回这件宝物了。

"林雷先生，请。"

"耶鲁先生，请。"

门外侍者的声音传入客厅，顿时，客厅中的十几人都面带微笑，朝门外看去，就连心里不舒服的杰布侯爵也挤出一丝笑容迎了上去。

这是林雷第一次被称为"先生"，还有点不习惯。而他这时候也看到这个头发梳理得发亮的银发老者笑眯眯地走了过来，对他们非常客气地说道："欢迎林雷和耶鲁来我卢卡斯家族做客，我杰布作为族长，深感荣幸。"

林雷脸上不由得露出了一丝笑容。

看来，这件事情有戏！

第105章
缺钱

卢卡斯家族的客厅当中，烛光照耀，美貌的侍女送上一盘盘美味的菜肴，一群人推杯换盏，彼此热情地交谈着。

林雷从小接受过贵族教育，对这些还是知道的，表面上跟一个个贵族热情地交谈，实际上他的心里对此还是比较抵触的。

"伯纳公爵，你随意。"

林雷跟这位伯纳公爵打了声招呼便走开了，直接朝卢卡斯家族的族长杰布侯爵走去。杰布侯爵见到林雷走过来，明白关于战刀屠戮的事情躲不掉了。

林雷跟杰布侯爵二人坐到了客厅边上的座位上。

"杰布侯爵，我的来意相信你的侄儿已经告诉你了。"林雷恭敬地说道。

杰布侯爵低声叹息道："林雷，我已经是一个老家伙了，真的很舍不得这件收藏品啊。"

"杰布侯爵，我巴鲁克家族足有五千多年的历史，我一直以我是巴鲁克家族的子弟为荣，然而家族传承到如今，传承之宝战刀屠戮却流落在外。我可以明确地告诉你，我们家族为了寻回战刀屠戮一直在努力，我从小便认真修炼，有很大一部分原因就是这件传承之宝。"

林雷的声音虽然很平静，但是话语中蕴含的意思很明显。

"我明白,我明白。"杰布侯爵努力挤出一丝笑容。

对方家族的传承之宝,当然想要弄回去。杰布侯爵也明白,如果他死活不肯交出战刀屠戮,那卢卡斯家族将会惹恼这个实力极强的年轻人。

杰布侯爵很明白这个年轻人的影响力。

别说光明圣廷,就是道森商会,都可以轻易蹂躏他们卢卡斯家族。

"林雷,战刀屠戮是一件非常贵重的收藏品,曾经有人给我开价一百万金币,我都没有舍得卖掉。"杰布侯爵的话题却转到钱上了,"我们卢卡斯家族虽然古老,但是说实话,并不算富裕。"

林雷对这点也很清楚,按照耶鲁调查到的信息,卢卡斯家族很古老,在芬莱王国影响力很大,不过其掌握的财富远远不如德布斯家族。

让一个并不算太富裕的家族一下子送出一件价值百万金币的宝物,这有点不现实。

"要钱?"林雷心中暗松一口气。

如果要钱,事情就好办了。

"杰布侯爵,当初你们也是花了金币买的战刀屠戮,如今,我自然会给一个让你满意的价位。当然,我也希望杰布侯爵不要狮子大开口,呵呵。"林雷笑呵呵地说道。

杰布侯爵脸上露出了笑容。

既然战刀屠戮一定要给对方,那最起码要弄一些金币回来。

"林雷,你待我卢卡斯家族如此真诚,我卢卡斯家族也给你这个面子,这把战刀虽然价值百万金币,但只要你付六十万金币,便可带走它。"杰布侯爵爽快地说道。

六十万金币?

和战刀屠戮的价值相比,的确不贵。

可是,如今林雷仅靠石雕有收入,总共才有二十几万金币。这一次从魔兽山脉回来的确带了很多魔晶核,可是这些魔晶核估计也就价值十几万金币,这加起来也不够。

林雷身上还有值钱的东西——蓝心草和圣域紫纹黑熊的魔晶核！

林雷还拥有一百多株蓝心草，每一株都价值好几万金币。圣域级魔晶核那更别说了，圣域级魔晶核可是无价之宝，比九级魔晶核还要贵得多。

过去，九级魔晶核的定价是五百万金币。这是书上记载的定价，实际在交易时，好的九级魔晶核价值近千万金币！

至于圣域级魔晶核，恐怕出价一亿金币也买不到。

林雷当然不会因为这个就拿出圣域级魔晶核，而蓝心草对龙血战士家族而言也很重要，有一株就要珍惜一株。

石雕《梦醒》！

林雷忽然想到了石雕《梦醒》。对于石雕《梦醒》，林雷的感情很复杂，甚至自己都不想去看，所以一直将这件石雕交给耶鲁保管。

"卖掉吧。"林雷心中忽然做出这个决定，甚至脑海中还闪过一个念头——不知道艾丽斯看到这件石雕会是什么想法？

林雷询问德林·柯沃特对于此事的看法。

"林雷，把石雕《梦醒》卖掉也好。"德林·柯沃特回答道，"这件石雕你也不想看到，而如果总带在身边，反而令你经常想起过往，还是直接卖掉好。而且也算是为我所创立的平刀流扬名了。"

林雷笑了笑。

"杰布侯爵，你放心，六十万金币不久之后就会送过来。我希望在这段时间里，你不要将战刀屠戮卖给别人。"林雷诚恳地说道。

杰布侯爵连忙应道："林雷，你放心，别人就是出价两百万金币，我也不会卖的。"

如果不是因为林雷的身份，杰布侯爵又岂会愿意将战刀屠戮卖给他？

普鲁克斯会馆，奥斯托尼的办公室中。

"什么？你愿意卖掉那件石雕？"奥斯托尼眼中有着惊愕和狂喜。

林雷微微点头，旁边的耶鲁无奈地看了林雷一眼。

耶鲁跟林雷是从小一起长大的，对林雷的性格非常了解，林雷这个人极重感情，很仗义，同时不喜欢亏欠别人。

这一次耶鲁是准备借林雷几十万金币的，可按照林雷的话说："这件石雕我不想再看到了，还是卖掉好。"

耶鲁心中暗想，石雕如果卖掉，林雷的名声会传播出去，地位也会提高。这也是一件大好事，所以他并没有坚持借金币给林雷。

"好，好。"奥斯托尼激动地说道，"林雷你尽管放心，帮你售卖这件石雕，我们会馆不会收任何手续费。"

"我需要在七天之内拿到拍卖所得的金币。"林雷直接说出了自己的要求。

奥斯托尼自信地说道："你尽管放心，从明天起，我们普鲁克斯会馆会连续五天展览石雕《梦醒》，并且将石雕《梦醒》即将拍卖的消息传播给每一位富豪。第七天，我们会进行公开拍卖。"

林雷点了点头。

"耶鲁老大，我们走吧。"正式将石雕《梦醒》交给普鲁克斯会馆后，林雷感到心里似乎少了点什么，但是感觉自己也轻松了一点。

普鲁克斯会馆大厅。

朱诺伯爵几乎每天上午都会来一趟普鲁克斯会馆，先欣赏一遍普通展厅中的石雕，然后欣赏高手展厅和大师展厅中的石雕。可是，今天当他进入会馆的时候，却发现……

"咦，大师展厅中怎么有不少人聚集在那里？"朱诺伯爵觉得有些奇怪。

大师展厅中，总是那么几件展览品。时间长了，自然看的人也就少了。除非有某一位大师出了新的石雕作品，大师展厅中才会热闹一点。

"难道有大师出了新的石雕作品？"

朱诺伯爵心头一热，立即朝大师展厅走过去。

现在才上午八点多，按理普鲁克斯会馆中人很少，此刻大师展厅中却聚集了几十人。而这几十人都惊叹地看着大师展厅正中央的那件展览品。

在这件展览品旁边，还有十八位强大的战士保护着。

"吸引力这么强？哪位大师的新作呢？"朱诺伯爵挤到前面，仔细一看。

朱诺伯爵的眼睛立马瞪大了，死死地盯着眼前这件大型石雕。一瞬间，他似乎看到了五个活人，惹人怜爱的、可爱的、害羞的、娇媚动人的、冰冷绝情的。

朱诺伯爵沉浸在那种奇妙的感觉中好一会儿，才清醒过来。

"神作，宗师作品！"朱诺伯爵心里立即惊呼起来。

以朱诺伯爵过百年的鉴赏经验，他自然感觉到这件石雕的震撼之处。当朱诺伯爵仔细地观看、品鉴这件石雕，他的眼睛亮了起来："这种雕刻风格，不就是恩斯特魔法学院的那位天才林雷独有的吗？"

单单从雕刻风格，朱诺伯爵就判断出雕刻者是林雷了。

朱诺伯爵对林雷很熟悉，因为林雷第一次放在普鲁克斯会馆展览的三件石雕就是他买下的。而后林雷的石雕被放到高手展厅当中了，一件石雕价值六千金币。

林雷是恩斯特魔法学院的魔法天才，到如今也才二十岁。

单单第一次的交易，就让朱诺伯爵赚了一万多金币，他自然对林雷很关注。

"果然是他。"朱诺伯爵看了一下石雕左下角的作者署名是"林雷"。

而在石雕的另一边，还有林雷的相关介绍——

"这件石雕的作者林雷，今年二十岁，毕业于恩斯特魔法学院，如今已是七级双系魔法师，是恩斯特魔法学院的第一魔法天才，即使是在玉兰大陆上万年历史中，他也是排名第二的魔法天才。

"然而，林雷不单单在魔法领域有如此成就，在石雕领域的成就更大，年仅二十岁的他，创作出的这件石雕《梦醒》，完全有宗师作品的那种灵魂，而且这件作品是一件巨型石雕，价值不可估量。

"我们普鲁克斯会馆很荣幸得到了林雷的授权，这件石雕将展览五天，在4月21日，也就是展览过后，我们普鲁克斯会馆将对其进行公开拍卖。"

朱诺伯爵看完介绍，就明白了。

"玉兰大陆的贵族富豪们恐怕要心动了。"朱诺伯爵也很清楚，这件石雕绝对不是他这个层次的人能买得起的。

"七级双系魔法师？年仅二十岁？"看到这个介绍，朱诺伯爵心中感叹不已，同时对林雷愈加钦佩了。

一个人能够同时在两个领域获得如此成就，那绝对值得钦佩。

"这件石雕的层次应该赶得上宗师作品，加上体积大……特别是石雕作者是一位年仅二十岁，玉兰大陆历史上排名第二的魔法天才。看来，要出现一个天价了。"朱诺伯爵心底已经有了预期。

"4月21日！"朱诺伯爵有点期待那一天了。

随着时间流逝，这大师展厅中的人越来越多，不少住在圣都的超级富豪很快得知了这件事情。

奥斯托尼的办公室。

"请转告维尔德陛下，这件事情我真的无法做主。如果陛下他真的想要得到这件石雕，还请4月21日那天来购买。"奥斯托尼将一位王国的国王使臣送走了。

等那位使臣走后，奥斯托尼的脸才沉下来。

"笑话，仅仅出价一百万金币，就想要直接购买这件石雕，真是做梦。昨天芬莱王国的克莱德陛下还派人来出价三百万金币呢！"

仅仅展览三天，就已经有十几位大人物想提前购买这件石雕了。

"4月21日那天，恐怕会出现一个天价。"奥斯托尼在心中暗道。

第106章
愤怒

德布斯家族的花园当中,艾丽斯正跟卡蓝谈论有关婚礼的事情。

"艾丽斯,"卡蓝脸上满是兴奋的笑容,"我已经跟我的父亲商量过了,我们订婚的日子就定在6月18日,而我们大婚的日子则是明年1月1日,也就是明年玉兰节那一天。"

艾丽斯脸上也露出一丝笑容。

"明年?明年不就是玉兰历10000年吗?在玉兰历10000年的玉兰节举行我们的婚礼,实在是……太、太美妙了。"艾丽斯说着,开心地笑了起来。

看着艾丽斯开心的笑容,卡蓝心中很是满足。

"艾丽斯,你尽快跟你的父亲商量一下,将你家那一方的宾客名单交给我,我好尽快安排。"卡蓝催促道。

"嗯。"艾丽斯轻轻点头。

卡蓝摸着艾丽斯的秀发,感觉很幸福。

可是一想到如今家族遇到的困境,卡蓝心中就有些焦虑。自从他跟艾丽斯在一起,德布斯家族就迎来了前所未有的痛击——道森商会抛弃了他们!

德布斯家族能够有如今的辉煌,跟道森商会是分不开的。

然而,去年12月份,道森商会直接宣布撤除跟德布斯家族的合作,并且将在芬莱王国中的各种生意交给了另一个家族打理，让那个家族顶替了德布斯家族的位置。而且……

不单单如此，道森商会甚至还打压德布斯家族，令德布斯家族的各处生意连连亏损。

"这道森商会怎么这么压迫我们家族呢？我们德布斯家族并没有招惹道森商会啊。"卡蓝心里也烦恼得很。

作为家族的继承人，他自然非常关注这个。

也因为这事是发生在他将艾丽斯跟自己的事情告诉家族之后，如今家族内部不少人认为艾丽斯是个灾星。

否则，合作了这么多年的道森商会为何会抛弃他们？

不过幸亏这么多年来，德布斯家族积累了巨大的财富，如今虽然损失惨重，但是德布斯家族的根基还在。不过德布斯家族的人也明白，不明原因导致被道森商会打压，使得他们德布斯家族在商业上已经没了任何希望。

没有人愿意为他们得罪道森商会这个超级巨头，所以，他们德布斯家族只能另谋出路了。

卡蓝甩了甩脑袋，将这些烦恼抛到脑后，随后看向艾丽斯："艾丽斯，听说昨天普鲁克斯会馆新展出了一件非常了不得的石雕，据说堪比宗师作品，看的人很多呢，我们是不是去看看呢？"

艾丽斯正好觉得无聊，便答应了："好啊。"

卡蓝跟艾丽斯便乘着马车，前往普鲁克斯会馆。

"这件石雕据说非常了不得，这两天我一直忙着准备我们订婚和大婚的各种事情，也没来得及带你过来看。"卡蓝首先跳下马车，而后非常绅士地牵着艾丽斯的手带她下来。

艾丽斯和卡蓝二人并肩走入普鲁克斯会馆。

"卡蓝大哥，你看，人好多啊。"艾丽斯指着前方。

在普鲁克斯会馆最深处的大师展厅当中挤满了人，不过大师展厅中非常有秩序，从一个门进入，再从另外一个门出去，每个人都只允许停留三分钟。

每三分钟，大师展厅中的观看者就必须离开，如果想要再进去看，需要再次排队！

"好长的队伍。"卡蓝心中惊讶起来，这么多年他还没见过普鲁克斯会馆中有如此多人。

卡蓝跟艾丽斯两人也按照规矩排起了队，两人大概排了二十分钟，才轮到他们这一批人进入大师展厅当中。浩浩荡荡的一批人进入大师展厅中，立即一个个朝最前面走去。

十分好奇的艾丽斯跟卡蓝自然也随着人流朝前面涌去。

可是当艾丽斯看到那石雕时，整个人宛如被定住了一样。她怔怔地看着眼前这件石雕，那美丽的五个女人，每一个都有特殊的韵味。

别人是沉浸在石雕《梦醒》所蕴含的意境当中，而艾丽斯看到这件石雕，却不由自主地回忆起了自己跟林雷过去的点点滴滴——

有第一次她在绝望当中，林雷如天神一般降临。

还有一次两人躲在阳台上聊了一夜。

…………

一幕幕场景浮现，令艾丽斯完全傻住了。她真的没有想到吸引那么多人的，达到宗师水准的石雕，竟然是以自己为原型创作的。

"林……林雷……"艾丽斯的心情一下子变得很复杂，她看向旁边对石雕作者的介绍，那一字一句令她震惊了。

"是林雷，是林雷。"艾丽斯怔怔地看着介绍，"七级双系魔法师？他已经是七级双系魔法师了?!去年他还只是五级魔法师。"

艾丽斯并不知道，在跟她分手之前，林雷已然是六级双系魔法师了，只是林雷一直没有机会告诉她。

"这件石雕叫《梦醒》。"艾丽斯看着石雕的五个人形石雕，特别是最后一个蕴含着绝情的石雕，她忽然明白林雷将这件石雕起名为"梦醒"的真正含义。

"梦，醒了？"艾丽斯发现自己的脑子很乱。

林雷是她第一个有好感的男生，她的心底始终有林雷的位置，可是发现林雷将这件石雕起名为"梦醒"的时候，她忽然感觉自己心里仿佛失去了什么。

那种感觉，很难受。

艾丽斯忽然注意到旁边的卡蓝，卡蓝的脸色极为难看，双拳紧紧握着，青筋暴起，模样十分可怕。他眼中闪烁着光芒，死死地盯着那件石雕。

"卡蓝大哥。"艾丽斯担心地喊道。

卡蓝根本没有理睬艾丽斯。

"林雷，你……你太过分了。"卡蓝心中充满了怒火，过去他对林雷的态度虽然很不错，但是心底是有些瞧不起林雷的。在他看来，林雷就算再努力，也很难与他的家族抗衡，毕竟他的家族可是靠在道森商会这艘大船上的。

可是这才多久，德布斯家族便被道森商会抛弃了，而林雷呢？林雷竟然二十岁就踏入了七级双系魔法师的领域，更是如今玉兰大陆的第二魔法天才。

就是在玉兰大陆的历史上，也仅仅只有一人比林雷略强一些。

"年仅二十岁就是七级双系魔法师，而且还是堪比石雕宗师的大人物。"卡蓝感到一阵无力。

对方太优秀了。

卡蓝此时心中又涌出了无尽的怒火，因为这件石雕的原型是他的未婚妻！

"咦，你们看，石雕《梦醒》的主角跟这位很像呢！"大师展厅中忽然响起了一道声音，一下子有很多人朝艾丽斯看去，顿时一阵议论声响起。

林雷的雕刻能力太强了，已经将艾丽斯的神韵完全呈现出来了。

那些观看者在看到艾丽斯的第一眼时，就有种感觉……眼前的这个女孩，跟石雕《梦醒》中的主角太像了，简直是同一个人，那独特的眼神，那略显高挺的鼻子。

"小姐，敢问你跟林雷大师是什么关系呢？"一位头发有些花白，如今已经一百多岁的老者向艾丽斯客气地问道。

在石雕技艺当中，达者为师。

林雷的技艺已经令这些研究石雕数十年甚至上百年的收藏家佩服得五体投地，他们称林雷为"大师"也是发自内心的。以这位老者研究石雕上百年的眼光，自然猜得出石雕中的主角恐怕跟林雷大师有过一段感情纠葛。

艾丽斯有些尴尬，不由得看向旁边的卡蓝。

"哦，卡蓝，你也在。"这位老者看向卡蓝，他自然看得出卡蓝跟这艾丽斯关系匪浅，"卡蓝，这位小姐是谁？"

卡蓝虽然心底很不满，但是依旧恭敬地躬身道："伯纳公爵大人，这位是艾丽斯小姐，我的未婚妻。"

"未婚妻？"伯纳公爵若有所思地看了一眼卡蓝跟艾丽斯，笑了笑，便没有多说。

卡蓝拉着艾丽斯，仿佛逃命一般快速逃回了德布斯家族的府邸当中。

德布斯家族的族长，卡蓝的父亲伯纳德震惊地看着自己的儿子："你说什么？在普鲁克斯会馆展览的那件石雕的原型是艾丽斯？"

伯纳德还是比较宠爱儿子的，当儿子说要迎娶艾丽斯时，伯纳德并没有反对。可是儿子跟艾丽斯关系确定后才几天，那道森商会就无缘无故抛弃了德布斯家族。在这之后，伯纳德一直求见道森商会的上层人士，希望能见面。

这几个月来，伯纳德一直在忙这件事情。以至于昨天普鲁克斯会馆开始展览林雷的石雕，到今天他都没有时间过去参观。

"原型是艾丽斯？"伯纳德的脸色一下子难看了。

卡蓝点头，说道："是的，父亲。如今我跟艾丽斯还没有订婚，可是一旦订婚，艾丽斯被圣都的贵族们认识，那林雷的那件石雕肯定会是我们家族最大的笑话。"

伯纳德沉思片刻，皱着眉看着卡蓝，询问道："很严重？那件石雕有什么见不得人的？"

"父亲，林雷跟艾丽斯之前……"卡蓝含糊地说道，"而那件石雕呈现出的就是关于他跟艾丽斯的事情。"

伯纳德不再言语，而是皱起了眉头。

片刻后，伯纳德看向卡蓝："卡蓝，如果我让你放弃艾丽斯，你愿意吗？"

卡蓝坚决地摇了摇头。

伯纳德微微点头："卡蓝，你放心，这件事情我来解决，你不用管了。"

卡蓝点了点头，忽然一咬牙，看向父亲说道："父亲，我跟艾丽斯在一起，那个林雷肯定对我很不满，而且如今林雷的前途不可限量，我想……我们能不能想办法杀了林雷？"

第107章 老教官

"杀林雷?"伯纳德看向自己的儿子,"卡蓝,为什么要杀林雷,他只是一个石雕大师,对我们德布斯家族有影响吗?"

林雷成为七级双系魔法师的消息在圣都芬莱城还没有传开,加上这段时间伯纳德一直为家族的事情而烦心,所以他根本不知道有关林雷的讯息。

卡蓝点头说道:"父亲,这林雷才二十岁,而他的雕刻水平已经达到了宗师级别。最重要的是,他如今还是恩斯特魔法学院的第一魔法天才,就是在玉兰大陆的历史上,他也是排在第二的。今年才二十岁的他,已经是七级双系魔法师了。"

"二十岁的七级双系魔法师?"

伯纳德倒吸一口凉气,凭他的直觉判断,这个林雷将对他们家族造成一定的威胁。

"这个林雷,不能留。"伯纳德直接说道。

卡蓝听到父亲这么说,脸上不由得露出了笑容。然而伯纳德仅仅一会儿眉头就皱了起来:"不对,这玉兰大陆历史上排名第二的魔法天才,以后魔法成就肯定十分惊人。这种人物,光明圣廷、黑暗圣廷、四大帝国怎么会放过?说不定,现在林雷已经跟光明圣廷有了关系。"

"卡蓝,这个林雷不能杀。"伯纳德看着卡蓝,郑重地说道。

"父亲,他现在只是一个七级双系魔法师而已。"卡蓝十分急切,忽然放低声音说道,"父亲,杀那个林雷也不需要我们动手,我们可以出钱请人动手啊,就和当初杀那位宫廷大臣一样。"

伯纳德沉思片刻:"卡蓝,这件事情你不要再管了,一切由我来处理。"

伯纳德也不说是否杀林雷,这令卡蓝心底烦躁,难以定下心来。

夜晚,伯纳德来到一家酒店,进入已经预订好的雅间当中,雅间内有一位白胡子老头。

"伯纳德先生。"那位白胡子老头看到伯纳德,不由得笑眯眯地打招呼。

伯纳德点了点头:"刺刀先生,这次来见你,想拜托你两件事情。"

"说,都是老客户了。"白胡子老头依旧笑眯眯的。

伯纳德直接说道:"第一件,我希望你能够将正在普鲁克斯会馆进行展览的石雕《梦醒》毁掉。"

伯纳德也清楚,想要从普鲁克斯会馆当中将石雕《梦醒》弄出来,几乎不可能,而将其破坏,难度则小了很多。

"将石雕《梦醒》毁掉?"白胡子老头一怔。

"怎么,你们军刀组织连这个都做不到吗?"伯纳德轻笑着说道。

玉兰大陆有四大杀手组织,这四大杀手组织都有自己独特之处,而军刀组织的实力极强。只要有足够的金币,他们连红衣大主廷都敢刺杀。

当然,如果要刺杀圣域级强者,那难度太大了。

"难不成你们也怕得罪普鲁克斯会馆?"伯纳德有些疑惑。

"不,我们当然不会在乎区区一个普鲁克斯会馆。你先说第二件事吧。"白胡子老头却突然说道。

杀手组织做的事情本来就是得罪人的,连光明圣廷他们都敢得罪,还有什么是不敢做的?

伯纳德忍住心头的疑惑:"第二件事情,我希望你们能够解决林雷。"

白胡子老头无奈地笑了,对着伯纳德摇头说道:"伯纳德先生,请恕我无法接受你的两个任务,真的抱歉。"

"无法接受?"伯纳德猛地站起来,惊讶地看着白胡子老头,"刺刀先生,我知道你们的实力,你们什么时候连这点任务都不敢接受了?"

伯纳德无法相信自己得到的会是这样一个结果。

毕竟他没想到连四大帝国的大臣、红衣大主廷等人物都敢刺杀的军刀组织,竟然不敢杀一个林雷。

"不是因为不敢,而是我们不想接这个任务,至于原因,我没必要告诉你吧。"白胡子老头脸一沉。

伯纳德连忙挤出一丝笑容:"刺刀先生,抱歉。既然你们不愿意接受这个任务,那我就告辞了。"

白胡子老头点了点头。

待伯纳德离开,白胡子老头才缓缓站了起来,自言自语道:"这个伯纳德,什么任务不好,非要毁掉一件石雕,还要解决林雷,这事情我还是禀报一下老教官吧。今天拒绝了这个任务,老教官应该会很高兴吧。"

白胡子老头在军刀组织当中也算是元老级别的杀手了。

不过正因为他是元老级别的,所以他也就不做任务了,平时待在芬莱城中享福,偶尔接待一些富豪贵族。

至于他口中的"老教官",在军刀组织当中也算是一个传奇人物,就是如今军刀组织的首脑见到这位老教官,也要非常有礼貌地称呼一声"教官"。整个军刀组织当中恐怕还没人比这个老教官的资历更老。

普鲁克斯会馆,石雕《梦醒》展览的第四天。

在大师展厅中,有个非常怪异的现象,按照普鲁克斯会馆的规矩,大师展厅中的客人每三分钟后就必须离开,让下一批客人进来。如果想要再看,必须再次排队。

可是大师展厅当中,有一个客人已经待了近两个小时。这并不符合规矩!

这个客人看起来三四十岁的样子,穿着宽松的长袍,双手插在长袖当中环抱于胸前,那一头黑色长发随意地披散开来,整个人很享受地看着石雕。

而此刻站在石雕前面的几个实力极强的护卫,都在低声谈论这个穿宽松长袍的男子。

"这个人跟奥斯托尼先生是什么关系?奥斯托尼先生竟然嘱咐我们不要撵走他。他都待在大师展厅这么长时间了,已经违反规矩了。"

"别管了,我们还是安心保护好这件石雕吧。"

"怕什么,馆长可是在石雕周围布置了魔法阵的,想要抢夺石雕根本是不可能的事情,而且这件石雕这么大,谁能够在馆长的眼皮底下,将这么大的石雕弄走?"

保护石雕的护卫们心情还是很轻松的。

毕竟那么大的石雕想要搬走都非常难,而破坏石雕是损人不利己的事,谁会干呢?

"嗯,很不错的石雕,真的很独特!"那个穿宽松长袍的男子眉头蹙起,仔细地看着石雕,而后扫了一眼旁边贴着的雕刻者介绍,"一个才二十岁的毛头小子,真的很让人期待。"

时间流逝,大师展厅中的客人换了一批又一批,而这个男子却一直待在这里,仔细地欣赏着这件石雕。

"多么流畅的线条、纹路,干脆利落,没有丝毫迟疑。"这男子脸上有着一丝陶醉,"真的很迷人,还有这个女子独特的神韵完全被雕刻出来了,甚至比真实的女子更吸引人。"

大师展厅中,涌进来一批批客人。

不少客人是排了一次又一次队,参观了一次又一次。像这种宗师级别的石雕,对于那些热爱石雕的人而言,就是观赏整整一天都很正常。

"时间到,下一批!"普鲁克斯会馆的工作人员大声喊道,顿时内部的这一批客人都要按照规矩从另外一个门出去了，而排队的一批人则是从前面进来，就在这个最混乱的时候——

"砰！砰！砰！"

数声爆炸响起，顿时整个大师展厅便被一层浓雾给覆盖住了，原本的客人们顿时混乱起来，恐惧的尖叫声、愤怒的咒骂声同时响起。

而保护石雕的护卫们一下子紧张起来。

"不好！"护卫们看到这一幕，自然知道要发生什么样的事情。

"浑蛋！"

那个穿着宽松长袍的男子眉头一皱，不耐烦地骂了一声，而原本惺忪的眼睛朝前方随意扫了一眼。这时，有四个身影疾速冲向石雕《梦醒》。

这四个身影疾速冲出时，那几个护卫都已经拔出武器，同时整个普鲁克斯会馆中不少藏在暗中的高手都立即赶了过来。如果这一次大师展厅中的展览品被破坏，那事情可就真的闹大了。

"呼！"

四个身影当中有一个白色身影，如同一张纸片一样诡异地飘了一下，便轻易躲过了护卫的阻挡。同时他的手中出现一把黑色的匕首，直接刺向石雕《梦醒》。

以其攻击力，这一匕首下去，整件石雕都会碎掉。

"砰！"石雕《梦醒》前面浮起一层光罩，匕首刺在光罩上，并没有将光罩刺破。

"光之守护？"那道白色身影低声喃喃道，而后手中的匕首表面出现一抹鲜红色，那把匕首再次狠狠地刺在那层光罩上，光罩这下完全碎掉了。

"不好！"护卫们立即紧张起来，连七级光明系魔法师的防御魔法都轻易破掉了。因为周围太混乱了，会馆中的许多高手根本来不及过来阻拦。

而石雕附近的这几个护卫却被前来破坏的另外三人挡住了。

那个从一开始就一动不动的身穿宽松长袍的男子，目光陡然变得冷厉起来。

"嗖！"

极为轻微的声音响起，同时那白色身影猛然一顿，而后直接被一分为二，鲜血流了一地，而那阻拦护卫的三人也受到了攻击，瞬间死了。

片刻后，普鲁克斯会馆恢复了平静，那个穿着宽松长袍的男子却慢吞吞地离开了。普鲁克斯会馆之外停着一辆马车，马车旁站着一人。

正是当初卡蓝的父亲伯纳德称之为"刺刀先生"的老人。

这个头发花白的老人走到身穿宽松长袍的男子面前，恭敬地低声说道："老教官。"

"嗯，这次你做得不错。"这个身穿长袍的男子笑着夸赞道，而后又不满地低声道，"没想到血梅花的人堕落到这个地步了。难道他们不知道，破坏那么珍贵的艺术品，是多大的罪过吗？"

血梅花和军刀同为四大杀手组织之一。

"老教官，今天我们去哪儿？"刺刀先生询问道。

老教官想了想说道："有一两年没去碧水天堂了，今天去那里吧。"

"是，老教官。"刺刀先生恭敬地道。

在他的心中有一个很大的谜团，那就是这位老教官的年龄到底有多大了。因为老教官为军刀组织训练杀手，而他这一批杀手是老教官训练的最后一批了。至于老教官训练的第一批杀手，即使没被人谋害，也因为时间太长而老死了！

"想什么呢？快点！"马车中传来老教官的声音。

刺刀先生立即驾驶马车，朝碧水天堂驶去。

第108章 拍卖

德布斯家族族长伯纳德的书房当中。

"什么?失败了?"伯纳德看着眼前的红袍女子,"失败了,你们难道不可以继续?你们血梅花组织什么时候这么容易放弃了?"

伯纳德非常不满。

一开始他请军刀组织遭到了拒绝,当他请血梅花组织出手的时候,血梅花组织只是答应破坏石雕《梦醒》,至于杀林雷,血梅花组织的开价太高,竟然跟杀红衣大主廷是同样的价格。如此高价,德布斯家族可接受不了。

按照血梅花组织的话,解决林雷,不仅会得罪光明圣廷,还会得罪道森商会。

还有一点,林雷如今是一位石雕大师。石雕大师的地位非常高,许多有地位的人都非常钦佩石雕大师。若杀了林雷这位石雕大师,会使得一些人对血梅花组织比较仇恨。

所以,杀林雷的价格跟杀一个红衣大主廷的价格相当。

"这个任务我们不接了,你给我们的酬劳我们也会原数返还。"红袍女子冷着脸说道。

"能告诉我原因吗?"伯纳德有点想不明白。

破坏一件石雕而已，难度应该不大啊，怎么可以因为失败一次就放弃？

"我告诉你原因，那你给的酬劳就不会返还，你愿意吗？"红袍女子淡然说道。

杀手组织也算是一种情报组织，也会贩卖情报。

"可以。"作为德布斯家族的族长，伯纳德还是很豪气的。

红袍女子轻声说道："我可以告诉你，喜欢那件石雕《梦醒》的人当中，有一个我们组织非常不愿意得罪的人。这个人物，也不是你们德布斯家族所能得罪的。"

"好了，情报告知完毕。"红袍女子微微一笑，而后便直接离开了。

伯纳德气得不行。

红袍女子竟然连这个他们不愿意得罪的人的身份都不说，不过伯纳德也明白，能够令血梅花组织如此忌惮的人物，那肯定是了不得的大人物。关于他的情报，价格肯定高得离谱。

玉兰历9999年4月21日，普鲁克斯会馆拍卖厅中。

这拍卖厅一共有三层，第一层里都是普通的座位，第二层是一个个独立的包间。每一个包间都是一些大贵族、大富豪才有资格进入，那价格也是贵得吓人。至于第三层，只有一个非常大的客厅，内部装潢非常豪华。

此刻，拍卖厅的第一层的人越来越多，每个座位的价格高达一百金币。至于第二层的包间，按照位置的不同，价格从一千金币到一万金币不等。至于第三层，根本不对外开放。

石雕《梦醒》的知名度非常高，此次进入拍卖厅的人大多都是玉兰大陆上的超级富豪和大贵族。正因为座位太少，富豪和贵族太多，所以原本只值一百金币的座位，外面转卖的价格却高得离谱。

德布斯家族因为是本地的家族，和普鲁克斯会馆关系较为密切，很幸运地在第二层弄到了一个位置靠边的包间。

实际上第二层的十几个包间，除了德布斯家族外，其他包间中的家族都是玉兰大陆上的著名家族，势力都比德布斯家族强大得多。

比如，道森家族的一些人也是在第二层的包间当中。当然，代表道森家族来的，并不是直系的人。

"艾丽斯，走里面点。"

德布斯家族这次一共来了六个人，而艾丽斯则走在卡蓝跟卡蓝的母亲中间，艾丽斯还戴了一个帽子，帽檐压得低低的。这六人很快就上了楼梯进入第二层。

在第二层的包间当中，几乎都是玉兰大陆的大贵族。

伯纳德看到第二层走廊上的一些人，立即谦逊地打招呼。在这里，德布斯家族的族长根本算不了什么，就好像当初耶鲁评价德布斯家族——一个小家族啊。

没错！对玉兰大陆上的那些大贵族而言，如果影响力只是局限在一个王国内，那德布斯家族在玉兰大陆上只能算是一个小家族。

德布斯家族的六个人全部进入包间内。

"总有一天，我德布斯家族也会跟他们一样，甚至比他们更强。"卡蓝在心中暗道。

德布斯家族这次过来，对石雕《梦醒》志在必得。

不管如何，将这件石雕弄到自己家里总比落到外面好，毕竟六月份德布斯家族就要举行订婚仪式，到时候很多人都会知道艾丽斯是德布斯家族的人。可到底石雕最后花落谁家，取决于各大势力的经济实力。

"卡蓝大哥。"艾丽斯坐在卡蓝旁边。

在这种大贵族聚集的地方，艾丽斯感到有些拘束。毕竟在这里连德布斯家族都算不了什么，更别说艾丽斯这种小贵族了。

"放心，你在包间当中，下面的人是根本看不到你的。那个林雷实在是太过分了，竟然将你……"卡蓝一想到石雕就非常愤怒，因为对石雕有些研究的人都能够猜到林雷跟艾丽斯之前可能有过什么感情纠葛。

毕竟如果不是有真感情，又怎么能够雕刻出这种如此有神韵的石雕呢？

如果卡蓝真的跟艾丽斯结婚了，相信很多人都会暗地里说艾丽斯跟林雷的事情，卡蓝可是有地位的人，如此被说，肯定是非常难堪的。

拍卖厅的第三层。

此刻里面只有四个人，普鲁克斯会馆的总馆长迈亚、奥斯托尼、林雷和耶鲁。

"哈哈，迈亚馆长，哪位是林雷啊？"豪爽的大笑声响起。

迈亚馆长拄着拐杖迎了过去，林雷和耶鲁也立即迎过去："拜见陛下。"

来人正是芬莱王国的国王、芬莱王国的骄傲——"黄金狮子"克莱德。身为芬莱王国的国王，还是一位伟大的九级战士，这的确令人钦佩。

林雷仔细看着克莱德。

这位国王陛下身体非常强壮，那一头金黄色的长发肆意飘扬，就如同一头有着无尽爆发力的狮子一样，整个人都带着一股让人心颤的霸气。顾盼之间，那种气势自然散发。

克莱德看向林雷："如果我料得没错，这位就是林雷大师吧？"

"陛下，你称呼我林雷就可以了。"林雷立即说道。

其实林雷心里也挺无奈的，自从石雕《梦醒》展览后，许多人见到他都非常恭敬地称他为"林雷大师"，连当初卢卡斯家族那位舍不得卖掉战刀屠戮的杰布侯爵，如今也对他十分敬佩。

"那也好。"克莱德非常干脆，"想必这位就是耶鲁吧！耶鲁，你的父亲还好吗？"

"父亲很好，只是现在不在神圣同盟，否则这一次父亲一定会来的。"耶鲁礼貌地说道。

克莱德微微点头。

"迈亚馆长，今天还有谁啊？"克莱德随意地问道。

迈亚馆长笑道："我们再等一会儿，圣廷的吉尔默和兰普森两位红衣大主廷这次都会来。"

拍卖厅的第三层，一般都是接待极为重要的大人物。

这第三层的窗户是一层特殊的玻璃，从外面无法看到内部，而内部却可以轻易看到外面。这玻璃制品是由炼金术士特意制造的，极其昂贵，一般的地方是安装不起的。

"吉尔默和兰普森两位大人来了。"迈亚馆长所坐的位置，刚好可以看到外面的走廊。

林雷、耶鲁以及芬莱王国国王克莱德都非常热情地迎了上去，一同欢迎这两位来自圣廷的红衣大主廷。林雷上一次见过红衣大主廷吉尔默，而红衣大主廷兰普森胖胖的，笑起来眼睛眯成一条缝，样子极其可爱。

"林雷，对吗？"兰普森热情地跟林雷拥抱了一下。

"兰普森大人。"林雷有礼貌地喊道。

而后这第三层中的林雷、耶鲁、迈亚、奥斯托尼、克莱德、吉尔默和兰普森，这七人都随意地坐下来，透过那落地窗看向下面的拍卖现场。

他们甚至能透过窗户，看到第二层各个包间当中的情况。

"老三，你看。"耶鲁轻轻一碰林雷的手臂，朝下面使了一个眼色。

林雷顺着耶鲁的目光看过去，忽然发现第二层包间当中，有卡蓝、艾丽斯等人。此刻卡蓝跟艾丽斯正手拉着手坐在沙发上交谈着。

"没想到她今天也会来。"耶鲁对林雷轻声说道。

林雷只是淡然地一笑。

"林雷，你们说什么呢？"兰普森向林雷笑着说道。

"没什么。"林雷摇头说道。

吉尔默拍了拍克莱德的肩膀，说道："克莱德，你管理的芬莱王国真的很不错，竟然出了林雷这么一个天才，我事先真的不知道，林雷这样一个超级魔法天才，在石雕领域上的成就竟然也这么高。"

林雷、耶鲁就这样随意地跟克莱德、吉尔默、兰普森等人闲聊着。这几人在第三层俯视着下方。

拍卖厅第一层，座位已经坐满了。

拍卖台上已经摆放着《梦醒》石雕，石雕被布蒙着。

在这台上有两个漂亮的侍女站在两边，一名金发中年人微笑着走上台来，看着周围朗声说道："先生们，女士们，欢迎大家来参加林雷大师的石雕《梦醒》的拍卖会。"

这位中年人非常潇洒，侃侃而谈："今天来到这里的客人，一个个都大名鼎鼎，我们会馆今天也很有幸请来了圣廷的红衣大主廷吉尔默大人。"这中年人还朝上面第三层躬身行礼。

顿时，下面的人都站起来，整个大厅都响起了热烈的掌声。

"还有红衣大主廷兰普森大人。"又是一片热烈的掌声。

"我们芬莱王国的陛下今天也来了。"

"同时伟大的魔法天才、石雕天才，林雷大师也到了。"

主持拍卖会的金发中年人每报出一个名字，下面就响起一片热烈的掌声。对于这些人而言，无论是红衣大主廷、国王陛下，还是那位在玉兰大陆历史上都难得一遇的超级天才林雷，都是值得仰视的大人物。

"林雷大师？"

包间当中，艾丽斯透过窗户看了看第三层的方向，可惜她什么都看不到。

而在第三层，林雷却看到了朝自己看过来的艾丽斯，她的眼神有些迷茫。

第109章
天价

那位金发中年人站在台上，继续高声介绍："谈到历史上的十大石雕，如今十大石雕中价格最低的是五百二十八万金币，最高的一个价格，是石雕作品《血睛鬣毛狮》，前不久在玉兰帝国的普鲁克斯会馆拍卖厅最新成交的价格，高达一千三百万金币！"

下面的贵族和富豪都安静下来。

这价格的确非常恐怖。

"《血睛鬣毛狮》取材于圣域魔兽血睛鬣毛狮，雕刻作品的作者是十万年前的雕刻宗师胡佛。而最近一万年来，我们玉兰大陆出现了两位宗师级别的人物，分别是普鲁克斯大师和霍普金森大师。"

金发中年人忽然笑了起来。

"然而，据我所知，历史上任何一位宗师，别说宗师了，就是一般大师级别的人物，当他们被尊称为大师的时候，绝大多数都已过百岁。就算没过百岁，也有七八十岁了。有谁是三十岁前就成为大师的呢？"

金发中年人看向下方："过去没有，可是现在有了。"

"伟大的林雷大师，他是一个天才。年仅二十岁的他，竟然就已经是七级双系魔法师了，在魔法领域，在玉兰大陆的历史上他是排名第二的天才。而他的石雕作品的水准，大家也都知道了。"

说着，金发中年人转身看向石雕《梦醒》。

那两个侍女当即上前，掀开了布，露出石雕《梦醒》的真容。

"这就是林雷大师的石雕，根据我们会馆的调查，这件石雕完成于去年一个天降大雪的日子。"金发中年人笑着说道，"我一直很奇怪那天雪为什么那么大，现在想来，恐怕是因为林雷大师的这件石雕出世。"

顿时下面的贵族、富豪们都笑了起来。

"好，闲话就不多说了。"金发中年人指着石雕《梦醒》，"这件石雕已经完全达到了宗师水准，最难得的是，这件石雕的体积非常大，说实话，这件石雕完全可以分成五份来拍卖。"

下面的贵族、富豪们都笑着彼此谈论起来。

"当然，我开玩笑的。这五个人形石雕每一个具有独特的神韵，而五个结合起来，更是如同一个美妙的爱情故事。相信许多对石雕有研究的人都能够从中感受到这个凄美的爱情故事。"

金发中年人感叹道："五个人形石雕，每一个都有宗师水准，五个结合起来还可以让人感受到那独特的故事。这件石雕的价格，我根本无法猜测。"

"最重要的是，林雷大师完成这件石雕的时候才十九岁啊！"金发中年人声音都大了起来，"我从未像现在这样觉得自己的语言如此匮乏，我已经无法用语言来表达我对林雷大师的崇拜。他，真是一个天才！"

这一番话引起了下方贵族、富豪们的共鸣。

十九岁就完成了一件如此优秀的石雕，简直就是一个奇迹。

而德布斯家族的包间当中，则一片沉寂。

"可恶的家伙。"卡蓝对这个金发中年人十分怨恨，因为经他这么一说，恐怕石雕《梦醒》的价格会更高。

"我无法想象林雷大师以后的成就，而正因如此，林雷大师的第一件名震玉兰大陆的石雕更加难得。唉，可惜我没有多少钱，否则倾家荡产也要买下。"金发中年人笑着说道,"好了,现在拍卖会开始吧,底价是一百万金币,大家没意见吧?"

一百万金币!

还只是底价?

不少原本心存侥幸的贵族一下子呆住了,不是大贵族或超级富豪,连争夺这件石雕《梦醒》的念头都没有。

"每一次加价,最起码十万金币。"金发中年人补充了一句,"好,林雷大师的石雕《梦醒》拍卖会,正式开始。"

顿时整个拍卖大厅都安静下来。

"一百五十万金币!"第一层的一位贵族直接出价。

在第三层中的林雷仔细地听着下面的报价,他怀中的贝贝则伸出小脑袋朝下面看。

"老大,以后烤鸡、烤鸭,都可以任我吃了吧?"贝贝的声音在林雷脑海中响起。

"没有问题。"林雷摸了摸贝贝的小脑袋。

对自己而言,贝贝完全算是自己的兄弟了。

"哇,以后幸福了。"贝贝兴奋地眼睛直发光,伸长脖子朝下面看,"呜,两百万金币了。再高一点,再高一点啊。"

贝贝不断地祈祷着价格更高,林雷见贝贝这样,不由得笑了。

芬莱王国国王克莱德一拍林雷的肩膀:"林雷,我也为你捧一捧场。"

"奥斯托尼,五百万金币。"克莱德对奥斯托尼说了一声。

奥斯托尼走到一个地方,朗声说道:"克莱德陛下出价五百万金币。"

"谢谢陛下。"林雷当即说道。

"哈哈,没事。"克莱德热情地搂着林雷的肩膀,"林雷,有没有兴趣帮帮我?咱们也没必要分什么君臣。"

林雷对这克莱德也有了好感。

这的确是一个非常有魅力、有吸引力的领导者。

"陛下请原谅，我想回去跟我父亲商量一下，如果不出意外，我还是会留在芬莱王国的。"林雷微笑着说道。

"的确应该跟你父亲商量一下。"克莱德眉头微微一皱，说道，"林雷，据我所知，你的父亲好像离开了乌山镇，我查过了，却查不到你父亲的踪迹，他好像消失了。"

当林雷名声大振后，克莱德为了让林雷帮助自己，去调查了林雷的亲人。

可霍格并不在乌山镇。

"我父亲不在乌山镇？"林雷有些疑惑，而后笑道，"我父亲有可能去其他地方了，他也不会一直停留在乌山镇。"

"可能吧。"克莱德没有继续多说。

霍格的确藏得很隐秘，否则一国国王要找他，岂会找不到？

拍卖厅第二层包间当中。

"五百万金币！"卡蓝惊呼出声。

旁边一直阴沉着脸的德布斯家族的族长伯纳德低声说道："卡蓝，家族的情况你应该知道，如今家族未来情况不明，我们不能将太多金钱浪费在这上面。根据家族的商议，我们最多拿出八百万金币给你，这已经是底线了。"

卡蓝点了点头。

卡蓝很清楚，整个家族的产业加起来的确值一亿金币，然而一亿金币大多是固定资产，流动的资产也就价值两千万金币左右，可是家族总不能将钱都浪费在一件石雕上。

家族没有逼迫卡蓝跟艾丽斯分开，这已经很难得了。

"五百三十万金币！"第二层包间中又有人报价了。

那位金发中年人立即兴奋起来："五百三十万金币，过去的十大石雕最低价格是五百二十八万金币，而如今十大石雕的价格已经变了，我宣布，石雕《梦醒》已经名列十大石雕了。"

"道森商会耶鲁少爷报价六百万金币！"拍卖厅第三层当中传来奥斯托尼的声音。

听到这个价格，卡蓝的脸又黑了。

价格这么快就到了六百万金币，这实在是超乎卡蓝的预料。按照卡蓝的推测，十大石雕中最低价的石雕才价值五百二十八万金币，家族准备八百万金币拍下石雕《梦醒》，应该没有问题。

可是卡蓝不是真正的收藏家，对石雕没有真正研究过。

那种真正的收藏家，完全可以感受到石雕《梦醒》让人心动的地方，特别是五个人形石雕的组合，那种感觉更是难得。整个玉兰大陆历史上都没有出现过这种五个人形石雕的组合石雕，而且还能够让人感受到一段凄美的情感故事。

特别是雕刻者，雕刻时才十九岁，还是超级魔法天才。

"不能让价格一点点升上去。"卡蓝眉头一皱。

他明白如果让价格慢吞吞升上去，自己报价的成功率就会很低了。

"八百万金币！"卡蓝大声地报价。

从六百万金币直接到八百万金币，一下子涨了两百万金币。这种增长的幅度的确将很多人给惊住了。毕竟十大石雕的价格也才那么高，就连普鲁克斯的三件最珍贵的石雕，其中有一件也才价值七百多万金币。

收藏家，并不是盲目收藏，也是要看作品的价值的。

否则盲目攀比，那是败家子的行为。

金发中年人立即大声喊起来："德布斯家族出价八百万金币，如此干净利落地出价八百万金币，可以看出他们对这件石雕志在必得。我可以想象，将来林雷大师成了圣域级强者，这件石雕的价格将远远不止八百万金币，而很有可能是一千六百万金币。"

这个金发中年人的鼓吹能力的确很强。

可下面的人又不是白痴。他们都在思考，毕竟再有钱，也要用得有价值。

拍卖大厅的第三层，林雷、耶鲁、克莱德、吉尔默、兰普森等人都看着下方，随意地谈笑着。

"老三，那个卡蓝报价了。"耶鲁低声说道。

林雷不由得将目光投向那个包间，他可以清晰地看到，在包间当中卡蓝跟艾丽斯正手握着手，卡蓝的表情显得非常紧张。

"老三，要不我出高价压他一下？无论如何，你的石雕也不能落到他手里。"耶鲁在林雷耳边轻声说道。

"不用。"林雷缓缓摇头。

林雷正凝视着艾丽斯，此刻包间中的艾丽斯就如同一个受了委屈的小姑娘。

德布斯家族的其他人看向艾丽斯的目光都带着一丝不悦，毕竟他们家族要为艾丽斯花费大量金钱。

"如果他们真的想要，给他们就是了。"林雷冷然说道。

旁边的吉尔默跟兰普森却彼此相视一眼，笑了笑。

第二层包间当中，德布斯家族的人都比较紧张，最紧张的还是卡蓝跟艾丽斯这二人。

"放心，艾丽斯。八百万金币已经是极高的价格了，不会有人出更高的价了。"卡蓝安慰着艾丽斯，但是这何尝不是在安慰他自己呢？因为家族只授权给他八百万金币。

而那个金发中年人举起了拍卖槌："德布斯家族出价八百万金币，有没有出价更高的？那……我可要倒数了。"

"一千万金币。"

一道懒散的声音在第一层大厅中响起，实际上石雕《梦醒》后面的报价，几乎都是上面包间中那些大贵族之间的争夺了。下面的贵族和富豪们只是在看戏，没想到现在第一层大厅也有人给出报价。

"真是没眼光，依我看，这件石雕《梦醒》的雕刻风格和其他石雕完全不同，简直开辟了一个新的流派，加上足有五个不同神韵的人形石雕，一千万金币还是值的。"那个报出一千万金币高价的男子随意地说道。

这个看似三四十岁的男子穿着宽松的长袍，给人一种懒散的感觉。

"一千万金币?!"

第二层包间当中的卡蓝和艾丽斯都怔住了。

第110章
得主

"卡蓝大哥。"艾丽斯低声喊道,同时焦急地看着卡蓝。

可能某些人会以成为一件宗师作品的原型而感到骄傲。可是林雷的这件石雕不同,只要是对石雕有些研究的,完全可以从五个独立的人形石雕蕴含的神韵中品味出林雷跟艾丽斯的过去。

如果艾丽斯只是即将成为小户人家子弟的妻子,那也就算了。

可是,要娶她的人是卡蓝·德布斯,是德布斯家族的继承人。德布斯家族在芬莱王国可是排名前三的大家族。

"别急,别急。"卡蓝握着艾丽斯的手。

可是艾丽斯发现卡蓝满手都是汗。

"父亲——"卡蓝看向父亲伯纳德,又看向母亲。他的父母是极疼他的,所以他们愿意为卡蓝拿八百万金币出来。毕竟对于德布斯家族而言,八百万金币是一笔很大的财富了。

"卡蓝,别想了,家族不可能为你的未婚妻拿出超过一千万的金币出来。"伯纳德神情严肃。

卡蓝怔住了,连艾丽斯也抬头看向伯纳德,眼中带着一丝期盼。

"按照我们事先决定好的去做吧!"伯纳德无视艾丽斯期盼的目光,冷漠地说道。

卡蓝整个人定住许久。旁边的艾丽斯紧紧地握着卡蓝的手，盯着卡蓝的眼睛。艾丽斯明白伯纳德刚才的话意味着什么，她非常不愿意接受那个结果。

卡蓝看了艾丽斯一眼，无奈地叹了一口气。

"卡蓝大哥，我不要。"艾丽斯低声说道。

卡蓝握了握艾丽斯的手，轻轻摇头："艾丽斯，我是德布斯家族的继承人，必须为家族考虑，我也希望你能够为我牺牲一点，我保证，我对你的心是不会变的。"

艾丽斯沉默了。

家族的继承人！

这简单的六个字，却注定了卡蓝的一切跟德布斯家族的荣辱紧紧联系在一起。虽然伯纳德非常疼爱自己的儿子，但是无论如何他不会允许艾丽斯成为卡蓝的正妻。

对，艾丽斯无法成为卡蓝的正妻。

也就是说，以后艾丽斯生的孩子将不是德布斯家族的嫡系子弟。

实际上自从石雕《梦醒》被众人看过后，德布斯家族就要求卡蓝放弃艾丽斯，即使要娶艾丽斯，也不可能让艾丽斯成为卡蓝的正妻，卡蓝却一直坚持着。

后来疼爱卡蓝的伯纳德妥协了，他决定，如果能够将石雕《梦醒》买回来，就勉强答应此事。

可现在看来……

"卡蓝大哥。"艾丽斯看着卡蓝，眼睛都湿润了。

紧接着，她看向德布斯家族的其他人，然而无论是卡蓝还是伯纳德，抑或是卡蓝的母亲，一个个都没有理会她。

这一刻，艾丽斯感到心中一阵冰冷。

她忽然回忆起跟林雷待在一起时，林雷总是无微不至地关心她。过去她认为林雷那样迁就她，关心她，都是理所应当的，可是这一刻她是那么渴望……

她仰头，目光透过玻璃看向拍卖厅的第三层，可是看到的只是黑漆漆的玻璃。

"一千万金币,一千万金币,还有没有更高的?"那金发中年人在台上高声喊着。

穿着宽松长袍的男子随意地朝四周看了一眼,而后直接对着那金发中年人吆喝道:"嗨,你别在那里废话了,快倒数吧!"

旁边的富豪、贵族们都笑了起来。

主持拍卖会的人岂会按下面的人所说的做?

根据那些富豪、贵族对这位金发中年人的了解,他可是会一次次渲染拍卖品,将拍卖品的价格大大地抬高。

金发中年人听到那声音后,整个人却宛如被催眠了一样,自然地说道:"那我就开始倒数了,三、二……"

"一千零十万金币!"

一道苍老的声音从第二层某个包间当中传了出来。

所有人的目光都聚向这一个包间,连那穿着宽松长袍的男子也惊讶地看向这个包间。这第二层包间当中,除了德布斯家族以外,其他包间当中的家族都是闻名于玉兰大陆的大家族。

那些大家族的财富比德布斯家族要多得多。

"咦,还真有识货的啊,不过就增加十万金币,太吝啬了,我多加一点,一千零三十万金币。"穿着宽松长袍的男子笑呵呵地说道。

此刻在拍卖厅第三层当中的林雷等人都注意到了穿着宽松长袍的男子。不过,在他们这个方位只能看到穿着宽松长袍男子的侧脸,根本看不清他的容貌。

"嗯?"

光明圣廷的两位红衣大主廷吉尔默和兰普森都站了起来,他们皱着眉头,沿着玻璃窗绕到了另外一边,仔细朝下面的身穿宽松长袍的男子看去。

而此刻——

身穿宽松长袍的男子似乎发现了上面的两位红衣大主廷在看他,竟然抬头看了两位红衣大主廷一眼。

"是他?!"

两位红衣大主廷的脸色陡然变得煞白。

吉尔默跟兰普森相视一眼，都摇了摇头。

实际上，在拍卖之前光明圣廷就做了决定，这次要花大价钱将石雕《梦醒》拍卖下来，以此来促进林雷跟光明圣廷的关系。

然而吉尔默跟兰普森二人在看到这个男子后，却改变主意了。

"还是别跟这个疯子争了。"吉尔默轻声说道。

兰普森也点了点头："我可不想惹到这个疯子。"

表面上称对方为"疯子"，其实是畏惧已经深入他们二人的骨子里了。对于下面那个男子的实力，兰普森跟吉尔默是非常清楚的，特别是兰普森……

因为如果不是这个疯子，恐怕兰普森没有机会提升一级，成为红衣大主廷。

光明圣廷的红衣大主廷一共只有五位，正因为这个疯子随意杀了一位红衣大主廷，这才使得兰普森有机会坐上这个位置。可就算是这个疯子杀了一位红衣大主廷，光明廷皇也不愿意跟这个疯子作对。

"一千零四十万金币。"第二层包间中，那道苍老的声音再次响起。

身穿宽松长袍的男子抬头看了一眼，眉头一皱："你们还真是够麻烦的，一千一百万金币。"

"一千一百万金币，这位先生出价一千一百万金币了，还有没有更高的？"那位金发中年人兴奋起来。毕竟位列十大石雕之首的《血睛鬃毛狮》也不过才价值一千三百万金币。

第三层当中，吉尔默低声对兰普森道："兰普森，你知道第二层包间中是哪一个家族吗？竟然敢跟这个疯子斗，难道嫌命长？"

"迈亚馆长。"兰普森对不远处的迈亚馆长喊了一声。

迈亚馆长立即走过来。

"迈亚馆长，你可知道第二层包间中正在报价的是哪个家族？"兰普森询问道，"好像主事的是一个年轻姑娘。"兰普森站在第三层，透过窗户看到第二层那个包间中坐在沙发上的人。

至于报价的人，看样子是那个姑娘的仆人。

迈亚馆长看了一眼，笑着说道："吉尔默大人、兰普森大人，这个姑娘是玉兰帝国莱恩家族的嫡系子弟，这个包间就是以莱恩家族的名义预订的。"

"莱恩家族？"兰普森、吉尔默一惊。

莱恩家族，玉兰大陆最古老的帝国玉兰帝国中排名前五的超级大家族，能够在玉兰帝国当中排名前五的家族，任何一个都能够轻易灭了德布斯家族。

而莱恩家族的子弟，大多都在玉兰帝国身居要职，在玉兰帝国有着很高的权力。

"吉尔默，我们恩斯特魔法学院当中过去的第一魔法天才迪克西，好像就是玉兰帝国的莱恩家族的吧？"兰普森询问道。

吉尔默对于恩斯特魔法学院的事情比较了解。

"是的，不单单是迪克西，他还有一个妹妹叫什么名字我记不清了。这兄妹二人都是在我们恩斯特魔法学院求学的，不过前几天，迪克西已经申请毕业了。"吉尔默直接说道。

兰普森点了点头。

"看来，那个姑娘就是迪克西的妹妹了。"兰普森看向第二层的那个包间。

第二层莱恩家族所在的包间中，穿着紫色套装的迪莉娅面容冷静，端坐在沙发上，透过窗户看着下面的石雕《梦醒》。

"小姐，不要争了，下面的那位可是惹不得啊！"老者有些担忧。

作为玉兰帝国的超级大家族，莱恩家族对整个玉兰大陆的各种势力还有一些超级高手都是非常清楚的。他们很明白，虽然他们是超级大家族，但是有一些人是不能得罪的。

比如下面那位穿着宽松长袍，看似只有三四十岁的中年男子。

老者很清楚，今年他已经四百多岁了，而且估计在老者还没有出生时，这个男子就是如今这副模样了。

"别担心,休爷爷,你帮我将这个字条递给他,可以吗?"迪莉娅取出一支笔,在一张纸上快速写了一句话,便递给了这位老者。

老者接过这张字条,一看内容不由得一愣。

"小姐,你……你怎么……"老者被字条上的内容惊到了。

"别管了,你将这字条递给他吧。"迪莉娅干脆地道。

老者犹豫片刻后,最终还是走出了包间到了第一层。

"一千二百万金币!"

迪莉娅清脆的声音从包间当中传出。

下面那个身穿宽松长袍的男子眉头一皱,眉宇间一缕煞气开始凝聚。而这时那名被迪莉娅称作休爷爷的老者已经朝他走了过来,走到他身前,恭敬地躬身道:"大人,我是莱恩家族的仆人,这是我家小姐给你的。"

身穿宽松长袍的男子眉头一蹙,而后饶有兴味地接过这张字条。

男子一看字条内容便眼睛一亮,而后就笑了起来。

"好,好,我不争了,我不争了。"话落,身穿宽松长袍的男子手中的那张字条直接化为飞灰,然后他笑眯眯地坐下来,还抬头看了一眼第二层迪莉娅所在的包间。

此刻拍卖厅第三层当中。

林雷和耶鲁听到那清脆的一声"一千二百万金币"后,都一愣。这声音他们太熟悉了,林雷在刚入恩斯特魔法学院时就跟这个声音的主人认识了。

"是迪莉娅!"耶鲁惊讶地说道。

林雷则立即起身走到窗户的另一边,看向迪莉娅包间所在的位置。果然,穿着紫色套装的迪莉娅坐在沙发上,盯着下方的石雕。

"三、二、一,砰!"金发中年人敲响了拍卖槌,兴奋地大喊起来,"恭喜莱恩家族以一千二百万金币的价格拍得林雷大师的石雕。一千二百万金币啊,我宣布,石雕《梦醒》成为十大石雕当中第三高价的石雕。唯有胡佛大师的石雕《血睛鬃毛狮》和普鲁克斯大师的石雕《希望》的价格超过了《梦醒》。"

整个拍卖大厅顿时喧闹起来，热烈的掌声响起。

林雷则站在第三层的窗户前，看着下方的迪莉娅，又转眼看向另外一个包间当中的艾丽斯。这两个女孩都是坐在沙发上，只是迪莉娅脸上带着一丝笑容，而艾丽斯则是脸色苍白。

第111章
意外

拍卖厅的通道两旁站满了富豪、贵族，这些人非常自觉地给光明圣廷的两位红衣大主廷吉尔默、兰普森，还有芬莱王国国王克莱德，普鲁克斯会馆的总馆长迈亚，道森商会的耶鲁少爷，以及魔法天才兼石雕大师林雷让出一条通道。

这几人走在中间，彼此谈笑着朝普鲁克斯会馆外走去。

"吉尔默大人，兰普森大人。"

"陛下。"

"林雷大师。"

…………

而周围的贵族、富豪们则一个个露出笑容，恭敬地向他们问好。德布斯家族的几个人被挤在了角落。帽檐压得低低的艾丽斯忍不住抬起头，看着人群中被众多贵族、富豪恭维的林雷。

如今的林雷，是最传奇的天才。

二十岁的七级双系魔法师，而且在石雕领域达到跟普鲁克斯、霍普金森、胡佛等大师同一个级别。如此天才，自然如天空中最耀眼的星星一样让人仰视。很快，两位红衣大主廷、克莱德陛下、林雷、耶鲁等人都离开了。

所有的贵族、富豪随后也一一离开了。

"你就是艾丽斯？"一道清脆的声音突然响起。

德布斯家族的几个人都朝后面看去。

只见一位漂亮的金发女孩走了过来，她身后站着一名面带笑容的老者。无论是这个金发女孩还是老者，身上都有着一种天然的贵族气息，顾盼之间令人感到有些自卑。

伯纳德一看，立即上前，恭敬地说道："休大人，这位就是迪莉娅小姐吧？早就听说过莱恩家族的迪莉娅小姐长得倾国倾城，今日一见，真是比传说中还要漂亮啊！"

德布斯家族的影响力只局限在芬莱王国，跟玉兰帝国的超级家族莱恩家族相比，差距太大。

"哦，你是德布斯家族的族长？"迪莉娅瞥了一眼伯纳德。

伯纳德谦逊地点头。

"这位就是你儿子卡蓝的未婚妻吧？"迪莉娅看了一眼藏在卡蓝身后的艾丽斯。

伯纳德当即笑着说道："她？不，她并不是我儿子卡蓝的正妻。"

"不是正妻？"迪莉娅脸上出现一抹冷笑，随后缓步朝艾丽斯走过去。

伯纳德根本不敢阻拦。

当迪莉娅走到卡蓝身前时，卡蓝还努力挺起胸膛想要挡住对方。

可是迪莉娅那冷厉的目光让卡蓝感到心寒。

特别是想到对方是莱恩家族的大小姐，卡蓝心中更是一点底气都没有。如今德布斯家族跟道森商会的关系已经很糟糕了，如果再得罪莱恩家族，那后果将会很严重，而且莱恩家族若想要对付德布斯家族，简直轻而易举。

"艾丽斯。"迪莉娅凝视着艾丽斯的眼睛。

艾丽斯抬起头，和迪莉娅对视，努力让自己保持平静。

迪莉娅却笑了，轻声说道："艾丽斯，我真的不知道林雷怎么会喜欢你。"

艾丽斯的脸色不由得苍白起来，却开口说道："这不关你的事！"

"不关我的事？"迪莉娅淡淡地一笑,"对,是不关我的事,不过我真的为你感到可惜,竟然会放走林雷。结果呢,却连德布斯家族继承人的正妻都当不成。我想你会后悔……可惜,你以后再也没机会了,因为你这种人不会再跟林雷有任何交集,你们以后根本是两个世界的人,明白吗?"

迪莉娅不顾卡蓝跟艾丽斯难看的脸色,转过身来看向伯纳德。

"抱歉,打扰了。"迪莉娅非常有礼貌地说道。

伯纳德当即恭敬躬身:"迪莉娅小姐慢走。"

迪莉娅身旁的老者瞥了一眼脸色难看的卡蓝,而后冷哼一声,跟在迪莉娅身后走开了。

而伯纳德则是一直保持着微笑,直到对方离开。等迪莉娅主仆二人离开后,伯纳德才回头狠狠瞪了一眼卡蓝跟艾丽斯。

"混账!"伯纳德狠狠训斥一声。

卡蓝跟艾丽斯一声不敢吭,德布斯家族的人便在压抑的气氛中回去了。

芬莱城卢卡斯家族府邸当中。

"林雷大师,不,不用。"杰布侯爵这时连忙拒绝林雷,"真的不用六十万金币。林雷大师,我真的很抱歉,我并不知道你竟然在石雕领域有如此高深的造诣。"

杰布侯爵这个顽固的老头,这时看林雷的目光中满是崇拜。

杰布侯爵没其他爱好,唯一的爱好就是收藏。

而对于一些大师级别的人物,他自然是发自心底地崇拜。恐怕就是一个王国的国王在他面前,也不可能令他发自内心地敬仰。

"要不就还是十八万金币吧,我的家族当初花十八万金币买的战刀屠戮,现在再以十八万金币卖掉,这样也公平。林雷大师,我真的不能多收你的钱,赚你的钱,我睡觉都会无法安稳。"

杰布侯爵这个固执的老头有时候还挺可爱的。

"杰布侯爵,当初你卢卡斯家族从我家族中购买这把战刀屠戮,也花了十八万金币。数百年前的十八万金币，可是比如今的金币要值钱得多。"林雷可不愿意占人家便宜。

杰布侯爵却固执地看着林雷。

"哈哈，你们……你们真是……"旁边的耶鲁笑得捂着肚子，"卖东西的拼命压价，巴不得白送给买东西的。买东西的却要多给钱，这一幕我可是第一次看到啊。"

林雷无奈地笑了笑："杰布侯爵，这样吧，数百年前十八万金币，赶得上如今的三十六万金币吧，那就三十六万金币。不要再拒绝了，否则我扔下这张魔晶卡就直接走了。"

林雷说着，从怀中取出了魔晶卡。

杰布侯爵为难地看了林雷一眼，最后点了点头："那好吧。"

林雷不由得笑了起来。

杰布侯爵忽然有些尴尬地笑了起来："林雷大师，我有一个请求，不知道该不该说？"

"说吧。"林雷笑看着杰布侯爵。

杰布侯爵立即对着仆人挥手，两个仆人很快从后面搬出了一块竖立着的石板。

"林雷大师，我想请你留下一个签名，我想，我会永远保存的。"杰布侯爵期盼地看着林雷。

林雷笑了笑，随后从怀中取出一把平刀。

他随意一挥手，刀影挥舞，那石板表面顿时石料碎末纷飞。一会儿工夫，他便收回了平刀。然后他对着石板轻轻一吹，石料碎末完全飞起来，露出两个龙飞凤舞的大字——林雷！

杰布侯爵看着这两个字，眼睛都亮了："好飘逸的雕刻手段，好漂亮的字迹，这两个字可是比三十六万金币更值钱啊。"

听到这话，林雷哭笑不得。

从芬莱城前往乌山镇的路上，道路两旁的水杉树整齐地排列着，林雷骑着高头大马疾速飞奔在路上，他背着一个巨大的盒子，足有数百斤重。

幸亏这匹马是道森商会赠送的一匹好马，若是平常的马如此负重，肯定跑不了这么快。

在林雷身后，有一支百人骑兵队伍。

这一支队伍是光明圣廷的红衣大主廷吉尔默送给林雷的，按照光明圣廷的说法，林雷的安全必须保障。上次林雷被劫持已经说明了一切。这支骑兵小队是光明圣廷王牌骑士团中的一支小队，队里最差的都足有五级战士的实力。

百匹战马飞奔，留下一路尘烟。

林雷看着远处越来越清晰的乌山镇，脑海中不由得浮现出小时候的一幕幕场景，小时候在乌山镇空地上训练的场景，小时候第一次看到迅猛龙的惊险场景……

过去在林雷眼中，迅猛龙简直是无敌的，可是对于如今的他而言，迅猛龙根本算不了什么。

"轰隆隆——"

大地震动，上百匹上好的战马疾速飞奔，那震动的声音让人老远就感觉到了。

乌山镇的不少居民老远就躲到了街道边，一个个怀着好奇、忐忑、畏惧的心情，朝远处这支强大的骑兵队伍看去。

"好强大的骑兵队伍。"

正走在乌山镇街道上的希尔曼不由得掉头看去，单单那整齐、快速、有力的马蹄声，就令希尔曼震惊。就是在军队中，他都没见过几支如此有素质的骑兵。

最弱的都是五级战士，光明圣廷王牌骑士团的骑兵小队素质岂会差？

单单那种奔腾的气势，就让人发颤了。

"那是谁？"希尔曼一眼就看到了最前面的人。

"林雷！"希尔曼的脸色不由得大变，然后快速朝巴鲁克家族府邸跑过去。

而林雷带领的骑兵小队在进入乌山镇后便放慢了速度，只有林雷一人快速朝巴鲁克家族府邸赶去。

看着远处那有着斑驳痕迹的府邸院墙，林雷脑海中自然浮现出一幕幕儿时在府邸中玩乐的场景。

"巴鲁克家族，我的根！"林雷背着装着战刀屠戮的盒子，心中十分自豪。

林雷还清楚地记得自己第一次出发前往恩斯特魔法学院，父亲对自己说的话。父亲对他说的话，恐怕他这辈子都无法忘记——

"林雷，记住这数百年来我们巴鲁克家族先辈们的心愿，记住我们巴鲁克家族的耻辱！

"你毕业后，至少是六级魔法师，只要认真刻苦修炼，成为七级魔法师并不难。加上你是双系魔法师，到时就是七级双系魔法师，在芬莱王国绝对算是大人物，以后完全有把握夺回家族的传承之宝，如果你夺不回传承之宝，我即使死了，也不会原谅你。

"我即使死了，也不会原谅你！"

…………

那声音在林雷的脑海中回荡，可感受到背上的战刀屠戮的重量，林雷心中便浮现出一股豪情。

"父亲，我回来了！我带着战刀屠戮回来了！"

林雷飞速跳下马背，直接冲入了府邸院落当中。

"父亲！"林雷大声地喊道。

"我回来了，带着战刀屠戮回来了！"林雷的声音中充满了喜悦、兴奋。

家族先辈们努力了数百年，父亲一辈子最大的愿望。如今自己终于为父亲完成了！

"战刀屠戮?!"一道声音响起。

林雷掉头看去，正是希尔曼。

"希尔曼叔叔，父亲呢？你快让他出来啊。哈哈，我终于将战刀屠戮带回来了，真的，我们龙血战士家族的传承之宝，我终于带回来了！你快告诉我父亲在哪儿，父亲若是知道了，一定会非常高兴。今天晚上，我们好好吃一顿，庆祝一下！"

林雷整个人兴奋得不得了，还将背上的盒子取下来，抱着盒子看着希尔曼。

可是希尔曼脸上没有一丝喜色，反而有着一丝愁容。

"希尔曼叔叔，"林雷的眉头皱了起来，看着希尔曼，"希尔曼叔叔，我父亲呢？"

希尔曼看着林雷，努力挤出一丝笑容："林雷，你将战刀屠戮带回来了，你父亲知道后一定会很高兴的，一定会的。"

"我父亲他人呢？"

"你父亲，他……他在三个月前就已经死了。"希尔曼深吸一口气后缓缓说了出来，说着，眼睛已经湿润了。

林雷感觉瞬间好像无数雷电在耳边轰鸣，脑子一片空白。

"哐当！"

林雷手中的盒子重重地摔在地上，盒盖震飞，露出那把带着一丝血红色的巨型战刀，瞬间整个院子里的气氛变得压抑。

"死了？"林雷惊讶地看着希尔曼。

希尔曼轻轻点了点头。

忽然林雷笑了："哈哈，希尔曼叔叔，你一定是骗我的。哈哈，我都把战刀屠戮带回来了，你看啊，希尔曼叔叔。我将战刀屠戮带回来了，我父亲怎么会死呢，他还要看战刀屠戮呢。"

林雷一把抓起战刀屠戮，那血腥气息令希尔曼感到窒息。

"希尔曼叔叔，你看，我把战刀屠戮带回来了，而且我还要告诉父亲，我已经可以成为龙血战士了。"林雷双手上的鳞甲开始冒出来，仅仅一会儿，他的双手便变成了龙爪。

两只龙爪抓着希尔曼的双肩，林雷盯着希尔曼："希尔曼叔叔，你看，我都可以成为龙血战士了，我都带回战刀屠戮了。父亲呢，我的父亲呢？

"我还要给他看战刀屠戮呢！

"我还没告诉他，我已经可以成为龙血战士了。"

林雷乞求地看着希尔曼。

"希尔曼叔叔,我求求你,告诉我,父亲到底在哪里?"林雷就如同一个溺水者抓着最后一根稻草一样,死死地抓着希尔曼。

希尔曼轻轻摇头:"林雷,你父亲死了!"

林雷笑了,笑得那样苍凉:"不,不会的,我还要给他看战刀屠戮,我还要告诉他,我已经可以成为龙血战士了,今天晚上,我还要好好陪他吃顿饭呢。"

说着,林雷已然泪流满面。

希尔曼看着林雷,忍不住扬起头,然后两行眼泪流了下来。

"不会,不会的!"

林雷那双利爪抓着希尔曼,眼睛死死地盯着希尔曼,甚至于瞳孔中泛起如同棘背铁甲龙那冰冷的暗金色,一股恐怖的煞气弥漫整个院子。

那低沉沙哑的声音从他的喉咙里发出——

"告诉我,我父亲在哪里?"

第112章 尘封往事

希尔曼的肩膀被林雷的一双龙爪抓破了，血缓缓渗出，染红了衣服。

可希尔曼仿佛丝毫没有察觉。

希尔曼盯着林雷，沉声说道："林雷，你先冷静。"

"告诉我！"林雷凝视着希尔曼。

希尔曼郑重地道："后面的骑兵队伍马上就要过来了，你家族的事情暂且不要让别人知道。你先跟我来。"

希尔曼挣脱开林雷的利爪，抓着林雷那覆盖着黑色龙鳞的手臂，便想要将林雷朝宗堂方向拽，可这一拽并没有拽动。

"林雷！"希尔曼掉过头来，有些生气。

"希尔曼叔叔，我知道轻重。"

林雷面色阴沉，深吸一口气，将覆盖双臂的龙鳞收入体内，恢复了正常的模样。他蹲下来将战刀屠戮再次抱在怀中，这时他听到了外面的马蹄声。

光明圣廷的那支骑兵队伍到了。

林雷回头冷漠地看了一眼，却不管他们，直接对希尔曼说道："希尔曼叔叔，你前面带路。"

"好。"

希尔曼见林雷能够冷静下来，心中安稳了一些，当即带着林雷朝宗堂方向走去。而林雷依旧沉着脸，此时此刻，别人根本无法想象林雷平静的外表下，隐藏着多么深的伤痛。

贝贝跟德林·柯沃特都没有出声，他们和林雷的灵魂有联系，自然感觉到了林雷心中那前所未有的悲伤。

风起，卷起了那不知道存在了多少年的石板路上的枯败落叶。

"吱呀——"

希尔曼推开了宗堂的大门，而后看向林雷。林雷抱着战刀屠戮步入其中，他的目光却停留在宗堂内那一排排灵位上。以林雷如今的眼力，立即看到了那最新最前面的一个灵位。

正面只有"霍格·巴鲁克"几个字。

此前还抱有一丝幻想的林雷此刻感到脑子一阵眩晕，只是他依旧站稳了。而后他抱着战刀屠戮走上前去，将这把巨型战刀放在摆放灵位的桌子上。

林雷看着父亲的灵位，脸上露出一丝恬静的笑容，轻声说道："父亲，我回来了。

"我知道您这一生最大的愿望就是寻回家族传承之宝，然后重现我们龙血战士家族的荣耀。"林雷仿佛怕惊动谁似的，说话的声音非常轻。

林雷凝视着父亲的灵位："我没有让您失望，我已经将我巴鲁克家族的传承之宝战刀屠戮带回来了。

"现在，我带回了战刀屠戮，很快，我也会让我龙血战士家族重现荣耀。我会让整个玉兰大陆的人都知道龙血战士家族的辉煌，也会让您的名字被整个玉兰大陆的人所知晓。

"我发誓，这一切我一定会做到。"林雷脸上忽然多了一丝煞气，"当然，在这之前，我要为你报仇。"

毫无疑问，他的父亲霍格肯定是被人害死的。

否则以父亲六级战士的实力，加上正值壮年，根本不会被一般病魔要了命。如果是病死的，希尔曼叔叔也不会遮遮掩掩。凭林雷的直觉，父亲的死因，绝非一般。

"害死您的人，我一定不会放过他！"

林雷的眼眸中多了一丝让人心颤的暗金色。

他猛然转过头去看着希尔曼："希尔曼叔叔，告诉我，父亲到底是怎么死的？还有，父亲葬在哪里？你说父亲已经死了三个月，你为什么一直没有告诉我呢？"

希尔曼张了张嘴巴，却没有说出话来。

"林雷，你先冷静。"希尔曼缓缓说道。

冷静？

怎么冷静？

"我多么渴望能够让父亲亲眼看着战刀屠戮回到家族，多么渴望让父亲看到我也能够成为龙血战士，多么想再次见到父亲的笑容，那看到战刀屠戮回到家族后的欣慰笑容，那听到自己变成龙血战士后的自豪笑容！然而，这一切都不可能了。"

林雷此时心如刀绞。

这时候希尔曼还要让他冷静！

林雷想要怒斥希尔曼，可是他忍住了。他深吸一口气，将一切不甘、愤怒都吞到肚子里。

林雷盯着希尔曼："希尔曼叔叔，告诉我事情的经过，我要知道所有的事情。"

"你父亲是三个月前死的，不过你父亲死前嘱咐过我，除非你达到七级战士的层次，否则不能将他的死因告诉你。"希尔曼郑重地说道。

"七级？"

"对。"希尔曼轻轻点头，"这也是为何我去了你们学院找你，却没有让你的好兄弟将你父亲死的消息转告你。按照你父亲的遗愿，他希望你尽量在不知道他死的消息的情况下，安静地修炼。"

希尔曼看着林雷："林雷，不是我不愿意告诉你，而是因为这是你父亲的遗愿，我不能违背。除非你拥有七级实力，我才能将一切都告诉你。"

林雷明白了。

七级实力？

林雷从怀中拿出一个本子，递给希尔曼。

"这是？"希尔曼怔怔地接过。

"魔法师证。"林雷面容沉静。

每一位魔法师在一开始评定级别时，就会颁发一本魔法师证。每提升一级，这上面就会有记录。

希尔曼打开本子，在地系跟风系上面，都有七颗耀眼的星星。

"七级，七级双系魔法师？"希尔曼怔住了，震惊地看着林雷。

林雷才多大？

二十岁啊！

二十岁的七级双系魔法师意味着什么，希尔曼并不清楚，但是他知道，在整个芬莱王国，最强大的魔法师也就是八级魔法师。可是那是一个一百多岁的老头了。

希尔曼还记得自己在军队时，见过一位七级魔法师，那种气派，那种威风，他终生难忘。

可是自己看着长大的林雷，竟然转眼就成为七级双系魔法师了。

"这……这是真的？"希尔曼问了一个非常愚蠢的问题，他也知道这魔法师证绝对不会是假的。

"希尔曼叔叔，你现在可以告诉我事实真相了吧。"林雷凝视着希尔曼。

希尔曼点了点头，便朝宗堂后面的密室走去，不一会儿便出来了。他走到林雷面前，从怀中取出了一封信，递到林雷面前，轻声说道："这是你父亲死前留下的信，你看了就都知道了。"

林雷伸出微微颤抖的双手，接过这封信。

信封上没有任何字迹。

打开信封，里面有两页纸。

"林雷，当你打开这封信的时候，我可能已经死去很久了。对于你还有沃顿，我的心中有着无尽的歉意，但是我没有办法再补偿你们了。我只是希望你们能够平静地度过一段尽量长的时间，所以我让你的希尔曼叔叔在你达到七级的时候再将这封信交给你。"

看到这里，林雷心中一酸。

让他平静地度过一段尽量长的时间？恐怕父亲也想不到他这么快就成为七级魔法师了。毕竟按照正常速度，从六级到七级，是需要很长一段时间的。

"林雷，我的心中一直藏着一个秘密，其实你的母亲并不是因为生沃顿难产而死的。"

父亲的这句话令林雷心中一震。从小林雷就被告知母亲是因为生沃顿难产而死的，可现在看来，这竟然是一个谎言。

"当年你母亲再次怀孕，我和她都非常高兴，不过我们乌山镇的医疗条件太差了，我跟你母亲出发前往芬莱城。在芬莱城中，你母亲顺利生下了小沃顿。小沃顿很可爱，我跟你母亲都非常高兴。小沃顿出生不久后，我跟你母亲带着小沃顿去光明神殿为小沃顿祈福。那一天我跟你母亲都非常开心，而后我们离开光明神殿，在芬莱城的酒店住了一夜。

"就是那一夜，一群神秘人来到了酒店，直接掳走了你的母亲。我寡不敌众，只保住了小沃顿，不过我看到了其中一个神秘人的手臂上有红蜘蛛的胎记。"

看到这里，林雷感觉自己似乎回到了十几年前的那个夜里。

在一群神秘人的围攻下，父亲寡不敌众，只能保住小沃顿，然后眼睁睁地看着自己心爱的妻子被人抓走。

"我知道，那群人不是一般人，最弱的都是四级战士，最强的比我还强，那些人的目标只是你的母亲，否则我和小沃顿早就遇害了。能够出动这样的队伍，在芬莱城中一定不是小人物。我不敢声张，我带着小沃顿回来了，对外只是说你母亲难产死了。而这个秘密，管家希里和你的希尔曼叔叔都知道。"

林雷看到这里，心中疑惑。

那一群人当中，实力最强的比自己父亲还强。可他们并没有杀害父亲，只是掳走了母亲，那母亲到底哪里值得对方这样做呢？

"我无法告诉你们这件事情，十几年了，我一直将这个秘密深藏在心底。我不敢对外说，甚至我还不能独自一人去寻找你的母亲。她现在到底是生是死，那一群人到底是谁，我根本不敢调查。"

父亲的话令林雷的心突然揪起来。

"我是龙血战士家族的继承人，至少我必须将你们带大，我不能让巴鲁克家族断了根。我一年年隐忍着，然而每天深夜我都难以入睡。你的母亲到底是生是死，这件事情一直折磨着我。我一直忍着，这一忍就是十几年！

"林雷，你让我非常自豪。你先是成了玉兰大陆第一魔法学院恩斯特魔法学院的学员，而后更是成了恩斯特魔法学院的天才，我对你很有信心。连小沃顿体内的龙血战士血脉浓度都达到了标准。我很自豪，两个儿子都如此优秀，我对得起巴鲁克家族的先辈！可是即使到了这个时候，我依旧不敢去调查你母亲的事情，因为还需要大量的钱去给小沃顿交昂贵的学费。

"我忍了十几年，当你将你从魔兽山脉中获得的大量魔晶核交给我时，那一天我就知道，我终于可以放下一切去调查你母亲的事情了。虽然这十几年你的母亲一直没有回来，十有八九已经死了，但是我不想放弃。如果她死了，我要为她报仇。"

林雷看到这里，双手不停在发抖。

林雷明白，过去父亲因为要负担弟弟昂贵的学费，所以一直不敢不顾生死地去调查母亲的事情。可自己那价值近八万金币的魔晶核，让父亲完全没了负担。

"我终于可以去调查了，我改变容貌，变换身份，潜伏到了芬莱城中，开始追查当年的事情。

"可事情过去太久了，我只知道对方手臂上有红蜘蛛的胎记，我整整调查一年时间，终于发现了那个手臂上有红蜘蛛胎记的人。顺着这一条线索我继续查下去，渐渐地，我终于知道了这群人背后的势力。

"这一群人的幕后指使者正是如今芬莱王国的王族，克莱德国王陛下的亲弟弟——帕德森公爵。"

第113章 决定

在玉兰大陆,唯有帝国的皇帝才有权封自己的兄弟为"王"。王的地位跟一个王国的国王是相当的,而一个王国的国王最多封自己的兄弟为公爵,这已经到顶了。

而公国的大公,其实也就是公爵。

帝国、王国、公国,是呈等级递减的。

帕德森公爵?

克莱德国王陛下的亲弟弟?

林雷清楚得很,芬莱王国的王族波林家族是一个非常强盛的家族。波林家族两兄弟也是实力很强的战士。国王克莱德更是被称为芬莱王国的骄傲,因为他是一名九级强者。

至于帕德森,实力虽然不如他哥哥,但也是一名七级战士,至少算是一名强者了。

"帕德森公爵?"林雷心底涌出一丝杀意。

林雷继续阅读下去——

"我以一个仆人的身份潜伏在帕德森公爵府上,闯过重重危机,最终将当初那支神秘人队伍中的为首者,那名七级战士给抓住了。对他,我用了一些刑讯手段，他最终交代是帕德森公爵指使他们这么做的。只是根据这个七级战士的说法，当初他们抓走你的母亲后，你的母亲就又被帕德森公爵派另外一支队伍送走了。很显然，在帕德森公爵背后，还有另外一个大人物。

"我还没来得及继续查下去，那个七级战士的失踪便引起了帕德森的察觉。虽然我有所准备，但是在我解决了几个高手逃出芬莱城时已经受了重伤。我小心潜回家族当中，除了你希尔曼叔叔外，我并没让其他人知晓。我知道，我的伤太重了，只来得及留下一封信给你。

"林雷，我不是一个好父亲，过去对你太冷漠了。我不求得到你的原谅，只是希望你冷静一点。你已有了七级的实力，也有底气去调查真相了。你务必小心。无论是我，还是你母亲，都不想你因为我们而死。

"林雷，我走了，如今你就是巴鲁克家族的族长，家族的一切都交给你了。

"现在，我多么想看看战刀屠戮，可是我知道，那只是奢望了。林雷，好好努力，家族的一切都看你和沃顿的了，父亲这一辈子最自豪的事就是有你和沃顿这两个儿子。"

林雷看着落款上那一丝血迹，顿时手中有火焰冒出。

"哧哧——"这封信眨眼的工夫就被烧成了灰烬。

旁边的希尔曼看向林雷。

霍格最后的遗物被林雷就这么烧掉了，希尔曼不但没有生气，反而暗自点头。这封信虽然是遗物，但也包含了那个秘密，如果落到外人手上就糟了。

林雷转过头来看向希尔曼："希尔曼叔叔，我想拜托你一件事情。"

"说吧。"希尔曼看着林雷。

希尔曼已经做好准备帮助林雷复仇了。

林雷伸手将那把巨型战刀屠戮给拿了起来，而后看向希尔曼："希尔曼叔叔，这把战刀屠戮是我巴鲁克家族的传承之宝，我希望你能够将这把战刀送到奥布莱恩帝国我弟弟沃顿那里，亲手交给他！"

"你让我去奥布莱恩帝国？那家里……"希尔曼有些担心林雷。

林雷郑重地说道："希尔曼叔叔，你别担心了。我如今是七级双系魔法师，就连光明圣廷对我也十分看重，连那芬莱王国的国王克莱德陛下对我都很客气。我的安全，你不需要担心。"

希尔曼只是一个战士，对于一个二十岁的七级双系魔法师真正的实力并不清楚。甚至他还不知道，林雷是一位地位接近普鲁克斯、霍普金森的石雕大师，地位崇高。

"这样，那……"希尔曼的眉头皱了起来。

"当你将战刀屠戮送到我弟弟手上的时候，你就跟希里爷爷待在我弟弟身边照顾他吧。家里一切有我，我一个人就足够了。"林雷的声音低沉，却有着一丝冷漠。

只有自己一个人在整个神圣同盟，亲人都不在，那他还怕什么？

林雷已经下定决心为父亲报仇，并且查清楚母亲的事情。

母亲到底是生是死？在内心深处，林雷还是期盼母亲活着，虽然希望渺茫，但是他不想放弃。

"待在奥布莱恩帝国？"希尔曼沉思片刻，他在乌山镇这边也是有家庭的。

不过，对于他一个六级战士而言，到哪里都不用担心会没饭吃。

"希尔曼叔叔，你将你一家人都带过去吧。还有，这里有一张魔晶卡，上面并没有指纹记录，卡上有一百万金币。你将这张魔晶卡带着，一同带到奥布莱恩帝国。"

林雷将自己从怀中取出的一张魔晶卡递给希尔曼。

"一百万金币？"希尔曼震惊地看着林雷。

一百万金币那可是一笔巨款。当初霍格在世时，为了几千金币都要卖掉家族中的物品。而且就算是卖掉整个祖屋，恐怕也不足十万金币。而林雷一下子就掏出一张有一百万金币的魔晶卡。

"林雷，你……你这钱是哪里来的？"希尔曼问道。

"希尔曼叔叔，这你就不要多问了，以后你自然就会知道。"林雷现在心中烦闷得很，没有心情炫耀自己在石雕上的成就。

希尔曼微微点头。

"林雷，你等一下。"希尔曼再次跑进宗堂后面的密室中，从中取出一个坛子递给林雷。

"这是……"林雷的目光已然无法从这坛子上移开，他甚至猜出来这坛子中装的是什么。

希尔曼郑重说道："林雷，这是你父亲的骨灰。你父亲死后，我不敢对外公开他的死讯，甚至不敢将他的骨灰公开埋葬，只能将骨灰放在密室中，等你回来。"

林雷接过骨灰坛，觉得这骨灰坛很重、很重。

劲风呼啸，在乌山镇外不远处的一处坟场上，有着一座座坟墓，而这时一座极为奢华的崭新坟墓已经建造起来了，一头短发的林雷正盘膝静静地坐在墓碑前。

这座坟墓是林雷花了一夜时间建造而成的，以如今林雷的实力，搬动那些巨石轻而易举。加上林雷已经达到石雕大师的雕刻水准，这座坟墓建造得非常奢华。

风在呼啸，林雷却静静地待着。

"林雷。"希尔曼背着装有战刀屠戮的盒子，出现在林雷身后。

林雷并没有睁开眼睛，只是说道："希尔曼叔叔，战刀屠戮就交给你了。我弟弟沃顿也交给你和希里爷爷了。路上一切保重，我就不送你们了。"

希尔曼看着林雷盘膝坐着的背影，又看了看那块墓碑，最后点了点头，离开了。

希尔曼走了。

他带着战刀屠戮走了。

从今天起，乌山镇巴鲁克家族古老的府邸当中，除了仆人外，只剩下林雷一人了。

蓦然——

林雷睁开眼睛，目视着墓碑。

"父亲，我发誓，我一定会让所有凶手付出代价。"

林雷随后转身便离开了，贝贝站在他的肩上，不敢出声。

"霍格大人竟然死了，这真是……"乌山镇的一群居民正为霍格的死感到难受。

"多好的一位贵族啊，竟然就这么死了。也不知道我们乌山镇未来会怎么样，霍格大人这么多年来一直维持着那么低的税收，甚至倒贴钱给王国。这么好的大人哪里找啊！"

乌山镇的居民们都念着霍格的恩德。

如今巴鲁克家族府邸当中挂着白布，林雷穿着一身孝服，静静地跪在客厅中央的灵位前。

贝贝趴在林雷的身旁不敢出声，仿佛感受到了他的伤痛。

守孝七日。

虽然这守孝来得迟了一些。

而今天是守孝的第一天。

"林雷大师，吉尔默大人他们正在等你呢。"光明圣廷骑士小队的首领在林雷身旁轻声说道。

林雷转头，冷冷地看了他一眼，这个骑士首领不由得心底一怵。

"守孝七日，七日内，不管什么事我都不会理会。"林雷冷漠地说道，而后又沉默了。

这个骑士小队的首领心中无奈。

可他明白林雷心中所想，父亲死了，儿子守孝那是天经地义的。

这个骑士小队的首领立即走出客厅，命令手下前往芬莱城去报信，将有关林雷的事情告知光明圣廷。

"林雷少爷，不要太伤心了。"

乌山镇的一些居民走了进来，在霍格的灵位前磕头。霍格在世的时候给他们的恩德，他们都是记得的。

林雷没有出声，只是向这些居民弯腰致谢。

林雷的父亲去世的消息很快就传到了光明圣廷，光明圣廷的红衣大主廷吉尔默和兰普森却并不是很惊讶。

"林雷的父亲死了？"吉尔默微微点头，"怪不得当初林雷成为七级双系魔法师时，我派人去打探林雷父亲的消息，却根本打探不到，原来是已经死了。"

光明圣廷共有五位红衣大主廷，而林雷的事情主要就是由吉尔默跟兰普森二人负责。

"吉尔默，我们赶快准备些东西，去祭奠一下林雷的父亲吧。"兰普森提议道。

吉尔默点了点头。

其实以霍格的身份，岂能惊动红衣大主廷去祭奠，只是因为霍格是林雷的父亲。而林雷未来的成就不可限量，是被光明圣廷内定的将来的重要柱石。

"好，现在天已经黑了，那我们明天一早就出发。"

…………

芬莱王国视林雷为重要人物，林雷父亲霍格的死讯一公开，短短半天，就传到了芬莱王国的王宫，芬莱王国国王克莱德只比光明圣廷知道得晚了一点而已。

"林雷的父亲死了?!"

克莱德暗自点头。

在林雷成为七级双系魔法师时，他也派人打探过林雷父亲的消息，甚至还告诉过林雷他的父亲失踪了，没想到林雷的父亲竟然死了。

"明天一早就去祭奠一下吧。"克莱德也做了同样的决定。

不单单克莱德，芬莱城中一些有权有势的大人物很快从王宫中得到了这一消息，不少崇拜林雷的人，或者是有心结交林雷的人，无一不准备第二天一早就立即去乌山镇这个小地方去祭奠林雷的父亲。

而林雷这时候，还在乌山镇的祖屋当中静静地守孝。

第114章
齐聚小镇

深夜，林雷的卧室中。

肌肉和筋骨震动的声音不断从林雷体内传出，林雷的皮肤更是时不时鼓起，汗珠从林雷全身各个毛孔渗透出来，而林雷脸上的表情却显得平静得很。

此刻，林雷正在修炼龙血秘典。

林雷第一次引动体内的龙血战士血脉，便让自己直接进入六级战士境界。按照《龙血秘典》的记载，在修炼一开始，体内的龙血战士血脉是很浓的，修炼起来进步也极快，越往后，进步就越难。

特别是到了九级后，要突破到圣域级，所花费的时间恐怕比过去修炼的所有时间加起来都要长。

"现在光明圣廷看重我，加上我石雕大师的身份，使得我的地位很高。不过我自己本身实力并不够强，他们礼待我，大多看重的是我的潜力。我要复仇，本身力量并不够。"

林雷很清楚自己实力还是不够，毕竟自己总不能进行龙化，变成"龙血战士"形态去报仇吧。

除非到必要的地步，林雷根本不想变成"龙血战士"形态。因为一旦被别人发现自己可以变身为龙血战士，那可就危险了，毕竟龙血战士向来声名卓著。

龙血战士一旦踏入圣域级，那绝对是顶级圣域级强者。

"老大，太辛苦了吧。"贝贝趴在床上看着林雷修炼。

不但是贝贝，德林·柯沃特也出现在一旁。德林·柯沃特理解林雷的心情。父亲突然死去，加上又突然得知母亲并不是难产死的，而是被人掳去了，这两件事情突然发生在林雷身上，林雷是难以接受的。

这种打击，可比艾丽斯不再理他带给他的打击要大得多。

德林·柯沃特感受得到林雷心底深处那无尽的仇恨。他很清楚，林雷心底的仇恨如果得不到疏导发泄，以后很可能成为一个杀戮狂魔。

"希望林雷他早点报仇吧，否则这种心态持续越久，他的心性变化就会越大。"德林·柯沃特有些担心。

第二天清晨。

巴鲁克家族中便有不少仆人在匆忙准备各种食物，修炼了一夜的林雷走出卧室，看了看这些仆人忙碌的身影。

"林雷，今天来的可都是一些大人物，你就这么应付？"德林·柯沃特出现在林雷身旁。

林雷跟德林·柯沃特都猜到了，光明圣廷的大人物，还有芬莱城的一些大贵族很快会知道林雷父亲的死讯，那些人十有八九会来祭奠林雷的父亲。林雷自然需要接待这些人。

林雷准备的食物材料还算不错，可是厨师就不行了，只是乌山镇中的两个手艺还算不错的厨师。

"你让小镇的那两个厨师招待那些大人物？"德林·柯沃特笑着说道。

"让他们尝尝我们乡下人的菜肴，已经算是不错了。"林雷说完便去吃早餐了。吃完早餐，林雷继续跪在客厅中守孝。大概七点的时候，巴鲁克家族府邸外便响起了马蹄声。

一支豪华的车队停在府邸门外。

"老三！"一道熟悉的声音响起。

跪在客厅中的林雷转头朝府邸门外看去，只见耶鲁、雷诺、乔治三人当先跑了进来。林雷短时间内遭受双重打击，心情之沉重可想而知。可看到这三个从小一起在恩斯特魔法学院长大的兄弟，林雷脸上不由得有了一丝笑容。

耶鲁、乔治、雷诺三人进入客厅后，都在中央的蒲团上跪下磕头。

"老三，我昨天晚上得知你父亲的死讯，就连夜将老二跟老四给找来了。我猜到今天肯定有许多贵族过来，所以带来了芬莱城的几个大厨。"耶鲁低声说道。

"谢谢。"林雷猜到自己三个兄弟肯定十分匆忙。

召集大厨，筹备车队，雷诺跟乔治恐怕还是从恩斯特魔法学院匆忙赶到芬莱城，最终和耶鲁连夜一道赶过来的。

"老三，别太伤心了。"乔治轻轻拍了拍林雷的肩膀。

雷诺站在林雷的身旁："林雷，无论何时，你还有我们这三个兄弟。不管发生什么事情，你都别被打倒了，要坚强一点。"

林雷看了看雷诺，微微笑了笑。

平常最顽皮的雷诺竟然说出了这样贴心的话，林雷感到心中暖暖的。毕竟不管什么时候，自己身边还有这三个好兄弟。

"谢谢你们。"林雷看了耶鲁一眼，"耶鲁老大，招待那些贵族的事情就交给你了，我对这些没有经验。"

耶鲁点了点头："放心，我带了不少人过来，这接待工作肯定会做好的。"

平静的乌山镇今日不再平静，乌山镇的居民们三三两两地聚集在一起，相互谈论着刚才那支豪华车队。

"早晨那支车队足有上百匹马呢，那马车也豪华得很。那一个个威武的骑士，我一辈子都没见过这么豪华的车队。"一个老头赞叹地看着巴鲁克家族府邸门外的车队。

旁边的居民们都点头赞叹。

在普通的小镇，他们平时哪有机会见到如此豪华的车队？单单前些日子林雷回来的时候，带来的一支骑兵队伍就令这个小镇的人议论了很久。

"你们说，林雷少爷在外面是不是当了大贵族？"一个妇女猜测道，"前两天我可是看到林雷少爷带着一支强大的骑兵队伍回来的。"

乌山镇整个上午都能听到有人在议论。

中午十一点左右——

地面震动起来，乌山镇的居民们都听到了那密集且整齐的马蹄声。听这马蹄声可以猜测出，这次来的车队肯定远超之前耶鲁带来的车队。

一支强大的骑兵队伍当先飞奔过来。后面便是两辆极为豪华的马车，这两辆马车由四匹骏马拉着，驾驶马车的都是极为强壮的战士。

在这两辆马车后，还有一辆辆装着各种礼物的马车，后面还有护卫车队的骑兵队伍。

乌山镇的居民们一个个抬头看去。

那光明圣廷王牌骑士团的气势令乌山镇居民感觉那些骑兵冲过来，就如同一座山压过来一样。所有的居民心头一颤，一辆辆豪华马车更是让他们看得迷了眼。

"这都是什么人啊？"乌山镇的居民心中都有些疑惑。

这支车队也在巴鲁克家族府邸门外停了下来。

而巴鲁克家族有不少人专门负责安置车队中的那些马车。

"红衣大主廷吉尔默大人，红衣大主廷兰普森大人，到——"

那高亢的声音从巴鲁克家族府邸内部传了出来，这倒是令外面的乌山镇居民喧闹起来。

竟然是红衣大主廷！

光明圣廷的红衣大主廷，在神圣同盟的平民眼中那是高高在上的大人物。在他们心中，红衣大主廷就如同夜空中的星星，璀璨耀眼，却高不可攀。可是今天，两位红衣大主廷竟来到了乌山镇这种小地方。

"哒哒——"马蹄声再次响起。

在红衣大主廷的车队到来不久，又有一支规模差不了多少的大型车队过来了，这支车队甚至比红衣大主廷的车队更奢华。

威武的骑士们都展示出了他们高超的骑术，那整齐划一的马蹄声就如同鼓点声在乌山镇居民的心中敲响。

乌山镇的居民都傻了。

"这些……这些大人物……"许多居民一辈子都没见过这些大人物。

当这支车队停在巴鲁克家族府邸门前，特别是巴鲁克家族府邸内部传来的声音"芬莱王国国王克莱德陛下，到——"更让居民们震惊不已。

"国王陛下！"

乌山镇的居民面面相觑。

对于一个王国的居民而言，国王就像是天空中那最耀眼的太阳，掌控着他们的生死。可是那原本应该在王宫中的国王陛下，竟然来到了小小的乌山镇！

马蹄声不断。

一支支车队接连来到巴鲁克家族府邸门外。

"芬莱王国伯纳公爵大人，到——"

"芬莱王国杰布侯爵大人，到——"

"芬莱王国朱诺伯爵大人，到——"

"玉兰帝国莱恩家族迪莉娅小姐，到——"

"芬莱王国德布斯家族伯纳德大人，到——"

…………

那一道道声音从巴鲁克家族府邸内部传出来，令乌山镇的居民完全愕然了。怎么回事？今天怎么有这么多上流社会的大人物齐聚乌山镇？

乌山镇如果说有什么大事，那就是霍格死了。

可霍格只是乌山镇这个小镇中的贵族，怎么会让一个王国的国王陛下，光明圣廷的红衣大主廷过来祭奠他呢？

这些居民不由得想到了前几天林雷带领一支骑兵队伍回来的盛况。

"这一切，估计是跟林雷少爷有关。"

虽然这些居民不清楚林雷的事情，但是他们也猜得出来。

巴鲁克家族府邸的客厅中，林雷跪在一旁。

红衣大主廷、国王陛下、公爵、侯爵、伯爵等一个个贵族或是鞠躬，或是虔诚地跪下磕头。虽然红衣大主廷吉尔默等人只是鞠躬，但是能够令他们鞠躬的，无一不是大人物。

他们今天却对死去的霍格鞠躬了。

"林雷，别太伤心了。"吉尔默在林雷身边说道。

"谢谢！"林雷微微弯身谢礼。

"林雷，你父亲的死真的令人感到遗憾。"克莱德陛下也安慰了一下林雷。

过了一会儿。

"林雷，别太伤心了。"清脆的声音响起。

林雷抬头看过去，穿着一身素装的迪莉娅正看着他，满脸关切。

"谢谢。"林雷轻声说道。

迪莉娅微微点头，也被仆人引到一边休息去了。一个个贵族接连在这儿祭奠林雷的父亲，甚至连德布斯家族的族长伯纳德也过来祭奠林雷的父亲了。

"林雷大师，别太伤心了。"伯纳德礼貌地说道。

林雷依旧是行礼致谢："谢谢！"

…………

"芬莱王国帕德森公爵大人，到——"忽然门外响起一道声音。

林雷眉头微微一皱。

父亲的死，就跟这个帕德森有关。不过林雷也知道，父亲是改变了容貌才潜到帕德森府邸的，恐怕帕德森还不知道林雷的父亲，就是那个被他手下打成重伤最后死去的人。

帕德森长得跟克莱德非常像，同样的金色长发，那一双眼睛如同碧眼雷鹰的眼睛，十分有神，整个人腰杆笔直，自有一股贵族气质。

帕德森来到客厅，对着霍格的灵位恭敬地躬身悼念。

"林雷大师，你别太伤心了。"帕德森走到林雷身旁真诚地说道。

林雷抬头看了帕德森一眼，看着帕德森那友好真诚的眼神，依旧礼貌地说道："谢谢！"

从表面上看，根本看不出林雷对帕德森和对其他人有什么区别。

第115章 夜谈

"帕德森!"

林雷默念着这个名字,母亲当年就是被帕德森派的人给掳走的,而十几年后,父亲因为调查母亲的事情而被帕德森派人追杀,最终重伤惨死。

林雷心底的怒火就如同火山底部沸腾的岩浆一样,一直潜伏着,终有一天会爆发出来。

"老大,我代你杀了这个帕德森。"趴在林雷旁边的贝贝灵魂传音道。

"别冲动!"林雷灵魂传音喝道。

林雷依旧跪在客厅中,门外一个个贵族接连走进来,祭奠他的父亲。

当天的宴席林雷没有参加,他一直跪在客厅为父亲守孝。而许多贵族在当天傍晚便直接离开了,还有部分贵族留在了乌山镇。

比如红衣大主廷吉尔默、迪莉娅……

守孝需要待七日。

当天晚上林雷随便吃了些食物,便回到卧室准备继续修炼。

"林雷,你准备怎么为你父亲报仇?"一身月白色长袍的德林·柯沃特出现在林雷身旁。

林雷看了德林·柯沃特一眼："德林爷爷，杀父之仇我是一定会报的。虽然我现在知道是帕德森派人追杀的我父亲，但是我现在除了报仇以外，还需要打探母亲的消息，母亲到底是生是死……"

杀帕德森简单，可是杀了帕德森还要让其他人都毫无察觉，这就难了。毕竟林雷除了杀帕德森，还要继续打探母亲的消息。

德林·柯沃特微微点头："你的事情你自己做决定，只是我希望你别一时头脑发热。毕竟以你现在的实力，跟真正的强者比起来还是太弱了，不说帕德森，就是他的那些下属你也打不过。"

林雷微微点头。

帕德森可是克莱德的亲弟弟，手下的高手岂会少？

"估计不到一年时间，我就可以从六级战士修炼到七级战士，不能再浪费时间了。"林雷盘膝坐在床上，体内的龙血斗气又开始在全身各处涌动，无论是筋骨还是肌肉都开始鼓动起来。

林雷的筋骨、肌肉正以能够察觉到的速度缓缓增强着，极其细微的龙血战士血脉也跟筋骨、肌肉融合起来，提升着筋骨、肌肉的强度。龙血秘典才开始修炼，进步的速度的确是非常快的。

在这种状态下修炼，林雷丝毫感觉不到时间在流逝。

大概夜里十一点左右。

"咚！咚！咚！"

敲门声响起，与此同时，响起了熟悉的声音："林雷，我是迪莉娅，我可以进来吗？"

林雷一怔，立即深吸一口气，原本鼓动的肌肉和筋骨立即恢复正常，体内的龙血斗气再一次回到丹田当中。

林雷看向房门，心中不禁有些疑惑："迪莉娅深夜到我这儿干什么？"

心中这样想着，林雷嘴上却直接说道："进来吧。"

推开房门，迪莉娅便走了进去。

看到迪莉娅，林雷眼睛一亮。此刻迪莉娅的金色长发被简单地盘起，那一身淡紫色的连衣裙更是平添一丝淡雅。

"林雷，你没事吧？"迪莉娅轻声问道，走到林雷床前便坐了下来，关切地看着林雷。

林雷不由得心中一暖，笑着说道："没事。"

迪莉娅点了点头："我在芬莱城时听说了你父亲的死讯，有点担心。不过……你果然跟我心中想的一样，十分坚强。"

"谢谢。"林雷紧接着说道，"迪莉娅，这么晚了，找我有什么事情吗？"

"白痴！"旁边的德林·柯沃特暗骂林雷，"人家一个女孩子半夜来跟你聊天，安慰你，你却这么说话。"

迪莉娅略显紧张，微微一笑，待恢复平常自如的状态后，说道："怎么，难道没事就不能找你谈谈吗？我跟你毕竟从恩斯特魔法学院一年级起就认识了，什么时候你跟我这么疏远了？"

"不，不是。"林雷连连说道。

迪莉娅得意地笑了，而后长叹一口气，说道："林雷，我今天这么晚过来，的确是有一件事情想要告诉你。"

"说吧。"林雷心中猜到迪莉娅要说什么。

迪莉娅无奈说道："林雷，你也知道，现在已经是玉兰历9999年了，还有八个月的时间就是玉兰历10000年了。每年的第一天是玉兰大陆最大的节日玉兰节，而玉兰历10000年的玉兰节，其重要性可想而知。"

林雷点了点头。

只是他不明白迪莉娅为什么要和自己说这个。

"整个玉兰大陆都非常重视玉兰节，但是我们玉兰帝国是最重视的。"迪莉娅继续说道。

林雷也明白，毕竟玉兰历1年，正是玉兰帝国一统整个玉兰大陆的年份。玉兰历10000年的玉兰节，对玉兰帝国而言的确是一个极为重要的大日子。

"我的家族下了命令，这次玉兰节我必须赶回家族。此次玉兰节，我玉兰帝国将举国同庆，我作为莱恩家族的嫡系子弟自然不能缺席。"迪莉娅看着林雷，"林雷，玉兰帝国跟神圣同盟离得太远，这一来一去，恐怕要一年多的时间，而明天我就要出发了。"

林雷明白迪莉娅的意思了。也就是之后一年多的时间，迪莉娅和自己恐怕没办法见面了。

迪莉娅看着林雷，咬了咬嘴唇，说道："林雷，在离开之前，我能跟你拥抱一下吗？"

"拥抱？"林雷怔了怔，看了看迪莉娅。

迪莉娅对自己的心意，林雷是非常清楚的。只是因为两人接触太多，从恩斯特魔法学院一年级起就认识，在林雷心中，迪莉娅就是他的红颜知己，他并无其他想法。特别是艾丽斯的事情发生后，他已经心累了。

看着迪莉娅期盼的目光，林雷点了点头。

迪莉娅露出笑容，当即伸手环抱林雷的脖子，前倾身体，跟林雷紧紧抱在一起，脸庞轻轻贴着林雷的脸庞。

林雷甚至能感受到彼此的呼吸，嗅到迪莉娅身上那股迷人的香味，特别是两人的脸庞碰触，彼此肌肤的温度传递……

这令林雷产生了一种特殊的感觉。

"林雷，谢谢你。"迪莉娅在林雷的耳边轻声说道。

林雷没有出声。

迪莉娅缓缓直起身体，依旧凝视着林雷。可身体直起一半时，迪莉娅定住了，在她跟林雷只相距五厘米的时候定住了。

突然，迪莉娅抬头。

她的嘴唇刚好贴在了林雷的嘴唇上，林雷一下子愣住了。

迪莉娅根本不给林雷反应的时间，飞速起身，看了林雷一眼，便快速跑出了房间。

"老大，你被强吻了啊！"从旁边的被子里冒出小脑袋的贝贝，正盯着林雷。

"你给我睡觉！"林雷灵魂传音呵斥一声。

贝贝不满地嘀咕几声便缩回被窝了，而林雷看着迪莉娅离去的方向，鼻间却依稀还能够嗅到迪莉娅身上的香味，脸上一阵温热。

林雷摸了一下嘴唇，他感觉很奇妙，就好像当初在两层小屋的阳台上跟艾丽斯在深夜聊天时那样奇妙。

"迪莉娅……"

林雷甩了甩脑袋，将胡思乱想抛掉。

"林雷，"德林·柯沃特饶有兴味地看着林雷，"当初你刚去恩斯特魔法学院，第一眼看到迪莉娅那个小姑娘的时候，我就说了，她是个美人坯子。后来我让你追她你没追，现在后悔了吧？"

林雷眉头一皱，看了一眼德林·柯沃特。

"好了，我不说了。"德林·柯沃特白胡子一翘，整个人化作一道白色流光进入了盘龙戒指中。

林雷便不再多想，继续盘膝坐在床上，开始了冥想，修炼精神力。

第二天早晨，迪莉娅带着莱恩家族的人马离开了乌山镇，而林雷并没有送行，他依旧跪在客厅当中守孝。

转眼，林雷已经守孝了七天。

整个乌山镇除了林雷的三个好兄弟以外，只剩下两个大人物——吉尔默跟兰普森。

作为红衣大主廷，吉尔默、兰普森平常没有什么事情，毕竟一些琐事都有手下去解决。他们的日子自然轻松，这几天他们经常在乌山镇周围游览，时而还进入乌山当中。

上午，乌山镇的居民都在街道两旁观望着。

光明圣廷的人马，还有道森商会的人马都开始离开了。

"耶鲁老大、老二、老四，我有事情要跟吉尔默大人他们谈。"林雷跟自己的好兄弟说了一声，便直接离开了道森商会的马车，而后进入红衣大主廷吉尔默大人的马车中。

兰普森也进入了其中，两位红衣大主廷和林雷便一起乘坐一辆马车离去了。

这马车是红衣大主廷的专属马车，内部空间极大，三人就是躺下睡觉都有足够的空间。

"林雷，有决定了？"吉尔默笑看着林雷。

当初林雷跟吉尔默说了，关于是否成为光明圣廷的一员，需要跟自己父亲商量，可是如今父亲死了，林雷自然没有人可以商量，现在他也应该给对方答复了。

"吉尔默大人、兰普森大人，我如今还年轻，我想暂时还是让我辅助克莱德陛下吧，就不进入圣廷任职了。等到以后圣廷需要我时，随时可以征召我。"林雷说道。

吉尔默和兰普森都笑了。

克莱德是芬莱王国的国王，而芬莱王国的国都芬莱城同时也是光明圣廷的圣都，并且芬莱王国必须听光明圣廷的命令。

林雷辅助克莱德，也就相当于效忠光明圣廷。

"很好！"兰普森笑了起来，"林雷，你做了一个非常明智的决定。"

无论是兰普森还是吉尔默，都不知道林雷之所以这么选择，最重要的原因是他要调查母亲的事情。他只有参与到芬莱王国的事务中去，将来才有更多机会对付帕德森。

吉尔默也笑着说道："你现在已经算是我们光明圣廷的一分子了。对了，你还没有地系和风系七级、八级、九级以及禁忌魔法的咒语吧？"

"是的。"林雷点了点头,"我只是从魔法原理中推断出了飞行术的魔法咒语。"

吉尔默满意地说道:"将飞行术的魔法咒语推断出来并不算太难,可你能够从飘浮术魔法咒语中推断出飞行术的魔法咒语,算很不错了。林雷,你放心,等我回到圣廷,会很快派人将地系跟风系的七级及以上的各种魔法咒语送给你。"

(本册完)

《盘龙 典藏版3》即将上市,敬请期待!

本书的复制、发行及图书出版权利已由我吃西红柿授予中南天使(湖南)文化传媒有限公司,并由中南天使(湖南)文化传媒有限公司授权阳光出版社在中国大陆地区独家出版中文简体版本。未经中南天使(湖南)文化传媒有限公司书面同意,本书的任何部分不得以图表、电子、影印、缩拍、录音和其他任何手段进行复制和转载,违者必究。